Waar die Wilgers Dans

Lorraine Venter

Malherbe Uitgewers Publikasie

Outeur: Lorraine Venter
Voorbladontwerp: Malherbe Uitgewers

Geset in Franklin Gothic Book 11pt

Hoofstuk 1

San-Mari spoor Ceaser aan om vinniger te draf. Die wind waai deur haar lang, blonde hare en sy voel hoe die groot dier sy pas versnel. Daar is 'n baie hegte band tussen haar en haar perd. Hy laat haar vergeet van al die pyn van die afgelope jaar. Sy laat ook niemand toe om hom te ry nie. Die pikswart Arabiese hings, met sy lang maanhare en vurige houding, was Rudolf de Wet se spesiale geskenk aan sy dogter op haar sestiende verjaarsdag. Sy verlang vandag weer verskriklik na hom. Die huis is leeg sonder haar geliefde pa. Sy en haar ouer broer, Wouter, het sonder 'n ma groot geword. Dié het op 'n dag besluit om haar tasse te pak en uit hulle lewens te verdwyn. Dit sou miskien 'n letsel gelaat het op haar en Wouter se jong lewens as hulle hul moeder geken het. Maar hulle was te jonk om haar te onthou.

Wouter was drie jaar oud en sy slegs 'n maand. Volgens hulle pa, het hy hom nie laat vermaak nie en het met behulp van sy suster, Adelle, 'n oujongnooi, vir haar en Wouter self grootgemaak. Adelle het die stadslewe maar te gretig verruil vir die rustige lewe op die plaas. Sy is die enigste 'ma' wat hulle ooit geken het.

1

Soos die jare aangestap het, het hulle opgegroei in 'n omgewing van ongekende liefde en toewyding deur hulle pa en hulle tannie Adelle. Sy en Wouter het albei hulle skoolopleiding voltooi en Wouter is tans besig met sy BScAgric Wingerd en Wynkunde graad. 'n Nalatenskap van hulle vader, na sy skielike afsterwe in die ouderdom van vier-en-sestig. Sy, aan die anderkant, kan nog nie besluit in watter rigting sy haarself wil bekwaam nie.

In die ouderdom van negentien, en Wouter twee-en-twintig, rus daar 'n groot verantwoordelikheid op hulle twee se skouers om die De Wet Wynlandgoed, wat vir baie jare suksesvol deur die De Wet familie bedryf was, te laat voortbestaan. Rudolf was 'n wynboer van formaat en talle van sy wyne het toekennings ontvang as gevolg van die besonderse kultivars wat op die landgoed gekweek word.

Hy was 'n gerespekteerde, dinamiese sakeman en sy afsterwe, ongeveer 'n jaar gelede, het 'n groot leemte gelaat in die gemeenskap.

De Wet Wynlandgoed lê in die Boland, spog met sy eie groot natuurlike meer, en is omring deur die mooiste plantasie Wilgerbome en betowerende plantegroei.

Visvang was pa en seun se gunsteling tydverdryf. Dit het gedurig in 'n kompetisie ontaard oor wie se vis die grootste was. Natuurlik was daar van haar verwag om die vis skoon te maak, maar sy het haar altyd betyds uit die voete gemaak. Dis een ding om 'n vis te eet, maar dis 'n heel ander storie om hom skoon te maak. Daar is genoeg personeel vir daardie taak.

Sy en haar broer is die enigste oorblywende familie van die De Wet stamboom, behalwe natuurlik hulle tannie Adelle. Dié het destyds al van Pretoria af gekom om by hulle te kom woon, en sy is steeds hier. Die afgelope paar jaar gaan Adelle gereeld naweke vir haar vriendin in Kaapstad kuier. Dit verleen bietjie vryheid aan die twee jongmense.

Sy kom die agter dat die twee jongmense deesdae taamlik baie vrae rondom hulle moeder se verdwyning het. Rudolf het haar maak belowe om niks van Mercia, sy gewese vrou, met die kinders te bespreek nie. 'n Opdrag wat geensins sin maak nie, aangesien sy steeds hulle ma bly en kinders sal altyd nuuskierig wees. Maar sy moet sy wens respekteer, nie dat sy werklik weet wat tussen hulle gebeur het nie. Hy het destyds 'n vae verduideliking gegee en die kwessie daarby gelaat.

Sy besef egter dat daar 'n tyd gaan aanbreek dat die twee jonges haar onder kruisverhoor gaan neem. Daarom maak sy haar eerder uit die voete. Sy kan nog goed onthou hoe Mercia gelyk het, maar of sy na al die jare nog lewe, bly 'n tergende geheim. Dit is immers al negentien jaar gelede wat sy weg is, die kinders was nog so bitter klein.

* * * * * * * * *

"Boeta, wat dink jy het regtig met ons ma gebeur?" vra San-Mari een middag aan die etenstafel.

Wouter plaas sy eetgerei terug op die bord. Terwyl hy sy mond met 'n servet afvee, kyk hy sy suster verbaas aan. Dit is die eerste keer in 'n lang tyd dat sy weer hardop wonder oor hulle ma. "Hoekom vra jy? Dit klink of jy dink dat sy dalk vermoor is of iets."

"Moenie simpel wees nie, Wouter, ek vra maar net. Pa se dood laat mens maar net besef hoe broos of hoe wreed die lewe kan wees. Ek bedoel, sy kon nie baie ouer gewees het as wat ons twee nou is nie. Ek weet nie van jou nie, maar ek wil beslis nie nou al doodgaan nie."

Hy lag lekker vir hierdie jonger sussie van hom. "En niemand het gesê jy gaan nou al dood nie. Waar kom al hierdie pessimisme skielik vandaan?"

Hy volg San-Mari na die sitkamer. Die gewoonte om koffie na ete hier te geniet, het nie weggeval na hulle vader se afsterwe nie.

Hy is nou wel nie elke naweek by die huis nie, maar hulle tannie Adelle woon steeds in. Dit is haar af-naweek aangesien hy tuis is. Nie dat San-Mari 'n oppasser benodig nie, en waarteen sy heftig beswaar maak, maar hy en tannie Adelle weier dat sy alleen in die tamaaigroot huis bly. Dit is ver uit die dorp uit en mens kan nooit té versigtig wees nie.

"Om terug te kom na jou vraag. Ek glo nie iemand weet nie. Ek het pa hoeveel keer ondervra en selfs vir tannie Adelle, maar ek kon niks uit een van die twee kry nie. As sy dood is, glo ek sou pa ons ingelig het,

4

maar hy het ook op dáárdie vraag net sy kop geskud. So, ons sal seker nooit die waarheid hoor nie. Dat 'n ma haar kinders en haar man net so kan los en uit hulle lewens kan padgee, gaan my verstand te bowe." Hy staan by die venster en uitstaar terwyl hy behaaglik sy koffie drink.

San-Mari kyk na haar broer en merk weereens die ooreenkoms tussen hom en hulle vader op. In skrille kontras met haar blonde hare, pryk hy met 'n digte donkerbruin kroon op sy kop. Dieselfde donker hare as Rudolf de Wet. Daar is nie een enkele foto van hul moeder in hulle huis of in die vele albums nie. Die blaaie in die albums het leë spasies tussen die ander foto's. Sy het eendag haar tannie daaroor uitvra, maar haar antwoord was maar taamlik flou. Die waarheid word beslis baie goed verberg sodat daar geen inligting kan uitlek nie. Blykbaar is elke foto sorgvuldig verwyder deur hulle moeder self, toe sy besluit het om hulle te verlaat. Dit is asof sy elke moontlike spoor van haar bestaan wou uitwis. Hulle pa het selfs die kamer en ander vertrekke wat hulle gedeel het, laat oordoen. Dit alles uit bitterheid.

Volgens tannie Adelle was hy platgeslaan deur haar besluit om hom te verlaat en dit het hom jare geneem om weer sy lewe voort te sit. Hy het alles gegee vir sy twee kinders en dit het vergoed vir sy groot verlies.

Tannie Adelle swyg soos die graf sedert sy haar intrek by hulle geneem het. Tot nou toe, en selfs gedurende hulle vader se begrafnis, het sy net mooi niks oor Mercia laat val nie. Natuurlik was daar baie begrafnisgangers wat seker wou weet waar die gewese vrou van Rudolf haar deesdae bevind, en of sy ooit nog lewe. Maar niemand het gewaag om die twee kinders of hulle tante te ondervra nie. Dit was nie die tyd of die plek nie.

"Wouter, glo jy dit as tannie Adelle sê dat sy ons ma nie geken het nie? Ek bedoel, sy het ons tog kom help grootmaak. Sy sê dat sy eers 'n paar weke nadat ons ma weg is, hier kom intrek het. Alles is so vreemd. Niks maak sin nie. Hoe kan sy haar nie geken het nie, sy was dan met haar broer getroud?"

Hy draai na sy sussie. "Ek sal nie my kop breek oor 'n vrou wat ons nie wou hê nie. Ek weet dit is nou al hoeveel jare en ons sal seker nou minder as ooit antwoorde kry, noudat pa nie meer daar is nie, maar ek gaan my beslis nie daaroor verknies nie."

"Maar jy vind dit ook vreemd, nie waar nie? Ek bedoel, êrens moet daar iets van haar wees. Geen mens kan so spoorloos verdwyn nie." San-Mari staan op uit die groot leunstoel waarin haar vader altyd gesit het. Sy kom plaas haar hand op haar broer se arm waar hy steeds by die venster staan. "Ek weet nie van jou nie, maar ek gaan 'n entjie stap. Ek wil van die spinnerakke in my kop ontslae raak."

"Gaan jy maar, ek het 'n navorsingsprojek waaraan ek nog moet werk."

Sy plak 'n soentjie op sy wang en fladder by die voordeur uit.

Hy glimlag terwyl hy haar agterna staar. Sy is beeldskoon en menige jong man het al by haar kom vlerksleep, maar daar was nog nie een wat 'n blywende indruk op haar kon maak nie. Hy en San-Mari aard baie na hulle oorlede vader, ernstig in hulle opvattinge oor morele waardes, maar hulle kan ook die ligter sy van die lewe geniet. Hulle woon gereeld samekomste in die stad by as die plaas hulle nie te besig hou nie.

Hy wonder self ook dikwels oor hulle moeder. Hoe sy gelyk het en of sy weer getroud is en waar sy haarself bevind. Hoe hulle lewe sou wees met 'n moeder wat omgegee het vir hulle...

Hy gooi die gedagtes van hom af en stap uit om San-Mari te gaan soek.

Hy tref haar aan in die tuin waar sy die dooie knoppe van die roosbome afknip. Hulle het vanjaar welig geblom en sy het gereeld gesorg vir 'n rangskikking van die geurige rose op die kaggel in die sitkamer.

"Hi, Sus, hoe lyk dit, is jy nie lus om vanaand saam met my en Laetitia te gaan fliek nie? Ek is nie seker wat draai op die oomblik in die teaters nie, maar ek laat dit aan Laetitia oor om te kies. Toe, wat sê jy? Ons eet iets êrens en daarna gaan fliek ons."

Sy staan op vanuit haar hurkende posisie en vryf haar rug. "Ag nee wat, Boeta, gaan julle maar. Ek gaan vanaand vroeg inkruip, met 'n boek wat ek al hoe lank dreig om te lees. Gaan geniet julleself."

Hy ken sy suster goed genoeg om te weet hy moenie karring nie. Sy volg gewoonlik haar eie kop en sal haar nie maklik laat oorreed om iets te doen waarvoor sy nie kans sien nie.

"Nou maar goed, maar jy sorg dat jy iets eet en maak seker dat jy al die deure sluit. Ek sal die spaarsleutel van die voordeur saamneem."

Sy glimlag terwyl sy haar hande afskud. Wouter is baie beskermend teenoor haar, té beskermend. Maar hulle is baie lief vir mekaar en selfs toe hul vader nog geleef het, het hy hom altyd oor haar ontferm. Veral by die skool. Geen boelie sou dit naby haar waag nie. Sy en Laetitia kom ook baie goed oor die weg. Laetitia en Wouter maak 'n mooi paartjie uit. Sy is besig om vir 'n prokureur te studeer. Sy is nie net mooi nie, maar boonop slim ook. Haar ouers se wynplaas grens aan De Wet Wynlandgoed en vir so lank as wat sy kan onthou, was Laetitia maar altyd deel van hulle vriendekring. Wouter en Laetitia beskou mekaar steeds net as vriende en geniet mekaar se geselskap.

Wouter is oopkop. Hy is baie ernstig besig met sy studies. Hy het baie kosbare ondervinding opgedoen onder sy pa se leiding en moes letterlik die leisels oorneem na sy pa se dood. Die arbeiders is almal baie getrou en sonder hulle hulp en kennis sou hy baie moeilik kon studeer én 'n oog hou oor die wingerde terselfdertyd.

Tyd vir ontspan is maar min, en as hy wel 'n tydjie afknyp, is dit óf vir sy suster, óf vir Laetitia. Mense gis gedurig of daar iets ernstiger uit hierdie vriendskap gaan ontwikkel, maar hulle sal maar moet wag en kyk. Hy het geen planne vir 'n ernstige verhouding op die oomblik nie.

Hoofstuk 2

Die Kaaps-Hollandse woning dateer uit ongeveer 1860. Die huis is opgeknap in die laat negentiger jare en baie van die ou boustyl het behoue gebly ter nagedagtenis aan die eerste wynboerdery wat op die been gebring is deur Theuns de Wet. Hy was blykbaar 'n trotse en baie ervare wynprodusent wat sy kennis aan sy seuns oorgedra het, en dié het dit weer aan húlle seuns oorgedra, en so gaan dit al vir geslagte lank. Rudolf wou ook baie graag sien dat sy enigste seun dit eendag by hom oorneem. San-Mari ondersteun Wouter op die oomblik met onder andere die boerdery se administratiewe werk, maar sy sal dit nie haar loopbaan wil maak nie. Haar kop staan veld toe. Sy het al veeartsenykunde oorweeg, maar dit sal haar te veel van haar geliefde perd weghou. Haar tweede alternatief is om 'n ryskool op die been te bring. Hier is meer as genoeg spasie daarvoor. Buitendien is geld nie 'n kwessie nie. Hulle vader se boedel beloop meer as genoeg om haar en Wouter en hulle kinders en dié se kinders, van 'n blink toekoms te voorsien. As hulle dit noukeurig bestuur, bygesê.

Wat gaan jy met jouself vanaand aanvang, San-Mari? maal dit deur haar kop nadat haar broer vertrek het. Dis nog te vroeg om te gaan slaap. Die groteske ou huis is vreemd stil vanaand. Die stilte is omtrent tasbaar. Iewers buite kan sy die veraf *geker-bek-krrr* van 'n tarentaal hoor en dan is dit weer doodstil.

'n Rilling gly deur haar liggaam toe sy haar oorlede vader se studeerkamerdeur oopstoot. Die gordyne word byna nooit oopgetrek nie, behalwe as daar afgestof moet word. Dit gebeur ook nie so dikwels nie. Sy soek na die ligskakelaar en druk dit haastig. Die lig verdryf die stikdonkerte in die vertrek. Sy sal môreoggend die personeel aansê om meer gereeld die vertrekke wat nie bewoon word nie, af te stof, en die swaar gordyne voor die vensters oop te trek om meer lig in te laat.

Vreemd hoe 'n vertrek so sinister kan voel, as die persoon wat omtrent sy hele lewe daar deurgebring het, nie meer daar is nie.

Sy gaan sit in haar pa se groot leunstoel. Hier het hy menigte nagte deurgebring om net die beste uit sy onderneming te kry. Dit voel kompleet of sy oortree en op heilige grond beweeg, net deur hier te wees. Hoeveel kere het sy en Wouter nie hulle pa hier kom soek om te kom eet, of om na die sitkamer te kom as daar 'n sakevennoot of wie ook al, hom kom sien het nie.

Sy versteen as sy 'n vinnige beweging uit die hoek van haar regteroog gewaar. Dan verdwyn dit agter die tamaaigroot boekrak aan die oorkant van die lessenaar. *Stadig nou, San-Mari, dit kan net 'n muis wees.* Nog 'n rede waarom die vertrekke meer dikwels skoongemaak moet word. Netnou breek daar 'n muisplaag uit.

Sy besluit om deur die laaie van die lessenaar te gaan. Sy weet nie regtig wat sy hier kom soek het nie. Aanvanklik wou sy net vinnig 'n boek kom kry, aangesien sy vir Wouter gesê het dat sy besig is om een te lees. O wel, dit was 'n klein wit leuentjie. Sy het net nie kans gesien om hulle te vergesel nie. Hulle twee sien min genoeg van mekaar.

Dit is die eerste keer sedert hulle vader se afsterwe dat sy haar alleen in hierdie vertrek met soveel kosbare herinneringe bevind. Die dag na die begrafnis het sy, Wouter en tannie Adelle net die oorblywende begrafnis traktaatjies en kaartjies van medelye hier kom bêre. Dit behoort nog hier wees. Sy begin die laaie een vir een ooptrek, maar vind nie wat sy soek nie. Dis vreemd, hulle al drie was dan teenwoordig.

O, wag! Hier is nog een laai, heel onder in die lessenaar.

Sy probeer dit ooptrek, maar tot haar verbasing is dit gesluit. Wie sou dit gesluit het en hoekom, en waar is die sleutel? Dit is mos nie asof dit belangrike dokumente bevat nie, of is dit? Sy vind dit uiters verdag en dit prikkel haar belangstelling in oormaat.

Sy kyk verward om haar rond. Sy kan amper sweer daar is nog iemand hier. Sy het al in flieks gesien hoe mense sleutels in boeke of boekrakke wegsteek. Maar hierdie is nie 'n fliek nie.

Ewenwel.

Sy stap oor na die enorme boekrak wat tot teen die plafon strek. Langsaan staan 'n leer waarop haar pa menigmale geklim het om 'n boek by te kom. Wanneer sy die leer bestyg, voel dit asof haar vader elke sport saam met haar klim.

Alles is nog so vars in haar geheue. Dit gaan nog baie jare neem om haar vader se dood te verwerk.

Wouter is gelukkig dat hy op universiteit is. Sy sal egter vinnig 'n plan moet maak om nie haar tyd verder te verwyl deur heeldag ledig hier op die Landgoed en in die huis rond te hang nie. Sy het hopeloos te veel vrye tyd tot haar beskikking. Tannie Adelle het ook al die saak aangeroer. As sy net kan besluit watter loopbaan om te volg, sal dit al help. Wat hou die toekoms vir haar in? Wouter is binnekort gekwalifiseerd en sal dan voltyds op die plaas besig wees. As haar vader net nog geleef het, sou hulle saam oor haar toekoms kon besluit.

Nadat sy elke rak van bo tot onder deurgesoek het en geen sleutel kon vind nie, gee sy die stryd gewonne. Sy gaan maar inkruip. Die geheime laai moet vereers wag. Op die ingewing van die oomblik trek sy 'n geografieboek uit een van die rakke om dit tog maar saam met haar kamer toe te neem. Dit is nie vreemd dat so 'n boek in haar pa se versameling pryk nie, aangesien hy gereeld oorsese toere onderneem het.

Dit voel of 'n hoofstuk afgesluit word toe sy die deur agter haar toetrek. Gaan dit altyd so voel of gaan sy uiteindelik eendag berusting vind in haar vader se afsterwe en die feit dat sy sonder 'n moeder moes grootword? Alhoewel Wouter slegs drie jaar oud was toe sy uit hulle lewens verdwyn het, onthou hy niks van haar nie. Hy stel ook nie belang om uit te vind nie. Maar vir haar is dit anders. Daar is 'n natuurlike moederlike instink waaroor net 'n vrou beskik. Daarom vind sy dit vreemd dat Mercia nooit weer in aanraking met haar kinders gekom het nie. As daar probleme in haar ouers se huwelik was, sou haar vader dit tog sekerlik genoem het, en sou sy dit verstaan het. Buitendien is kinders mos gewoonlik nie betrokke in so iets nie, en deel die ouers in die toesig. Niks maak sin nie.

* * * * * * * * * *

Die son sit al hoog toe San-Mari uit haar slaapkamer kom. Sy het verslaap. Die ontbyttafel is gelukkig steeds gedek. Wouter is al weg kampus toe. Sy wonder of tannie Adelle al terug is uit die stad uit. Maar eers wil sy nou ontbyt nuttig voor haar dag begin. Die bord kos wat Alet voor haar neersit, lyk aptytwekkend en sy val dadelik weg aan die smaaklike ete. "Wag, Alet, voordat jy kombuis toe gaan. Is tannie Adelle al terug?"

Alet en die ander personeel is al so deel van die huishouding dat hulle amper soos familie voel. "Ja, sy

14

het ontbyt saam met Wouter geniet en nadat hy vertrek het, het ek haar sien stap in die rigting van die kelders. Hy het haar seker opdrag gegee om iets te gaan doen namens hom. Ek het vir haar gesê dat jy nog in jou kamer is. Kan ek nou maar gaan?"

"Natuurlik, ek is amper klaar dan sal ek ook soontoe gaan. Baie dankie vir die lekker ontbyt." Sy neem die laaste teug van haar koffie en verlaat dan die huis en kies koers kelders toe.

Adelle de Wet is bekend met die bedrywighede in die wynkelders. Sy moes menigmale instaan vir haar broer wanneer dié oorsee was.

San-Mari het skaars die kelder binnegegaan of haar tannie kom haar tegemoet. "Hallo, kindjie, ek wou jou nie wakkermaak nie. Wouter het gevra ek moet kom kyk hoe vorder hulle met die verpakking van die bottels. Het jy lekker geslaap?"

"Ja, dankie, Tannie. Ek gaan gou vir Ceaser deur sy roetine neem, dan kry ek tannie by die huis. Dis so 'n lieflike dag en hy raak moeilik as hy nie sy energie verbrand nie. Sien tannie later." Dan sit sy af stalle toe. Vandag is die dag dat sy haar tante onder vier oë gaan spreek in verband met hulle moeder. Genoeg is genoeg. Sy moet iets van Mercia de Wet weet. En wat lê opgesluit in daardie onderste laai van haar oorlede vader se lessenaar? Miskien weet sy waar die sleutel is. Sy sal baie oordeelkundig te werk moet gaan sodat haar tannie nie onraad vermoed nie. Sy sal begin by die bediendes wat meer gereeld moet afstof, en die gesprek van daar af stuur na dit wat sy eintlik wil weet.

"So ja, Ceaser, my dierbaarste vriend. Die ry het ons albei goed gedoen." Sy lei hom koud, en neem hom terug na sy kamp. Dit is verreweg die beste manier van ontspanning vir beide mens en dier. Sy besef elke dag meer en meer dat sy 'n ryskool op die been moet bring. Daar is soveel geleenthede wat so 'n skool kan bied aan jong kinders wat nooit andersins perd sal kan ry nie. Of selfs gestremde kinders wat sielkundig baat kan vind deur tyd op 'n perd se rug deur te bring.

Na 'n verfrissende stort, tref sy haar tante in die sitkamer aan waar sy 'n koppie tee geniet. Dit is presies wat sy ook nou nodig het.

Sy gaan sit in een van die gerieflike leunstoele. "So ja, dit was heerlik. Ceaser was weer op sy stukke vanmôre. Hoe was tannie se kuier in die stad? Ek sal seker nooit regtig daar aard nie. Te veel mense en motors. Dit sal my mal maak," sy ledig haar koppie en plaas dit op die teetafel.

Haar tante kyk haar verbaas aan. "Nou hoe wil jy dan gaan studeer, liefie? Die universiteit is dan in die stad. Of het jy ander planne?"

"Ek werk nog daaraan, daar's nog baie tyd." Haar voornemens om die saak subtiel te benader, vlieg by die venter uit. "Maar eers wil ek by tannie hoor wat presies van my en Wouter se moeder geword het. Ja, ek weet ons het al hierdie gesprek gehad toe my pa nog geleef het, maar soos die tyd aanstap, kan ek nie help om te wonder wat van haar geword het nie. Wouter sê ek moet dit los, maar ek koop dit nie dat een mens net eenvoudig van die aardbol kan verdwyn nie."

Sy hoop nie tannie Adelle gaan weereens toeslaan soos 'n mossel nie. Dit is wat sy nog altyd doen as daar na Mercia verwys word. Watter geheim dra hierdie klein, ou vroutjie in haar binneste rond? Sy is al diep in haar sestigs en as daar iets is wat sy van haar en Wouter weerhou, is dit bitter onregverdig teenoor hulle. En as hulle pa iets met tannie Adelle se stilswye te doen het, het hy geen reg om sy suster verder vanuit sy graf te manipuleer nie. Wie weet, dalk is sy moeg om dit langer weg te steek, wat ook al dit is.

Adelle staan op en kom slaan haar arm om haar middellyf. Sy lyk geensins bekommerd of verbaas nie. Dalk is dit vandag die dag dat sy antwoorde gaan kry op die één ding waaroor sy en Wouter vir soveel jare al wonder. Waar is hulle moeder?

"Ek wens ek kon van meer hulp gewees het, maar ek weet net so min soos julle. Ek het haar ook maar net op hulle troue gesien en toe julle gebore is en een of twee keer tussenin. Maar nadat sy weg is, het niemand ooit weer iets van haar gehoor nie. Ek het toe hier by julle kom woon. Julle twee is vir my soos my eie kinders."

"En ons sal tannie altyd dankbaar wees. Ek wil vir tannie iets gaan wys in my pa se studeerkamer. Ek het gisteraand 'n boek gaan soek om te lees. Nugter alleen weet hoe my pa dit reggekry het om deur al daardie honderde boeke van hom te lees."

Die soliede houtdeur kraak toe San-Mari dit oopstoot. Sy reik na die skakelaar en die lig helder die steeds muwwe vertrek op.

"Sal tannie die personeel asseblief vandag nog aansê om al die vertrekke in die huis op 'n meer gereelde basis af te stof en die vensters oop te maak vir bietjie suurstof? Miskien hier en daar 'n paar blomme in vase neer te sit? Dit is nie nodig dat die huis soos 'n begraafplaas moet voel nie. My pa sou dit nie so wou gehad het nie, of wat sê tannie?"

Adelle staan langs die groot imbuia lessenaar en vee met haar voorvinger 'n streep deur die stof wat al so lank geakkumuleer het sedert Rudolf se afsterwe. "Ek stem saam met jou, San-Mari. Die huis behoort steeds huislik te vertoon. Ons kan selfs daaraan dink om mense wat wynproe-gesellighede bywoon, te nooi om hier te kom bly. Dit dalk omskep in 'n gastehuis."

"Sjoe, tannie Adelle, dis 'n briljante idee! Ek het nog nooit so daaraan gedink nie. Ons sal hoor wat Wouter daarvan dink, maar ek dink nie hy behoort 'n probleem daarmee te hê nie. Hy gaan tog maar eendag in ons pa se voetspore volg en dis nie meer lank nie of hy is klaar met sy studies en dan is hy permanent op die plaas. Plus, daar is so baie vertrekke in die huis, dat dit ideaal is vir 'n gastehuis."

"Jy praat net die heeltyd oor Wouter, gaan jy dan nie ook betrokke wees en jou broer ondersteun nie? Ek weet jou pa wou dit so gehad het."

"Ek weet wat vader se wens was, maar ek is 'n taamlik onrustige siel, en ek wil eers werk aan 'n toekoms van my eie. Nie noodwendig weg van die plaas af nie, net in 'n ander rigting. Maar genoeg daarvan. Weet tannie wat die inhoud van hierdie onderste laai is? Ek sien dit is gesluit. Ek kry ook nie die traktaatjies en kaartjies van medelye van my pa se begrafnis wat ons hier kom bêre het nie." Sy kyk vinnig of haar tante enige vreemde gebaar of emosie toon. Maar die uitdrukking op haar mooi gelaat gee niks weg nie. As sy iets weet, speel sy deksels goed toneel.

"Nee, kindjie, sou nie kon sê nie. Die traktaatjies en kaartjies is in hierdie houer, hier langs die lessenaar. Soos jy flussies genoem het, die vertrekke staan heeldag toe en hierdie studeerkamer van jou pa is die een vertrek wat ek dink die personeel sal respekteer. Daarom word dit nooit afgestof of oopgemaak nie. Maar wat laat jou dink daar is iets belangriks in daardie laai?" Sy buk vooroor en neem die handvatsel in haar hand. "Dit is gesluit, waar is die sleutel?" sê-vra sy.

"Ek het gehoop tannie sal my kan sê. Ek het elke rak van bo tot onder deursoek, maar daar is geen teken van die sleutel nie." Sy wys in die rigting van die boekrak.

"En Wouter, het jy jou broer al gevra? Waarna soek jy San-Mari? Ai, my kind, moenie vir my sê jy is al weer op soek na iets van jou moeder nie?"

Sy gee haar tante 'n drukkie. "Tannie Adelle is die naaste aan 'n moeder wat ons ooit kon kom. Maar hier in my agterkop sal daar altyd 'n stemmetjie wees wat my sal aanpor om meer oor my biologiese moeder te wete te kom. Tannie kan dit seker verstaan, nè?" Sy merk haar tante se ongemak op en besluit om die onderwerp vir eers daar te laat. Tannie Adelle was nog net goed vir hulle.

Wouter is net betyds vir aandete en groet sy tante en suster waar hulle gesellig in die sitkamer verkeer. "En as julle twee so lekker ontspan? Ek moet al my kragte inspan om 'n graad te kry, terwyl julle dames heeldag leeglê. Toemaar, ek trek maar net julle siele uit," lag hy terwyl hy sy baadjie en aktetas neersit. "Ek weet nie van julle nie, maar ek is rasend van die honger." Daarmee stap hy reguit na die eetkamertafel.

"Alet het haarself weer oortref met hierdie lekker waterblommetjiebredie. Dit was pa se gunsteling gereg."

"Ook maar net omdat tannie Adelle haar touwys gemaak het," gooi San-Mari 'n stuiwer in die armbeurs.

Die drie eet in stilte verder en toe die hoofmaal afgehandel is, staan Adelle op en verdwyn die kombuis in.

Kort daarna bring Alet die nagereg en plaas dit voor San-Mari en Wouter neer. "Ek hoop julle geniet dit, ek het 'n resep van julle tannie geneem en dit beproef. Sy is voorwaar 'n goeie kok. Net jammer sy

20

wou nie saam nagereg eet nie, maar sy het gevra dat julle haar moet verskoon. Sy het blykbaar 'n kopseer. Ek sal netnou haar tee vir haar kamer toe neem."

Alet is skaars uit of Wouter vra vir San-Mari hoekom tannie Adelle so vreemd optree. Sy was besonder stil aan tafel. Dit is nie haar geaardheid nie. Sy is altyd so vrolik en opgewek.

"Ai, Boeta, ek hoop nie ek het nou weer 'n kan wurms oopgemaak nie. Ek weet hoekom sy ons probeer ontwyk. Sy doen dit gewoonlik as sy 'n konfrontasie wil vermy. Ek moet sê, ek neem haar nie kwalik nie."

"Wat het jy nou weer aangevang, San-Mari? Het jy ons tante gaan staan en omkrap? Moet net nie vir my sê jy het al weer inligting oor moeder uit haar probeer kry nie. Sy het dit duidelik gemaak dat sy niks van haar af weet nie. Sy is 'n dierbare mens en ons wil nie die oorsaak wees dat sy nie meer hier by ons wil bly nie. Sy het net vir my en jou."

Sy sug. "Jy weet, Wouter, vir 'n hoogs intelligente mens, is jy maar bra dof. Ek het haar nie gekonfronteer nie. Ons het mos lankal besluit dat dit nie 'n opsie is nie. Ek het haar bloot gevra om saam met my na vader se studeerkamer te gaan. Ek wou hê sy moet sien hoe vol stof en bedompig die vertrek is sodat sy die personeel kan aanspreek daaroor. Dit is mos deel van haar pligte, wat sy haarself toegeëien het, mag ek byvoeg."

"Ek het maar net gewonder, Sus, maar wat het jy daar gaan soek? Die plek staan al vir so lank toe. Nes al die ander kamers in die huis. Is jy doodeerlik? Jy kan my maar sê, dis nie asof ek jou gaan verbied om daar rond te krap nie." Hy knipoog vir sy suster. Hy weet waarmee sy besig is. Sy kon hulle ma se verdwyning nog nooit heeltemal verwerk nie.

"Ek wil hê jy moet saam met my kom. Ek wil nie hier staan en praat nie. Die mure het ore, toe kom." Sy stap vooruit, haar broer volg onwillig. Hy loop al brommend agter haar aan, totdat hulle voor die toe deur te staan kom. Hy kan nie onthou wanneer laas hy hier voor sy pa se studeerkamer gestaan het nie. 'n Vreemde gevoel neem die oorhand as hy die deurknop stadig draai. San-Mari skuur by hom verby en skakel die lig aan.

Alles lyk nog net dieselfde. Die meubels, gordyne en die boekrak met sy rye boeke opgestapel in elke rak. Hy het ook al dikwels gewonder hoe sy pa dit reggekry het om deur al daardie boeke te lees. Waar het hy die tyd daarvoor gekry?

San-Mari staan gebukkend voor die lessenaar en sukkel met 'n laai. "Kom, help my om dit oop te kry, Wouter. Dit wil voorkom of hy gesluit is."

Hy gee die laai 'n paar harde plukke en dan skuif dit meteens oop. Dit is so vol geprop met allerlei notas en toegevoude blaaie dat dit die laai laat vassit het. Hy trek die laai heeltemal uit en plaas dit bo-op die lessenaar.

San-Mari is so opgewonde soos 'n kind. "Dankie, Boeta, jy's my held!" Sy gaan sit sommer bo-op die lessenaar langs die laai.

Hy kyk haar kopskuddend aan. "Ek hoop jy kry wat jy soek. Nugter weet wat dit is, maar sterkte. Ek gaan inkruip. Nag, Sus."

Hy verlaat die studeerkamer en San-Mari maak haarself gemaklik op die vloer met die laai langs haar. Sy gaan elke velletjie papiertjie en notatjie met 'n vergrootglas bestudeer as dit moet. Sy weier om op te gee.

Die vloer lê later besaai met papiere en kwitansies van vlugte en restaurante en hotelle waar haar pa tuisgegaan het sedert sy heel eerste buitelandse reis. Van hulle ma is daar nie eers 'n vliegtuigkaartjie nie. Het sy hom dan nie vergesel na enige van sy sakegeleenthede nie? Dis baie vreemd.

Sy sug en begin om die papiere sorgvuldig op te vou en weer in die laai terug te plaas sodat dit nie weer vashaak nie. Sy het meer as genoeg tyd hier spandeer sonder enige sukses. Net toe sy die laai terugwikkel in sy gleuf, val haar oog op die witterige koevert wat agter teen die wand vassit.

Vervlaks! Hoe gaan ek hom daar uitkry? Sy kyk om haar rond of daar nie iets soos 'n besem of 'n draadhanger is wat sy kan gebruik nie. Haar oog vang die verestoffer langs die vullisdrommetjie en dit kom handig te pas. Die koevert val op die grond en sy vee hom nader. Is dit toevallig, of is hierdie die bewys waarna sy so lankal soek dat daar hoegenaamd 'n persoon met die naam Mercia de Wet bestaan het, of steeds bestaan? Sy is skielik huiwerig om die koevert oop te maak.

Die gom aan die koevert is droog en verkleur, 'n bewys dat dit al baie oud is. Dit neem nie baie moeite om dit oop te maak nie. Sy trek heel eerste die verweerde stukkie papier uit, waarop daar slegs 'n adres staan. Die ink is so verkleur dat sy dit skaars kan lees: 'Hotel Hauser. St. Moritz'. Daar is nog 'n paar ander reëls ook geskrywe, maar so dof dat sy dit nie kan lees nie, onderaan lyk dit soos 'Switserland'.

Sy frons. Dit is seker nie veel werd nie, aangesien hulle vader baie buitelandse reise onderneem het.

Dan trek sy die res van die inhoud ook uit. Die eerste is 'n foto van 'n man en 'n vrou iewers in die berge. Die vrou se gesig is onduidelik en haar hare verberg haar gesig omtrent heeltemal soos die wind dit waai. Die man is ongetwyfeld hulle pa.

Die volgende een is 'n foto van dieselfde vrou met dieselfde klere aan, maar sy staan met haar rug na die kamera.

Die derde foto is in 'n hotel geneem, en die naam kan slegs met behulp van 'n vergrootglas uitgemaak word. Hotel Hauser. St. Moritz. Die foto's is duidelik baie oud, en hulle pa lyk nog baie jonk, maar weereens kan die vrou se gesig nie gesien word nie.

Laaste is 'n koerantuitknipsel van 'n uitstalling van wyne, waarop 'n foto verskyn van hulle pa en op die agtergrond 'n figuur met dieselfde kleur hare, maar met haar rug na die kamera, diep in gesprek met ander dames.

Die venue moet opgeteken wees iewers, aangesien die geleentheid die pers gehaal het.

Sy neem weer die velletjie papier en probeer uitmaak wat daarop geskrywe staan. Maar dit is so geel en verweer dat die skrif onleesbaar is. Daar is 'n dosyn of wat sulke papiertjies in die laai, maar nie een van hulle het enige inligting bevat wat werklik iets beteken nie.

Met 'n swaar sug druk sy die laai toe, nadat sy die koevert teruggesit het. Sy besluit om vir eers nie vir Wouter hiervan te sê nie, hy sal haar uitlag en van vooraf skuldig laat voel.

Dit is al baie later as wat sy gedink het, toe sy uiteindelik die deur van haar slaapkamer toemaak.

Hoofstuk 3

San-Mari is vroeg uit die vere en tref haar broer en tante by die ontbyttafel aan.

"Môre almal, julle lyk vrolik vanoggend. Het julle vir my ook 'n skeppie oorgelos? Ek is rasend van die honger." Sy wag nie vir 'n antwoord nie en trek haar stoel uit. "Tannie Adelle het vroeg gaan inkruip gisteraand. Ek verstaan dat tannie 'n hewige hoofpyn gehad het. Is hy darem nou oor?"

Wouter maak keelskoon en stamp haar voet onder die tafel. 'n Teken dat sy nie moet karring nie.

Hy het reeds sy tante uitgevra daaroor en sy het te kenne gegee dat sy beter voel.

"Nou ja, as julle dames my sal verskoon, ek moet by my klasse kom." Hy gee hulle elkeen 'n piksoentjie op die wang. "Gedra julleself," glimlag hy toe hy op die punt staan om te vertrek.

Hy hoop nie San-Mari gaan nou aan tannie Adelle bly karring nie. Tannie Adelle het dit baie duidelik gemaak dat daardie vertrek nie haar gunsteling is nie. Mens kan dit verstaan, hulle vader was tog haar eie broer. Of dit 'n rou wond oopkrap, en of dit net uit respek vir die ontslapene is, sal niemand weet nie.

"Jy is vroeg uit die vere, San-Mari. Het jy nie goed geslaap nie? Ek het iewers deur die nag opgestaan om te gaan water drink, toe sien ek dat daar 'n skrefie lig aan die onderkant van die studeerkamer se deur skyn. Ek het maar aangeneem dat dit jy is wat daar rondkrap," waag haar tante dit.

Sy wil-wil haar vererg, maar reageer met 'n vroom uitdrukking op haar gesig, "Ja, ek het weer op my soektog gegaan. En raai wat, ek het toe die onderste laai oopgekry, altans Wouter het, maar daar was absoluut niks wat ek met my moeder kon verbind nie. Vreemd, nè? Mens sou dink dat aangesien die laai vasgesit het, dit dalk geheime inligting sou hê oor my ma se verdwyning. Maar daar is nie 'n enkele bewysstuk in nie."

Adelle voel jammer vir haar oorlede broer se dogter. Om so te moet wonder oor 'n moeder wat jy nooit geken het nie, moet bitter moeilik wees. Dit is hoogtyd dat San-Mari op 'n loopbaan besluit. Sy het hopeloos te veel tyd tot haar beskikking. Dié dat sy so aanhoudend op soek is na haar ma. Sy is so 'n beeldskone meisie, maar sal soos sý opeindig as sy nie tussen jong mense van haar eie portuur kom nie.

"Wat beplan jy vir vandag, liefie? Jy gaan seker eers weer 'n entjie met Ceaser ry voor jy iets anders doen?"

"Nee, Tannie, ek ry gou uit met my motor na oom Frans-hulle. Hy en tannie Wilna het my lankal gevra om oor te kom. Ek sien tannie later."

Adelle kyk haar broerskind agterna waar sy met haar blou motor om die draai verdwyn. Die bure is aangename mense. Frans en Wilna is 'n rapsie jonger as syself en heelwat ouer as San-Mari en Wouter. Sou die meisiekind nou by hulle wil gaan uitvis oor haar moeder? Sy gaan beslis niks wys word nie, aangesien hulle nog nie daar gewoon het toe Mercia verdwyn het nie. Vreemd dat sy juis nou by hulle wil gaan kuier.

San-Mari parkeer in die skadu van die groot Eikeboom voor hul bure se huis. Sy hoop hulle is tuis aangesien sy nie laat weet het sy kom nie. Sy was lanklaas hier.

Riana, hulle dogter, en sy was beste vriendinne totdat Riana 'n paar jaar gelede Londen toe is waar sy besig is om haar te kwalifiseer as mediese dokter. Op skool was sy altyd die slim een, soos Wouter. Hulle twee is dieselfde ouderdom, en sý drie jaar jonger, maar die drie van hulle, nee, eintlik vier, Laetitia bygereken, kon nooit uitgekuier raak oor skoolvakansies en naweke nie. As hulle nie op hul perde se rûe was nie, was hulle in die swembad waar hulle ure ontspan het. Sy mis daardie sorgvrye tye.

"My genade, San-Mari, wat 'n heerlike verrassing! Ek en oom Frans praat net nou die dag van jou en jou broer en hoe ons na julle verlang! Ons het mekaar laas gesien op jou pappie se begrafnis. Die tyd vlieg ook so vinnig. Kom binne." Tannie Wilna druk byna die lug uit haar longe uit. Wilna van Jaarsveld is 'n stewige tannie en jy voel dit beslis as sy jou 'n drukkie gee.

"Dankie, Tannie. Ek is bly om tannie ook te sien. Is die oom ook hier?" Sy stap agter haar gasvrou aan na die sitkamer waar oom Frans koerant sit en lees.

Hy spring op en gryp haar twee hande in syne. "San-Mari, my kind, dis nou 'n verrassing! Hoekom het jy nie laat weet dat jy oorkom nie dan sou tannie Wilna gesorg het vir 'n ou eetdingetjie. Kom, sit hier langs my, ek wil hoor hoe dit met jou en jou broer gaan."

Hy trek haar aan haar hand na die rusbank en sy is verplig om langs hom te gaan sit. Sy is baie lief vir tannie Wilna en oom Frans. Hulle het haar en Wouter so mooi bygestaan tydens hulle vader se afsterwe. Al was tannie Adelle daar, het hulle nogtans gereeld 'n draai daar by hulle kom maak.

"Dankie, julle, ek het gevoel ek wil net vandag bietjie van ons huis ontsnap. Met Wouter gaan dit baie goed en tannie Adelle is baie goed vir ons. Sy regeer omtrent die huispersoneel en die arbeiders op die plaas met 'n ysterhand. Ek weet nie wat sou ons sonder haar gedoen het nie. Sy is 'n ware staatmaker."

"Mmmm, en met jou, kindjie? Hoe gaan dit met jou as jy nie eens vandag by jou huis wil wees nie? Het daar iets gebeur wat jou so laat voel?" vra tannie Wilna met 'n bekommerde uitdrukking in haar oë.

Wouter en San-Mari is soos hulle eie kinders. Die twee was nog so jonk toe sy en Frans die stuk grond langs hulle wynplaas kom koop het. Frans het sy praktyk in die stad verkoop en praktiseer nou as veearts hoofsaaklik van die plaas af, maar in 'n meer konserwatiewe hoedanigheid.

Dit is dan ook hier by hulle waar oorlede Rudolf vir San-Mari een van hulle mooiste hingste gekoop het. Die dier is duidelik haar trots en groot liefde. Sy sal in alle waarskynlikheid baie swaar afskeid neem van hom as sy die dag universiteit toe gaan. Veral as sy nie ook gereeld tuis kan wees soos Wouter nie. Niemand behalwe San-Mari self, waag dit naby die pragtige swart hings nie.

"Sê eers vir my hoe gaan dit met Riana? Is sy nog in Londen en hoe lank moet sy nog studeer? Wouter is tans in sy finale jaar. Wynbou loop beslis deur sy are," sê sy grappenderwys.

"Nee, met Riana gaan dit baie goed, dankie, San-Mari, en met haar studies ook. Sy het nog 'n klompie jare oor voor sy eendag klaar sal wees. Gelukkig, met die moderne tegnologie van vandag, kan mens darem in kontak bly met mekaar. Wat noem julle jongmense dit? *Skype*? In ons jongdae moes ons maar vir mekaar skryf, bel was te duur."

"Ek is so bly dat dit goed gaan met haar. Stuur asseblief baie groete as julle weer gesels. Dit bring my by die eintlike rede vir my besoek. Ek het gewonder of oom Frans my kan raad gee? Na ons vader se afsterwe, het Wouter die hele boerdery oorgeneem, met reg ook, en tannie Adelle help hom baie. Soos ek gesê het, dit is in sy bloed. Ek, aan die anderkant, weet nou vir seker dat ek nie akademies aangelê is nie, of liewer, dat ek nie in vier mure vasgedruk wil wees nie. Ek is van kleins af 'n buitelug mens. Ek het ook, soos oom Frans, veeartsenykunde as 'n moontlike loopbaan oorweeg, maar ek weet nou wat ek vir die res van lewe wil doen. En ek het oom se hulp nodig."

"O, maar jy sal 'n uitstekende veearts uitmaak, San-Mari. Wat verhoed jou om in daardie rigting te gaan studeer? Jy is dan so lief vir diere." 'n Diep plooi vorm op die aantreklike man se voorkop. Rudolf het altyd gesê dat dit sy grootste wens is dat albei sy kinders in sy voetspore sal volg. As hy geleef het, sou dit sy hart gebreek het om te hoor San-Mari stel nie belang nie.

"Nee, Oom, ek is eintlik te lief vir diere om hulle lyding elke dag te moet aanskou, en oom is mos net hier langs ons. Een bekwame veearts is oorgenoeg, of wat sê ek, tannie Wilna?" Sy knipoog in oom Frans se rigting. Hy het nog altyd van haar sin vir humor gehou.

Sy vervolg, "Julle weet seker dat ek en my broer gesamentlike erfgename is van ons oorlede vader se boedel. Hy is besig met sy Wingerd- en Wynkundegraad en ek het uiteindelik besluit wat ek met die res van my lewe wil doen. Ek sal steeds op die plaas wees om te help waar ek kan, maar ek wil graag 'n ryskool op die been bring. Ek weet hoeveel troos ek met Ceaser ervaar het na my pa se afsterwe. En ek wil jong kinders wat nie so bevoorreg is soos ander nie, ook 'n kans gee om die lewe uit 'n ander perspektief te ervaar. Daar is so baie van hulle, net hier om ons, en in die kinderhuise. Dink julle nie dit is 'n puik idee nie? Plus, dit sal wonderlike terapie wees vir die ou kleintjies."

"Dit is, ja, kindjie, maar die voorbereiding vir so 'n projek is enorm. Ek het dit op 'n stadium oorweeg, maar daarteen besluit, aangesien dit my te besig sou hou. Ek bly maar liewer by my beroep as veearts. Nou om terug te kom na jou vraag. Om mee te begin, kan jy met slegs een perd oor die weg kom, en soos jou besigheid groei en die publiek bewus raak van jou klub, kan jy die perde aanvul. Jy het darem al een perd. Dan is daar natuurlik die stalle en die gebalanseerde voer wat die perde moet inneem. 'n Groot stuk van julle grond sal ingespan moet word vir dié doel. Laaste, maar nie die minste nie, sal jy iemand moet aanstel wat die perde asook hulle stalle versorg. Daar moet ook 'n oefen-arena aangebring word vir die perde en die ruiters. Die perde moet ingeënt word teen siektes en gereeld deur 'n veearts ondersoek word. Gelukkig is ek darem byderhand. Maar, ek moet jou waarsku, as jy eers jou hand aan die projek geslaan het, gaan jy bitter min tyd hê vir jouself. Dit klink dalk nie nou so nie, maar dit is 'n veeleisende beroep, oftewel projek."

"Ek verstaan, oom Frans, maar ek sal nie vir Ceaser kan gebruik nie, hy is te beduiweld, ek sal een of twee saalperde moet aanskaf. Hoe lyk oom se trop perde hierdie jaar? Sal oom een of twee aan my kan afstaan?"

"Kom ek gaan wys jou die stalle."

Hulle stap uit.

"Ek moes noodgewonge afskaal aangesien die aanvraag na saalperde skaars geraak het. Telers fokus meer op resiesperde waaruit hulle kan geld maak. Daar is soveel beroepswedders in die land wat die heeltyd op die uitkyk is vir die vinnigste resiesperd en hulle is bereid om groot geld te betaal. Ek is nie in daardie bedryf nie." sê hy op pad na die stalle.

"Net nog een rede hoekom ek nooit vir Ceaser sal verkoop nie, of toelaat dat iemand anders op hom ry nie. Hy is veels te kosbaar en hy ken ook net vir my."

Hulle stop by die eerste stal. Die merrie steek haar pragtige bruin kop bo die staldeur uit. Dit is duidelik dat eienaar en dier baie respek het vir mekaar. Oom Frans maak die deur oop en die perd kom outomaties agter haar eienaar aan.

"Hierdie is Snowy. Sy is vurig in die kompetisie-arena, maar terselfdertyd ook baie gehoorsaam. Sy is nou so vyf jaar oud. Sy heet 'n Appaloosa, en die wit vlekke, soos hier agter op haar boude, is een van hulle hoofkenmerke. Mooi, nè?" Hy lei die dier terug in haar stal in.

"Jy sal merk dat ek nie baie perde oor het nie. Ek het net vier vir myself en Riana oorgehou. Jy sal onthou hoe lief sy vir perdry was. Hy beweeg na die stal langs Snowy en hulle word begroet deur 'n bruin merrie wat net so pragtig is. Haar maanhare en lang

33

uitgeborselde stert is donkerder as haar blink vel. Sy runnik van pure opgewondenheid toe oom Frans oor haar wit voorkop vryf.

"Sy is Misty. Een van my mees gehoorsame perde. En baie lief vir kinders. Hier is Rambo, my reun, die liefde vanself en ook baie mak. Hy vryf oor die perd se wit neus, sy lang maanhare en stert is egter swart.

Dan beweeg hy na die laaste stal en huiwer 'n oomblik. "Ek sal nie graag van Venus wil skei nie, San-Mari, ons twee kom al 'n lang pad saam."

San-Mari staan nader toe oom Frans die staldeur oopmaak. Op die hooi lê die mooiste vulletjie en sy mamma staan half bo-oor hom vir beskerming.

"Oom Frans," fluister sy in ekstase. "Is dit nie die mooiste ou dingetjie nie? Hoe oud is hy of sy?" Sy staan effens terug as die merrie ongemaklik begin rondtrap. Pure moederinstink. 'n Skok trek deur haar liggaam toe sy die natuurlike reaksie aanskou en haar gedagtes dwaal na 'n moeder wat haar twee kinders versaak het. Sommer net so. Nie eens 'n dier is so wreed nie.

Sy skrik wakker uit haar gedagtes toe oom Frans haar aan die arm neem en na die vulletjie toe lei. "Kom, streel sy koppie, hy is al gewoond aan my en tannie Wilna."

Sy kyk eers verskrik na die merrie wat nie buite bereik staan nie. "Oom Frans, ek het nog nooit 'n vulletjie van nader bekyk nie. Hoe oud is hierdie ou dingetjie"? vra sy terwyl sy liggies aan hom raak. "Hy is 'n klein hingsie en is gisteroggend gebore. Tannie Wilna het hom Pegasus gedoop."

Oorweldig deur emosies kom sy orent. "Sjoe, oom Frans, hierdie perde van oom en tannie Wilna is so kosbaar. Ek sal ook nooit kan afstand doen van enige van hulle nie."

Hy maak keelskoon voordat hy praat. "Hulle is baie spesiaal en ek sal met jou 'n ooreenkoms aangaan. Indien jy ernstig is oor jou ryskool, sal ek Misty vir jou leen in ruil vir Ceaser."

Sy kyk geskok na die ouer man hier voor haar. Het hy dan nie gehoor sy sal nooit van Ceaser afstand doen nie?

"Nooit, oom Frans! Ek het dan duidelik gesê hoe lief ek vir Ceaser is. Ek is jammer dat ek oom se tyd kom mors het."

Hy glimlag stilweg vir die erns in hierdie mooi, jong meisie se blou oë. "Ek bedoel nie verruil vir Misty nie, ek bedoel vir voortplanting met Venus, sodra sy weer gesond en sterk is. Dit neem gewoonlik so 'n jaar voordat ek my merries by 'n hings bring. So, intussen kan jy al met jou ryskool begin en sodra dit besiger raak en jy nóg 'n perd moet aanskaf, kan ons vir Rambo ook inspan, op 'n ruil basis. Ek verwag geen kompensasie nie, net jou mooi hings se samewerking. Ek was destyds hartseer om hom aan jou oorlede vader te verkoop, maar hy het sy hart op die Arabiese hings gehad, en gesê sy dogter verdien net die heel beste."

Sy vryf haar kneukels spierwit soos sy probeer sin uitmaak uit hierdie ruil-skema van haar buurman. Sy gaan dit eers met Wouter bespreek.

"Dit is so, Oom, ek moet nou huiswaarts keer, maar baie dankie vir oom se tyd en die voorstel. Ek gaan vanaand nog met Wouter praat en hoor wat sy opinie is. Soos ek gesê het, hy en ek is albei erfgename van ons vader se boedel, so hy het ook 'n sê in enigiets wat op die plaas gebeur. Maar daar behoort nie 'n probleem te wees nie. Sê asseblief vir tannie Wilna ek sê totsiens."

Sy snel voort met die plaaspad tot waar dit by die grootpad aansluit. Haar gedagtes by die ou klein vulletjie. Oom Frans het nie genoem wie die pa is nie. Te oordeel na sy besitlike en trotse houding jeens die vul, kan dit net 'n volbloed hings wees. As veearts het hy toegang tot vele moderne tegnologie en die merrie kon selfs deur middel van kunsmatige inseminasie bevrug geraak het. Hoe dit ook al sy, hy gaan 'n pragtige hings uitdraai, net soos Ceaser.

Wouter se motor staan reeds geparkeer voor die dubbelverdieping huis, toe sy tuis kom. Hy is vroeg terug vandag. Miskien het hulle lesings vroeër opgehou. Sy sal later haar motor gaan bêre, maar eers wil sy met haar broer praat.

Sy tref hom en hulle tante in die kombuis aan waar hulle besig is om aan 'n heerlike koue waatlemoen te smul.

"Dit gaan darem alte lekker hier! Kan ek ook inspring?" Sy wag nie vir die antwoord nie en sny self vir haar 'n stuk van die waatlemoen af. "Mmmm, hy is omtrent stroopsoet. Waar kom hy vandaan? Beslis nie van ons plaas af nie, of hoe, tannie Adelle?"

"Nee, kindjie, jou tannie hou maar by die groente tuin. Wouter het die heerlike waatlemoen hier aangebring."

Hy beaam dit deur sy kop te knik. "Wat het my sus vandag alles aangevang? Jy lees mos deesdae al wat 'n boek is," terg hy haar.

"Ja toe, dit is darem nie al wat ek het om te doen nie. Ek was gou hier langsaan by oom Frans en tannie Wilna. Hulle stuur groete vir julle twee." Sy smul heerlik aan die skyf waatlemoen. "Gaan jy my nie vra wat ek daar gaan soek het nie?"

"Ek het 'n vermoede jy gaan my in elk geval sê. So, wat het jy daar gaan maak? Riana is mos nog in Europa iewers besig om te studeer, of het sy al teruggekom?"

"Riana is nog steeds in Londen. Oom Frans-hulle het nie gesê hoe lank sy nog daar gaan wees nie. Ek het met oom Frans gaan gesels oor die moontlikheid om 'n ryskool te begin hier op ons plaas. Ek oorweeg dit ernstig om rylesse aan te bied aan getraumatiseerde- of gestremde kinders. Daar is 'n groot behoefte daarvoor. Ek moet nog met jou daaroor praat, Boeta, maar ek wou eers my huiswerk deeglik doen. Volgens oom Frans, is dit 'n blink idee en hy het my 'n uitstekende aanbod gemaak. Hy sal twee van sy perde tot my beskikking stel sodat ek eers doodseker maak dat dit is wat ek wil doen. Ag, jinne, julle twee, hy het my die mooiste klein vulletjie gewys, hy is maar 'n dag oud. Hy lyk op 'n druppel water soos Ceaser."

Wouter staan op, gevolg deur sy tante, en San-Mari is verplig om hulle voorbeeld te volg. In die sitkamer gaan sit sy in die groot leunstoel.

"So, San-Mari, wanneer het jy so 'n gewigtige besluit geneem? Ek was altyd onder die indruk dat jy, soos ek, universiteit toe sal gaan om jou te bekwaam in een of ander rigting. Geld is mos nie 'n probleem nie." Hy kyk verbaas na haar.

"Dit gaan nie oor geld nie, Wouter. Ek loop al 'n geruime tyd rond met die gedagte in my kop om die een of ander liefdadigheidsorganisasie op die been te bring en 'n ryskool is die perfekte geleentheid. Ek wil aan minderbevoorregte kinders hoop vir die toekoms bied. Hulle kan soveel baat vind daarby. Ek wil ook buite in die natuur wees en nie tussen vier mure vasgedruk voel nie. Wat dink tannie van my idee?"

"Dit klink na 'n goeie plan, kindjie, solank jy net gelukkig is." Tannie Adelle verskoon haarself en verlaat die sitkamer. As hulle tante, is sy geregtig op haar opinie, maar sy besluit om liewer neutraal te bly.

"A, nou kan ek en jy privaat gesels, San-Mari. Jy weet ek sal jou ondersteun in alles wat jy doen, maar is dit regtig waarin jy vir jouself 'n toekoms sien? Dit sal baie van jou tyd in beslag neem en is 'n uiters verantwoordelike roeping. Jy het hier te doen met mens en dier. Plus, daar is seker een of ander organisasie waar jy sal moet registreer om met kinders te kan werk, veral as dit by gestremde kinders kom."

"Oom Frans het dit genoem, ja, en hy sal my help daarmee. Maar dink jy dis 'n goeie idee, Boeta? Ek is hart en siel daarin."

"Wel, hier is genoeg onbenutte grond op ons plaas en dit sal ook as advertensie vir ons wynkelder kan dien. Ons kan selfs een of twee chalets ook oprig vir die ouers wat hulle kinders van ver af wil bring. Dit kan selfs as 'n vakansie-wegbreek dien. Ek dink jy het hier 'n uitstekende belegging beet."

"Dankie, Wouter, ek kan nie wag om te begin nie. Punt is, waar begin mens? Ek wil nie misbruik maak van oom Frans se goedhartigheid nie, so sal jy dalk in jou vrye tyd saam met my na die hardewarewinkel gaan om pale en die nodige toebehore te gaan bestel? Dan kan jy my help om bietjie navorsing te doen in verband met die oprigting en bedryf van 'n ryskool. Dit behoort darem seker nie so moeilik te wees nie. Ons moet net die geskikte kandidate kry om die ryskool van die grond af te kry. Dit sluit in die oprigting van die arena, die bou van nog twee stalle, asook 'n goeie afrigter. Iemand wat met die emosionele kant van die kind kan werk."

Wouter is verheug dat sy sussie uiteindelik iets gekry het om haar mee besig te hou, en hopelik bring dit nou 'n einde aan haar obsessie met hulle moeder.

Sy moet, soos hy, dit aanvaar dat Mercia nooit gevind sal word nie, of wil word nie. Hierdie is 'n enorme taak wat sy op haar twee skouers neem, maar as dit is wat sy moet doen om besig te bly, het sy sy volle ondersteuning.

"Ek het nie môre lesings nie en dan kan ek en jy by oom Frans aandoen voordat ons inry stad toe. As veearts, en iemand met sy eie perde, het hy beslis meer ondervinding as ons twee."

"Dankie, Boeta! Ek het sommer geweet ek kan op jou staatmaak." Sy spring op en gee haar broer 'n stewige druk. Hulle was van kleins af baie afhanklik van mekaar, maar noudat hulle albei volwassenes is, is hulle baie geheg aan mekaar. Veral noudat hulle geliefde vader ook nie meer daar is nie. Hy was so 'n belese man, maar ook terselfdertyd 'n perfekte vader. Hy het hulle alles gegee wat hulle harte begeer het, ook maar omdat hy probeer vergoed het vir die verlies van 'n moeder.

Ongelukkig was dit nie vir hom beskore om sy twee kinders se toekomsideale tot vervulling te sien kom nie. Hy het darem geweet watter rigting Wouter ingeslaan het, aangesien dié al op universiteit was voor sy afsterwe. San-Mari was op daardie stadium nog besluiteloos.

Hoofstuk 4

Dit is 'n warm lenteoggend as Wouter en San-Mari aan oom Frans-hulle se voordeur klop. Die deur is nie gesluit nie en staan op 'n skrefie oop. San-Mari knik vir haar broer om in te gaan, maar hy is nie so voor op die wa soos sy nie. Meisiemense darem! Voor hy haar nog kon keer, stoot sy die deur heeltemal oop en nooi haarself binne. Hy voel verplig om haar te volg. Dit is doodstil in die huis en die enigste teken dat daar lewe is, is die heerlike reuk van pas gebakte beskuit. Hulle volg hulle neuse tot in die kombuis waar tannie Wilna besig is om die gebakte beskuit uit die panne te haal om droog te word.

Wouter wys vir San-Mari om nie die tannie skrik te maak nie. Netnou laat val sy haar kosbare gebak op die kombuisvloer. Hy maak egter keelskoon en die ouer vrou draai verbaas om. Sy het haar man verwag, nie twee gaste nie. Dan onthou sy dat Frans vroeër vanoggend genoem het dat San-Mari hom weer gaan kom sien in verband met die ryskool wat sy in gedagte het.

"Hallo, tannie Wilna, sjoe, die beskuit ruik hemels. Ek gaan 'n stukkie bedel, kan ek maar?" Wouter wag nie vir die antwoord nie, neem een van die warm stukke beskuit en begin heerlik daaraan smul. "Daar is niks soos 'n lekker warm beskuit met 'n koppie boeretroos nie, nè?" sê-vra hy.

Tannie Wilna glimlag moederlik. "Kom, ek maak gou vir julle elkeen 'n lekker koppie koffie en dan kan julle nog van die beskuit kry. Ek het vroeg opgestaan en begin bak. Dit is mos een van die vele pligte van 'n boervrou. Ag, jammer, julle twee, hoe ontaktvol van my. Ek en my groot mond." Sy voel ongemaklik oor haar uitlating. Sy is deeglik bewus dat hierdie twee pragtige jongmense sonder 'n moeder moes grootword.

San-Mari neem ook deel aan die lekkerte en sy knipoog vir tannie Wilna. "Tannie hoef nie sleg te voel nie. Hierdie is inderdaad die lekkerste beskuit wat ek nog ooit geëet het. En moenie vir my sê ek moet leer beskuit bak nie, Boeta, ons los dit maar vir die eksperts," lag sy. Tannie Adelle is 'n uithaler kok, maar kan gerus by tannie Wilna kom kers opsteek waar dit by die bak van beskuit kom.

"So gepraat, waar is oom Frans dan, Tannie? Is tannie bewus daarvan dat die voordeur nie gesluit was toe ons ingekom het nie?" vra Wouter besorg. "Mens kan nie vandag meer waag om met oop deure te leef nie."

"Frans is vroeg stalle toe, ou seun. Hy kloek so om daai pasgebore swart hingsie. Ek dink as hy kon, sou hy heelnag daar by hom geslaap het," lag sy.

"San-Mari het my vertel van die mooi vulletjie. Kan ons maar soontoe gaan? Of moet ons wag dat oom Frans eers huis toe kom?" Wouter ledig sy koppie en staan van die tafel af op.

San-Mari is al halfpad by die deur uit.

Wilna lag vir die verleentheid op Wouter se gesig. Hy is voorwaar 'n aantreklike en baie goed gemanierde jong man. As daar nou een man is wat sy graag aan die sy van haar dogter sal wil sien, is dit hy. Maar sy het opgemerk dat hy en Laetitia soms uitgaan. Dalk is daar iets tussen hulle aan die broei...

"Tannie Wilna moet maar vir San-Mari verskoon, as sy eers haar hart op iets gesit het, is daar geen keer aan haar nie. Sy kry swaar noudat ons vader nie meer met ons is nie. Sy bly karring in die verlede. Ek het al opgegee om meer te wete te kom oor ons ma, maar sy hou aan soek, al is dit net 'n ou strooihalmpie waarna sy kan gryp."

"Ons kan haar nie kwalik neem nie, my kind. As dogter moet dit vreeslik wees om niks te weet van die vrou wat jou in die lewe gebring het nie. Ek sê altyd, tussen 'n moeder en haar kinders bly daar altyd daardie onsigbare naelstring wat hulle vir altyd aanmekaar verbind. Ek is die Here so oneindig dankbaar vir Riana. Al is sy daar ver oor die waters, kan ons darem nog korrespondeer deur middel van die moderne tegnologie. Ek en oom Frans het lank gevat om gewoond te raak daaraan. As Riana ons nie touwys gemaak het voordat sy Europa toe is nie, het ons nou nog afhanklik gewees van die ou landlyn. Nou kan mens mekaar selfs sien te midde van die lang afstand."

Hy lag. "Mens noem dit Skype, Tannie. Ja, dis baie gerieflik. So van Riana gepraat, hoe gaan dit met haar? Ons het mekaar so lank laas gesien. Kom sy eendag terug na haar studies in Londen?"

"Dit gaan baie goed met haar, dankie. Ons glo sy gaan terugkom na haar studies, sy sê so, in elk geval. Ek weet nie wat sy met al die geleerdheid wil maak nie. Maar dit is mos nou nie meer net 'n wêreld vir mans nie, vroue word dan nou al presidente en predikante. Nee wat, gee my maar die ou kospotte, daar is ek op my gelukkigste," lag sy uit haar keel uit.

Wouter glimlag. Vroue bekwaam hulle lankal in verskeie beroepe, dis nie iets wat nou eers gebeur nie. Hy hou van tannie Wilna. Sy was nog altyd sprankelend en opgewek. Hy en San-Mari het in 'n heel ander omgewing grootgeword. Met 'n meestal afwesige pa en 'n tante wat darem nou nie die heeltyd met 'n lang gesig rondgeloop het nie, was hulle gesin net nooit 'n volkome eenheid nie.

Hy gee 'n lang sug. "As Tannie weer met Riana gesels, stuur vir haar baie groete. Van San-Mari af ook," voeg hy by omdat sy vermaaklik na hom kyk. Riana is 'n baie mooi meisie, maar hy het nie tyd vir enigiets anders behalwe sy studies nie. Wie sê in elk geval daar is nie iemand in haar lewe nie. Buitendien, hy en Laetitia gaan so af en toe uit. Bloot platonies, maar sy verkies dit ook so.

Hulle vind San-Mari en oom Frans by die merrie en die vulletjie, besig om die stal skoon te maak en vars hooi te gooi. San-Mari is hard aan die werk om die voerbakke skoon te maak. Sy kyk op toe sy haar broer en tannie Wilna sien aankom.

"Kom kyk net hier, Boeta. Jy kan nie glo hoe vas hy al op sy beentjies is nie. Sy naam is Pegasus."

"Dag, oom Frans, hy is pragtig, ja. San-Mari vertel my sy was gister hier by oom-hulle om haar ryskool te bespreek. Ons waardeer oom se hulp en raad in hierdie verband. Ek besef dit gaan baie beplanning verg en dit gaan ook 'n groot verantwoordelikheid op San-Mari se skouers plaas. Maar dit lyk my sy is reg vir die ding."

"Dag, ou seun, ja, ek sal help waar ek kan. Maar kom ons gaan huis toe dan gesels ons daar verder." Die ouer man maak die staldeur toe en die viertal beweeg huis se kant toe.

"'n Vriend van my is in die boubedryf en hy skuld my 'n guns. Julle hoef niks te doen nie, net die grond uitwys waar hy die arena en stalle moet oprig. Hy sal ook sorg vir die materiaal en voerbakke, saals en tome, ensovoorts. Hy kry alles by die plaaslike Koöperasie."

"Dit is fantasties, oom Frans, sjoe, ek sien al hoe my ryskool gaan lyk!" Sy kan haar opgewondenheid nie beteuel nie.

Wouter kan nie anders as om sy suster se vreugde te deel nie. "Daar is nog iets, oom Frans. Terwyl oom se bouer die ryskool op die been bring, het ek nog 'n projek wat ek wil hê oom moet asseblief na kyk. Ons omgewing is so bekoorlik hier tussen die berge, en as San-Mari se ryskool 'n sukses is, het ek gedink om so een of twee chalets ook op te rig. Die ouers wat van ver af kom met hulle kinders, kan sommer oorslaap, of selfs 'n wegbreek naweek daarvan maak. Ons het daardie groot meer op ons grond asook die staproetes wat die kinders te perd kan aanpak, onder toesig natuurlik. 'n Groot deel van ons grond lê eintlik onbenut op die oomblik. Daar is meer as genoeg plek op ons plaas."

"Jy weet, ou seun, julle vader was 'n baie vindingryke boer en sakeman. Ek en hy het baie gesels as ons die geleentheid gehad het. Daar was 'n stadium in sy lewe, toe julle nog klein was, wat hy die plaas wou verkoop het. Julle moeder se verdwyning het 'n groot rol gespeel in sy gemoedstoestand. As dit nie vir sy suster se bystand en onderskraging was nie, het julle nie nou met so 'n gesonde wynboerdery gesit nie. Hy het van die beste kultivars gekweek. Ek en hy het ure gesit en nabetragting hou oor wat hy met die De Wet Wynlandgoed moet maak. Gelukkig kon ek hom oorreed om dit as 'n belegging vir julle kinders te hou. As hy nou kon hoor wat julle alles beplan, sou dit sy hart laat swel het van blydskap en trots. Jammer dat ek julle aan julle moeder moes herinner. Maar julle twee kan van julle erfporsie 'n reuse sukses maak. Ek sal help waar ek kan." Gister het hy gedink dat oorlede Rudolf se hart gebreek sou wees as hy van San-Mari se planne hoor, maar vandag dink hy sy ou buurman sou eerder baie trots gewees het.

"Baie dankie, Oom en Tannie, ons moet ongelukkig nou eers huiswaarts keer. Ons arme tannie Adelle wonder seker wat van ons geword het. Oom moet ons maar op hoogte hou sodra oom se bouer bevestig het dat hy ons sal kan help. En onthou, geld is nie 'n kwessie nie, so hy hoef net die beste materiaal aan te skaf. Ons wil nie verwaand klink nie, maar ons wil graag 'n *state of the art* ryskool en chalets op die been bring. Dit sal gaaf wees as ons ook 'n afspraak kan reël met hom sodat ons aan hom ons visie kan uitspel."

"Goed so, ou seun, ek sal kyk hoe gou ek vir Anton kan opspoor dan laat ek julle weet." Frans plaas sy arm om sy vrou se skouers, en toe die twee jongmense uit hulle gesigsveld is, gaan hulle die huis binne.

"Jy dink nie die tweetjies hap 'n te groot stuk uit die koek uit nie, ou man? Ek meen nou maar, Wouter is besig met sy studies en werk intussen nog op die plaas wanneer hy kan, en San-Mari wil 'n ryskool behartig tesame met 'n mini-vakansieoord? Klink vir my na baie werk."

"Dit is baie werk, Wilna, maar Anton is meer as opgewasse om hulle droom bewaarheid te laat word. Jy het self gehoor dat geld nie 'n kwessie is nie. Rudolf was 'n skatryk wynboer. Wag, ek gaan gou vir Anton skakel. Wouter en San-Mari gaan nie gras onder hulle voete laat groei nie. Hulle wil so gou as moontlik aan die gang kom."

Wilna knik instemmend en wend haar na die kombuis, waar Gertruida, haar huishulp, besig is met die voorbereiding vir aandete. Sy en Frans hou daarvan om te eet voordat die son onder gaan, sodat Gertruida ook kan eet en opruim voordat dit te laat is. Soms neem sy van die oorskietkos saam na haar huisie daar op die plaas.

Frans is nou wel 'n veearts en het voorheen boonop voltyds met perde geboer, maar hy het dit afgeskaal en die grond begin aanwend vir die kweek van vrugte en groente, beide vir die plaaslike mark sowel as vir eie gebruik.

Gertruida en haar man, Stoffel, is een van die drie gesinne wat afhanklik is van 'n inkomste uit die plaas.

Sy kyk op waar sy by die wasbak staan as Wilna nader staan om te help met die kos. Wilna is nie vir haar bloot net 'n werkgewer nie, hulle is goeie vriendinne ook.

"Ek sien die twee jongelinge van hier langsaan was hier. Ek verlang so na ons eie Rianatjie as ek sulke jong mense sien." Riana was nog op skool toe sy en haar man hier begin werk het. Daar was altyd 'n groot gekskeerdery en gelag in die kombuis sodra Riana tuis gekom het van die skool af.

"Ek en Frans mis haar ook, Gertruida. Hopelik sal sy terugkeer Suid-Afrika toe as sy klaar is met haar studies. Maar dit sal eers oor 'n hele ruk wees."

"Oe, ons meisiekind gaan so geleerd wees, nes haar pa. Is daar nog nie 'n jong man in haar lewe nie? Ek meen nou maar, so tussen die studies deur ontmoet die jong klomp mos maar altyd iemand spesiaals. Ek vat nou maar my susterskind, Amalia. Dié het mos ook oorsee gaan werk soek en toe halsoorkop verlief gaan raak op 'n wafferse jong onderwyser. Nou het sy laat weet sy kom nie weer terug nie. My suster is so hartseer. Maar sy gun haar dogter die geleentheid om iets van haar lewe te maak. Ek dink sy is ook in die onderwys. Dis eers as die kinders begin sukkel om werk te kry, dat jy besef hoe klein ons ou wêreldjie eintlik is. Die jongmense kry makliker werk daar oorkant die water."

Wilna glimlag net en vermy die vraag van 'n man in haar dogter se lewe. Sy en Frans roer gereeld die saak aan as hulle met Riana praat, maar sy stel hulle telkemale gerus. Nie dat dit verkeerd sal wees as daar wel iemand is nie, dis net dat hulle steeds hoop dat daar eendag iets sal wees tussen hulle dogter en hulle aantreklike buurman, Wouter de Wet.

"Jy kan maar vroeg huis toe gaan vanaand, Gertruida. Ek en Frans gaan sommer hier in die kombuis sit en eet. Ek voel gedaan en wil vroeg gaan inkruip. Jy kan môreoggend die kombuis opruim. Dankie vir die heerlike gereg. Skep vir jou en jou gesin ook 'n bakkie vol in, hier is genoeg."

Gertruida kyk haar werkgewer nuuskierig aan. Wilna tree vreemd op vanaand. Miskien verlang sy na haar dogter. Miskien moes sy nie Riana se naam genoem het nie.

"Is jy seker, Mevrou? Julle kan mos maar klaar eet, dan ruim ek eers op voordat ek huiswaarts keer. Ek gee nie om nie." Daar skort iets met haar werkgewer. Sy ken haar nie so nie. Sy is altyd so op en wakker.

Wilna hou egter vol dat sy maar kan gaan en Gertruida karring nie verder nie.

Sy loop al singende na haar huisie nie ver daarvandaan nie en gaan staan stil toe daar 'n motor in die plaaspad verskyn. Die man agter die stuur, ken sy van geen kant nie. En tog lyk hy bekend. Sy sug en draai by haar huisie in, wat effens versteek word van die pad af deur 'n paar hoë struike.

Sy word begroet deur twee stertswaaiende brakke. Hulle gekef al om haar, lok haar man na die voordeur van die tweeslaapkamer huisie. Stoffel is vroeg klaar in die landerye en is verbaas om te sien sy vrou is so vroeg by die huis vandag.

Asof sy haar man se gedagtes kon lees, verduidelik sy haastig dat mevrou Wilna haar opdrag gegee het om vroeg klaar te maak en huiswaarts te keer. Sonder enige goeie verskoning, net dat sy moeg voel.

"En jy glo haar, Gertruida? Klink vir my daar sit meer agter haar storie as blote moegheid. Ons het al hieroor gepraat. Ek dink steeds dat mevrou Wilna en meneer Frans weet wat van oorle meneer Rudolf se vrou geword het. Ek dink dit het haar dalk ontsenu toe sy vandag daardie twee kinders weer gesien het. Mens kan net so lank met so 'n groot geheim saamleef. Ek is oortuig daarvan dat oorle Rudolf sy vriende sou vertel het van sy vrou en so aan. Ek is eintlik verbaas dat die twee jongmense hulle nog nie kom ondervra het nie."

Sy kyk haar man skepties aan. "Jou verbeelding hardloop met jou weg, Stoffel. In elk geval, dit is nie ons besigheid nie. Kom ons los dit nou. Hier, mevrou het vir ons hierdie heerlike bak bredie saamgestuur. Waar is ons twee klonge? Ek hoop nie hulle is al weer in die moddergat agter die huis nie. Wat vind die twee so lekker om in die modder te baljaar?"

Stoffel glimlag. Bennie en klein Andries is haar twee sproetgesig-karnallies. Eintlik is die twee stroopsoet, maar die arme vyfjarige Bennie moet gedurig keer dat sy kleinboetie van drie jaar nie die vreeslikste goed aanvang nie. Dan loop al twee deur. Net nou die dag het hulle hul morsdood gesoek na Andries en kry hom toe onder by die stalle waar hy op 'n krat gestaan het om die klein vulletjie van nader te bekyk. Gelukkig het Bennie sy klein boetie gewaar en hom soontoe gehaas. Hy was net op pad om die knapie huis toe te bring, toe hulle daar aankom.

"Liewe hemel, hoe kan jy so onverantwoordelik wees, Stoffel?" Gertruida was hewig ontsteld daardie dag.

"Ek was seker hulle speel net hier agter die huis, my vrou. Ek sal in die vervolg versigtiger wees," was sy relaas.

Die twee modderbesmeerde seuntjies kom die kombuis binne.

"Hallo, mamma!" skree hulle al twee gelyktydig.

Stoffel kan sy lag nie hou nie.

"Ja toe, my man, kom help dat ons die twee skoonkry voordat hulle die hele huis bemors. Gaan tap solank vir hulle 'n bad dan trek ek sommer hulle modderbesmeerde klere hier uit."

Stoffel verdwyn na die badkamer.

"Julle lyk soos twee otjies, weet julle dit?" vra Gertruida, maar kan ook nie help om te lag as sy hulle onskuldige gesiggies sien, waarvan net die twee pare ogies uitsteek nie. "Kom, pappa het die badwater al in. Ek het vir ons lekker kos gebring vir vanaand. Maar eers moet julle skoon kom."

Sy los die twee by Stoffel en gaan berei solank die tafel voor.

Skoongewas en met hulle slaapkleertjies aan, tel Stoffel sy twee seuntjies elkeen op 'n stoel aan tafel. Hy vra die seën en die gesin val weg aan 'n heerlike ete. Intussen vra hy Gertruida uit oor haar werksdag. Sy sê dat sy lekker gewerk het en dat sy hom breedvoerig sal inlig sodra hulle klaar geëet het en die twee kleintjies in hulle bedjies is. Die tweeslaapkamer huisie beskik oor 'n klein onderdak stoepie en dit is hulle gebruik om in die aand voordat hulle ook gaan inkruip, 'n laaste koppie koffie te geniet.

Stoffel draai na sy vrou op die bankie. "Jy het gesê daar is iets wat jy my wil vertel. Het daar iets gebeur?" vra hy bekommerd.

Sy neem 'n sluk van haar koffie. "Daar het nie juis iets gebeur nie, dis net dat ek opgemerk het dat mevrou Wilna nie haarself was vandag nie. Ek het haar uitgevra oor Riana en hoe lank sy nog in die buiteland gaan bly. Soos jy weet, was Wouter en San-

Mari ook vandag daar by meneer en mevrou. Kort na hulle vertrek, het mevrou gesê ek hoef nie verder op te ruim nie en dat sy en meneer sommer in die kombuis gaan eet."

"Ek het jou klaar gesê wat ék dink, maar jy sê mos my verbeelding hol met my weg."

"Ek is net bekommerd dat dit my skuld is dat mevrou skielik sleg voel omdat ek oor Riana gepraat het."

Hy plaas sy arm om sy vrou se skouers. "Moet jou nie te veel daaraan steur nie. Voor hulle hul oë uitvee, is Riana terug. Kom, dit word laat. Kom ons gaan kruip in."

Gertruida staar nog lank na die patrone op die dak wat deur die maanlig veroorsaak word. Haar gedagtes by die twee jongmense wat besoek afgelê het. Sy is bevriend met hulle huishulp, Alet. Dié het haar al vertel van hulle ma wat verdwyn het toe hulle nog baie klein was. Ook dat niemand dit waag om te spekuleer wat werklik gebeur het nie. Die mense se voorsate is van vooraanstaande afkoms en die De Wet Landgoed is al vir baie geslagte in die familie se besit.

Iets sinisters moes gebeur het dat mevrou Mercia kort na haar laaste kind se geboorte verdwyn het. Volgens Alet, het San-Mari 'n obsessie om haar ma op te spoor of om iets van haar verlede uit te vind. Na hulle pa se dood, keer San-Mari omtrent elke vertrek om, om leidrade te verkry. Die arme meisiekind. Dis dié dat sy nie kan rigting kry en begin werk of studeer nie.

Haar man se rustige asemhaling maak haar vaak en nadat sy uit die Bybel gelees het en met haar Skepper verkeer het, skakel sy die bedlampie af en bepeins nog vir die laaste keer hulle werkgewers se wel en weë voor sy uiteindelik ook aan die slaap raak.

Hoofstuk 5

"Wouter, San-Mari, hier is 'n meneer Anton Nieuwoudt op die lyn. Hy wil weet of hy julle kan kom sien vanoggend?" roep tannie Adelle vanuit die onderste studeerkamer. Na regte is dit Wouter se studeerkamer, maar San-Mari gebruik dit ook soms wanneer sy met administratiewe werk besig is.

San-Mari is eerste daar en gryp die afstandbeheerde foon uit Adelle se hand. "Jammer, Tannie, maar ek moet dit neem." Sy loop uit op die groot voorstoep waar sy ongestoord kan praat. Sy kan nie glo dit is sowaar al Vrydag nie.

Wouter stap die studeerkamer binne en kyk vraend na sy tante. "En nou, met wie praat my suster so dringend op die foon? Ek het gehoor tante roep, maar kon nie hoor van wie af is die oproep nie."

"Dit moet 'n baie belangrike oproep wees, want San-Mari het omtrent oor haar voete geval om die telefoon in die hande te kry. Sy praat daar op die voorstoep met ene meneer Nieuwoudt. Te oordeel na haar gesigsuitdrukking, is sy die opgewondenheid vanself."

Wouter stap uit, gevolg deur Adelle. Hy weet waaroor die gesprek gaan, maar hy wil nie sy suster se entoesiasme steel nie. Hy gun haar geluk en voorspoed met haar ryskool-idee en weet dat sy 'n groot sukses daarvan sal maak. Sy is immers 'n ervare ruiter haarself. Hopelik sal dit haar knaende obsessie met hulle moeder se verdwyning opklaar.

"O ja, dit is Anton Nieuwoudt, oom Frans se bouer. Hy het gesê hy sal hom vra om ons te skakel. Hy kan ons dalk help met die oprigting van San-Mari se ryskool. Hier kom sy nou."

Sy is duidelik opgewonde. "Hi, Boeta, dit was Anton, hy kom ons vroeg môreoggend sien. Ek weet jy speel gewoonlik op 'n Saterdag golf saam met jou pêlle, maar ek wil hê jy moet by wees, asseblief. Dit is 'n groot projek."

Hy kan haar bokkie-oë en pruilmondjie, wat sy altyd gebruik om hom in haar sak te kry, nie weerstaan nie. "Natuurlik gaan ek by wees, ek wil ook graag na Anton se voorstelle luister. Jy kan maar ontspan," sê hy met 'n glimlag op sy gesig.

Adelle kyk hulle tevrede aan. Dit is hoogtyd dat San-Mari rigting kry in die lewe. Dalk sal sy ophou met haar alewige vrae oor Mercia. Sy het Mercia nie juis geken nie. Sy het haar slegs 'n paar keer gesien. Mercia het Rudolf meestal vergesel op sy reise na die buiteland. Die twee kinders was nog bitter klein toe Rudolf eendag teruggekeer het sonder haar. Hy het haar, wat Adelle is, gevra om hom te kom help met die opvoeding van die kinders. Op haar vraag waar Mercia dan is, het hy geantwoord dat hulle besluit het om die huwelik tot niet te laat verklaar. Dat daar geen doel in was om 'n huwelik wat lankal op die rotse is, aan die gang te hou terwille van die kinders nie. Hy was blykbaar te besig met sy sakebelange dat hy nooit opgemerk het dat sy vrou haar al hoe meer van hom distansieer nie. En dat sy die aandag van ander aantreklike mans by die glansgeleenthede wat hulle bygewoon het, veral in die buiteland, baie geniet het. Hy het haar, haar vryheid gegee. Die storie het nog nooit lekker gesit by haar, wat Adelle is, nie. Maar haar broer was nooit 'n emosionele soort man nie en dit was bitter moeilik om te bepaal of hy die waarheid gepraat het of nie. Nou is hy oorlede en sy deel steeds sy huis met sy twee volwasse kinders.

Die res van die dag snel verby waar elkeen besig is met sy eie take.

* * * * * * * * *

Die drie geniet oudergewoonte 'n heerlike ontbyt. Alet is 'n staatmaker in die kombuis, 'n vaardigheid wat sy by Adelle geleer het. Adelle se twee hande staan vir niks verkeerd as dit by kookkuns kom nie. Sy kan die beste fynproewersgeregte voorberei.

Na ontbyt gaan hulle stoep toe om hulle koffie te geniet. "Hoe laat verwag julle die bouer? Ek sal sorg vir tee en melktert."

Haar woorde was skaars koud of 'n voertuig kom aangery. Dit kom tot stilstand reg voor die huis en Wouter is die eerste om die man welkom te heet.

San-Mari laat ook nie op haar wag nie en sy loop hulle tegemoet. Haar hart bons in haar keel van pure opgewondenheid.

"Sjoe, dis 'n vriendelike verwelkoming! Dag, ek hoop nie ek is te vroeg nie. Ek het gister met San-Mari gepraat in verband met die bouprojek. Ek neem aan dit is u?" Hy steek sy hand uit na 'n blosende San-Mari.

"Dis ek, ja."

Wouter glimlag ondeund. Dat sy suster nou soos 'n bakvissie kan bloos. "Ek is Wouter de Wet haar broer, aangename kennis." Die twee mans groet mekaar met 'n stewige handdruk. "Maar kom ons gaan binne. Daar wag tee en my tante se melktert. San-Mari, sal jy asseblief gaan reël met tannie Adelle? Ons gaan solank sitkamer toe."

"My kind, en as jou wange so rooi is?" spot tannie Adelle as San-Mari haar in die kombuis kom soek. "Jou hande bewe glad!"

Sy wil haar eers vererg, maar glimlag dan skuldig. "Ek is maar net baie opgewonde omdat my planne uiteindelik ten uitvoere gaan kom. Maar wag, kom saam sitkamer toe dan kan tante ook hoor wat ons alles gaan doen. Alet kan die tee bring."

Sy loop in die rigting van die sitkamer, gevolg deur haar tante.

Anton staan op uit sy stoel en skud die ouer vrou se hand. "Aangename kennis, Mevrou. Ek kan sien waar San-Mari haar skoonheid geërf het."

Sy kyk geamuseerd na San-Mari wat nie 'n poging aanwend om die frisgeboude aantreklike man se stelling te korrigeer nie.

Wouter het ook 'n baie stout blik in sy twee bruin oë. San-Mari is nie meer die jong tienermeisie van weleer nie en sy het nog nooit werklik in verhoudings belanggestel nie. Baie vriende gehad, ja. Sy was baie populêr op skool. Na haar skoolloopbaan het sy haar gewig ingegooi by die administratiewe sy van die boerdery. Alhoewel dit haar besig hou, is dit nie wat sy met haar lewe wil doen nie.

Anton ledig sy koppie en bedank Adelle vir die heerlike melktert. "Ek weet nou waar ek die beste melktert kan kry," knipoog hy vir San-Mari wat opnuut bloedrooi bloos.

Wat is dit met haar? Sy vererg haar vir haarself. Dit is mos nie die eerste keer dat 'n man haar komplimenteer nie. En dit is per slot van sake nie sy wat verantwoordelik is vir die bak van die melktert nie.

"Jy is welkom, kan ons nou met die projek begin? Daar is baie om te bespreek." Sy knik vir haar broer om die voorlopige planne wat hulle opgetrek het vir die arena en ligging daarvan, op die tafel te plaas.

Dit neem Anton nie lank om die omvang van die projek in te neem nie. "Ek verstaan van Frans dat jy die ryskool gaan bestuur gerugsteun deur jou broer. Ek sal graag na die area wil gaan kyk waar julle dit wil oprig asook die grootte daarvan. Daarna sal ek die amptelike planne optrek en aan julle kom voorlê." Hy staan op en beweeg na die voordeur, gevolg deur Wouter en San-Mari.

Sy kan haar opgewondenheid eenvoudig nie beteuel nie. Dat haar droom uiteindelik verwesenlik gaan word!

"Julle het werklik een van die mooiste plase wat ek nog ooit gesien het. Die berge en die groot meer komplementeer die wingerde en die pragtige woning. Ek verstaan dit is al vir geslagte in julle familie?"

"Dis reg, ja, net jammer ons vader het so vroeg afgesterf. Ek het so baie by hom geleer. Maar nou ja, ons lewens is nie in ons hande nie, nè?" Hierdie keer is dit Wouter wat die leiding neem in die gesprek. "Oom Frans het jou seker gesê dat ons ook chalets langs die meer wil aanbring. Sien jy kans vir so 'n groot projek?" Hy hoop nie hy beledig die man nou nie.

Anton skud sy kop terwyl hy na die planne in sy hande kyk. Hy lyk baie selfversekerd. "Nee wat, solank julle besef dit gaan niks minder as drie of vier maande neem om te voltooi nie. Sodra ek die planne klaar het vir die chalets asook die arena en stalle, sal ek die materiaal met julle kom bespreek. Goed, ek weet nou wat van my verwag word en ek hoop om julle nie teleur te stel nie. Dan groet ons maar. Hy hou sy hand uit na San-Mari en dan na Wouter.

Wouter loer onderlangs na sy suster as die voertuig aan die gang kom en om die draai verdwyn.

Sy voel sy blik op haar en kyk hom in die oë. "Wat? Hoekom kyk jy my so aan?" vra sy ergerlik.

Hy lag uit sy keel uit. "Ek sien maar net hoe my ou sussie se wangetjies bloedrooi word as sy na die blonde Adonis met sy blou oë kyk."

Sy gee hom 'n geniepsige klap op sy bo-arm. "Jy is nou regtig verspot, Boeta. Buitendien, hy is duidelik 'n hele paar jaar ouer as ek. Ek is maar net opgewonde oor my projek, dis al. Kom, ons gaan soek tannie Adelle. Ek wil hoor of sy die personeel aangespreek het oor die afstof van al die slaapkamers. Hulle kan nie so toe staan nie. Ek verbeel my ek het nou die dag 'n muis sien inhardloop agter een van die boekrakke in vader se studeerkamer."

Hy volg haar die huis in, maar loop reguit na sy studeerkamer toe. Hy het belangriker dinge om te doen as om vroumens werkies te bespreek. Terwyl Anton besig is met die planne ensovoorts, gaan hy solank rondsnuffel op die internet oor die wetlike aspekte rondom die oprig en opening van 'n ryskool, veral waar jong kinders betrokke is.

Inligting oor verskeie navorsing wat daar gedoen is ten opsigte van die waarde van perdry vir gestremde mense, gaan sover terug as 1875. Perdry verbeter die balans van die ruiter, hul spiertonus word versterk en dit dra ook by tot die ruiter se emosionele welstand. Kinders met leerprobleme, neurologiese afwykings asook siektes wat verband hou met chemiese wanbalans, baat geweldig by die terapeutiese uitwerking wat dit het om op 'n perd se rug te wees. Omdat perde drie-dimensioneel beweeg, verg dit motoriese reaksies of gedrag van die ruiter. Dus is die geïntegreerde ontwikkeling van sensoriese en motoriese vaardighede belangrik vir fisieke en psigiese vordering.

Hy staan op agter die rekenaar en trek die deur van sy studeerkamer agter hom toe. Hy het genoeg inligting bekom om sy suster se projek te ondersteun. Hy wonder net of sy ook navorsing gedoen het en of sy bewus is van die omvang van die saak. As sy eers begin het daarmee, is daar geen omdraai nie. Sodra die kinders blootgestel word aan die projek en baat vind daarby, sal sy dit moet volhou. Soos met elke beroep, sal daar uitdagings wees. Maar sy suster is sterk en hy is darem ook daar om te help. Plus, dit sal haar so besig hou dat daar nie tyd sal wees om verder in die verlede rond te grou nie.

* * * * * * * * * *

Anton is druk besig met voorbereiding van die ryskool. Hy span 'n stootskraper in om die grond gelyk te maak. Alles verloop volgens plan.

San-Mari sorg dat die aantreklike bouer darem nie te hard werk nie. Sy is nou ook op pad om vir hom lafenis te bring teen die drukkende hitte.

Die stootskraper se enjin maak so 'n geraas dat hy haar nie hoor toe sy vir hom skree nie. Sy is verplig om reg voor die ding te gaan stelling inneem.

Hy bring dit summier tot stilstand en spring af.

"My genade, vroumens, wil jy hê ek moet jou raakry? Jy kan my mos nie so laat skrik nie!"

"Jammer man, maar jy is so verdiep in jou taak, hoe anders moet ek jou aandag trek? Jy werk ook baie hard en ek dink jy moet eers bietjie ontspan. Kom ons gaan sit onder daardie koelteboom. Ek het 'n piekniekmandjie gepak en sommer 'n kombers ook saamgebring." Sy bloos van kop tot tone.

Hy neem die mandjie en die kombers by haar en sy hand raak liggies aan hare. "Dis baie bedagsaam van jou. Nou ja toe, kom, ek gaan beslis nie die uitnodiging van so 'n beeldskone dame van die hand wys nie."

Hy sprei die kombers oop in die koelte, neem haar hand en help haar daarop sit.

Sy wonder meteens of dit 'n goeie idee was. Maar hulle is nou hier. Sy begin al die lekkernye een vir een uit die mandjie haal. Alet het die eetgoed gepak en sy, wat San-Mari is, het een van hulle gesogte wyne ook ingepak.

"Sal ek?" Anton neem die bottel en botteloopmaker terwyl sy twee wynglase uithaal. Hy skink vir hulle en hou dan sy glas omhoog. "Ek stel 'n heildronk in op die mooiste meisie in die Boland, mag daar nog vele pieknieks wees."

Sy mooi gevormde lippe krul om die rand van die fyn wynglas en San-Mari voel hoe die bloed weereens na haar wang styg.

"Op jou en al die komende geleenthede vorentoe," glimlag sy, maar voel onmiddellik dat sy dit nou te ver gevat het. Wat moet die man van haar dink? Dat sy 'n goedkoop flerrie is? "Jammer, ek het dit nie so bedoel nie," sê sy snel.

Hy kyk geamuseerd na die pragtige meisie wat steeds bloedrooi in haar gesig is. "Nou hoe het jy dit bedoel, San-Mari? Ek kan nie aan 'n lekkerder manier dink om so bietjie af te skakel van die werk nie en dit saam met so 'n beeldskone dame nie."

"Stadig nou met die heuningkwas, Meneer die bouer. Ek het bloot net gesien hoe sloof jy jou af in hierdie hitte..." sy voltooi nie haar sin nie. Dit voel vir haar of alles wat sy kwytraak, verkeerd uitkom.

Hy sien haar verleentheid raak en is opnuut verras deur haar naïwiteit en onskuld, sonder enige teken van opgesmuktheid. Hierdie eienskappe het hom al getref die eerste keer wat hy haar ontmoet het, en hy het tóé al besluit dat hy meer as net 'n gewone werksverhouding met haar wil aanknoop.

"Baie dankie, San-Mari, hierdie piekniek was net wat ek nodig gehad het. Jy moet my meer dikwels so kom verras." Hy staan op en hou sy hand na haar uit om haar op te trek.

Sy kom orent en meteens is die afstand tussen hulle hopeloos te klein. Hy trek haar nader en plant 'n teer soen op haar lippe. Vir 'n oomblik gee sy oor, maar net so vinnig beur sy van hom af weg.

Sy raap die mandjie en die kombers op en maak haar uit die voete.

Hy glimlag ingenome.

By die huis aangekom, neem sy die piekniekgoed reguit kombuis toe en verkas dan na haar kamer.

Sy gaan sit op die voetenent van die bed en bedink die situasie wat 'n paar minute gelede afgespeel het onder die koelteboom. Sy streel met haar vingers oor haar lippe en kan steeds sy lippe op hare voel. *Ruk jouself reg, dis nie asof jy hom aanleiding gegee het nie.* Maar om enige sulke voorvalle in die toekoms te vermy, moet sy dalk eerder reëlings tref dat daar vir hom 'n bord aan tafel gedek word. Sodoende sal sy nie weer in die versoeking kom om vir hom kos en drinkgoed te neem nie. Hy maak haar knieë heeltemal té lam.

Sy vlieg op en gaan soek na haar tante. Sy vind haar in die kombuis waar sy besig is om bevele uit te deel aan kombuispersoneel.

"Hallo, Tannie, kan ek tannie pla vir 'n oomblik?"

"Maar natuurlik, hartjie, jy pla my mos nooit nie. Wat het jy op die hart?"

"Ag, ek wil nie vir tannie en Alet meer werk gee as wat julle alreeds het nie, maar is dit moontlik dat julle in die middae voorsiening kan maak vir nog een bord kos aan tafel? Dit is vir Anton. Dit lyk nie vir my of hy kos saambring werk toe nie."

"Maar natuurlik, jou vriend is meer as welkom, jy moes lankal gevra het."

"Hy is nie my vriend nie, Tannie, maar ek kan nie help om hom jammer te kry nie." Sy is onbewus van haar blosende wange.

Haar tante glimlag ondeund.

"Wat vind tannie so amusant? Dis mos nie so vreemd om iemand te nooi vir ete nie?"

"Nee, kindjie, dit is nie, veral nie as die genooide gas 'n uiters aantreklike bouer is nie."

Wouter het so pas die vertrek binnegekom en die laaste gedeelte van die gesprek gehoor. "As ek mag vra, met watse komplot is julle twee dames besig?" hy plant 'n soentjie op sy suster se wang.

"Dag, Boeta, jy is besonder vroeg terug van die universiteit."

"Ek was vroeg klaar, maar jy hoef nie die onderwerp te vermy nie. Ek wou self al voorstel dat Anton saam met ons eet. Hy is die heeldag besig met voorbereiding van my suster se ryskool, plus, ek dink nie voedsel is bo-aan sy lys van prioriteite nie," koggel hy.

"Jy en tannie Adelle is sommer baie verspot, Wouter! Basta nou daarmee!"

Hy knik vir sy tante dat hulle nou meer ernstig moet wees. As sy kleinsus hom eers op sy voornaam aanspreek, is dit 'n teken dat sy genoeg gehad het van hierdie ligsinnigheid.

Hy plaas sy arms om haar skouers. "Jammer, San-Mari, ek trek sommer jou been. Was jy al vandag by die terrein waar Anton besig is? Hoe lyk dit, maak hy darem vordering?"

"Ek hou hom nie dop nie, hy weet wat hy doen, maar daar is iets wat ek met jou wil bespreek."

"Dit klink gewigtig, gaan ons sommer hier in die kombuis gesels of verkies jy iewers meer privaat?"

"Ons kan die gesprek gaan voortsit in die sitkamer. Tannie Adelle mag ook teenwoordig wees, as tannie wil."

"Gaan julle maar, ek sal aangaan hier in die kombuis."

"So, wat rus so swaar op my sus se gemoed?" Hy neem stelling in langs haar op die rusbank.

Sy sug. Nie seker hoe om die saak wat haar steeds hinder, aan te raak nie. Sy maak keelskoon. "Onthou jy die onderste laai van die lessenaar in pa se studeerkamer wat jy vir my oopgekry het? Wel, ek het hierdie foto in 'n ou verweerde koevert gekry." Sy oorhandig dit aan haar broer wat dit met 'n frons op sy voorkop besigtig.

"Ja en? 'n Mens kan beswaarlik enigiets hierop uitmaak."

Sy staan op en stap tot by die kaggel waar sy iets optel. "Hier, Boeta, gebruik die vergrootglas. Kyk wat staan op die naambordjie bokant die toonbank van die ontvangsarea."

"Hotel Hauser. St Moritz. Switserland. So? Wat daarvan, San-Mari?"

Sy neem die foto by hom. "Gebruik jou verbeelding, Boeta! Jy weet self hoe dikwels pa wynuitstallings en allerhande funksies in Europa bygewoon het. Hoe weet ons dat die vrou op die foto nie ons moeder is nie? Sy het hom tog sekerlik vergesel."

"Ai, ek het regtig gedink die ryskool gaan al jou aandag kry en dat jy sal ophou met hierdie obsessie om uit te vind waar Mercia haar bevind."

"'n Kind sal nooit ophou wonder waar sy ouers hulle bevind nie, Wouter, veral nie as hulle afwesig was in daardie kind se lewe nie. Dis miskien makliker vir 'n seun as vir 'n dogter, ek weet nie."

Hy gee 'n diep sug. "Nou wat beplan jy om te doen, liewe sus? Jy wil tog nie Switserland toe gaan en na ons moeder gaan soek nie? Wat laat jou dink dat jy haar daar sal raakloop, of enigiets sal wys word oor waar sy haar tans bevind? Dit is soos om 'n naald in 'n hooimied te soek en wat van jou ryskool? Jy kan mos nie nou iewers heen gaan en Anton aan sy genade oorlaat nie."

"Liefste Boeta, dis mos nie nodig dat ek sy hand vashou nie. Jy is mos hier as hy iets wil weet of nodig het. Jy is meer as bevoeg en opgewasse om voorlopig die leisels oor te neem. Noudat ek weet dat sy daar was, mag ek dalk iemand opspoor wat haar ken, en vir my inligting kan gee. Ek gaan ook nie vir altyd weg wees nie. Ek sal jou mos die heeltyd op hoogte hou. En as jy mooi daaroor dink, is dit juis nou die beste tyd om te gaan, as om te wag totdat die ryskool eers aan die gang is."

"Ja, goed, my liefste San-Mari. Ek kan sien dat niks wat ek doen jou van mening gaan laat verander nie. Wanneer beplan jy om te gaan?"

"So gou as wat ek my paspoort en visum kan hernu. Dit behoort nie lank te neem nie."

"Nou goed, Sus, maar ek wil jou nie vals hoop gee nie. Miskien is jy gelukkig en spoor jy haar tog op. Jy het nie veel om op te gaan nie, behalwe dat haar naam Mercia de Wet is of was, en dat sy getroud was met ons pa. Maar ek wens jou alle sterkte toe en ja, ek sal 'n ogie hou oor die projek. Gaan spoor jy ons moeder op."

Sy gooi haar arms om sy nek. "Dankie, Boeta! Ek het sommer geweet ek kan op jou staatmaak!"

Hoofstuk 6

Zürich Lughawe in Switserland is 'n miernes van bedrywighede. Die klerk agter die toonbank by die inligtingskantoor voorsien aan San-Mari die nodige inligting wat sy gevra het. Sy sal met die trein haar roete na Saint Moritz in die Engadin vallei, Grison, voortsit. Die vier ure rit sal haar die geleentheid bied om die natuurskoon van Switserland in te drink, asook haar beplanning om haar moeder te probeer opspoor, agtermekaar te kry.

Sy is ongelooflik opgewonde, al dink Wouter sy mors haar tyd en dat sy veel liewer haar aandag by haar ryskool moes bepaal. Sy wonder hoe dit daar op die plaas gaan en wat het Anton gedink toe sy so skielik daar weg is, sonder om te verduidelik. O wel, haar broer kan hom maar inlig. Buitendien, sy is geen verduideliking aan hom verskuldig nie. Of is sy? Hy het tog getoon dat hy in haar belangstel. Daarom die soen. 'n Toenadering wat sy nie verwag het nie, maar tog geniet het. Sy moet erken dat sy meer as net vriendskap teenoor hom voel. Maar sy kon nie toelaat dat dit in die pad van haar soektog na haar moeder staan nie.

Met haar aankoms op die stasie in Saint Moritz nader sy 'n huurmotor en vra die bestuurder om haar na Hotel Hauser te neem. Sy gaan voorlopig daar tuisgaan. Dit is haar enigste leidraad en waarskynlik die beste plek om te begin soek.

* * * * * * * * * *

Na 'n goeie nagrus en heerlike ontbyt, is San-Mari gereed om die dag aan te pak. Sy bevind haar weer in die ontvangslokaal van die luukse vyfsterhotel.

Die ontvangsdame kyk haar ondersoekend aan. "Goeiedag, dame, kan ek u help met iets?"

"Dag, dame, ja, ek wonder maar net. Hoe dikwels word daar funksies en wynproegeleenthede aangebied hier in die hotel?"

"Daar word ten minste eenkeer 'n maand so 'n geleentheid hier aangebied. Om presies te wees, is daar oor twee dae een. Is u hier in u privaat hoedanigheid of verteenwoordig u een of ander wyninstansie?"

"In my privaat hoedanigheid. Ek is afkomstig van Suid-Afrika en kuier vir 'n paar dae in julle pragtige land. Ek en my broer het 'n wynplaas van ons vader, Rudolf de Wet, geërf. Hy het verskeie funksies in hierdie einste hotel bygewoon. Die wyn connoisseurs wat die wyne beoordeel, is hulle in diens van die hotel of kom hulle van buite?"

"Net Gunther Schultz is in die hotel se diens. Hy is nou wel nie meer vandag se kind nie, maar briljant, hy het baie jare se ondervinding agter hom. Hy is natuurlik weer in beheer van die geleentheid, soos gewoonlik. U is welkom om dit by te woon. Dit word aangebied in die Konferensie saal op die vierde vloer, kamer nommer 304 en dit begin gewoonlik om sesuur. Die drag is streng formeel."

"Baie dankie." Sy besluit om 'n entjie te gaan stap. Saint Moritz is voorwaar een van die mooiste dorpe wat sy al ooit gesien het. Sy stap totdat sy by 'n parkie kom en gaan sit op een van die bankies, dan kontak sy haar broer.

"Hallo, Wouter, hoe gaan dit daar by julle?"

"Hallo, San-Mari, dis goed om jou stem te hoor. Wat maak jy met jouself? Anton vorder fluks met die ryskool en het gevra ek moet vir jou groete stuur as ek met jou praat, tannie Adelle ook."

"Dankie. Ek gaan oor twee dae 'n wynuitstalling hier in die hotel bywoon."

"En jy dink dat iemand daar, pa gaan herken en lig werp op ons moeder se verdwyning?"

"Ek weet dis 'n *long shot*, Wouter, maar dis darem 'n begin. Die ontvangsdame het my meegedeel dat een van hulle personeellede betrokke is by die reëlings en aanbieding van al hulle wynuitstalling. Hy is glo 'n wyn connoisseur. Plus, hy is blykbaar ouerig, en met 'n klein bietjie geluk sal hy pa onthou as ek vir hom die foto wys. Wie weet?"

"Sterkte, my ou sussie, laat my weet wat jy uitgevind het. Ons mis jou."

"Ek maak so." Sy sit nog 'n rukkie en besluit dan om terug te keer hotel toe. Dis seker amper middagete.

Na 'n smaaklike ete, verkeer sy 'n rukkie in haar hotelkamer voor sy uitstap om die dorp verder te verken.

* * * * * * * * * *

Wouter en Anton sit na middagete op die woning se ruim stoep en nabetragting hou oor die vordering van die ryskool.

Anton se gedagtes is alles behalwe by die projek. "Jou suster is darem skielik weg na die buiteland toe, Wouter. Het julle familie daar oorkant die waters?"

"Ja en nee. Ons moeder het ons pa verlaat, jare gelede toe ek drie jaar oud en San-Mari skaars 'n maand oud was. Ons moeder het soos 'n groot speld uit ons lewens verdwyn. Pa is onlangs oorlede en het in al die jare nooit 'n woord oor haar gerep nie. Sy suster, tannie Adelle, het ons grootgemaak soos haar eie. Sy is nooit getroud nie, en het destyds ingestem om by ons op die plaas te kom woon. Soos die jare aangestap het, het San-Mari 'n obsessie ontwikkel om ons moeder op te spoor. Sy het onlangs op 'n ou foto van 'n vrou by een of ander wyn-seminaar wat ons pa bygewoon het, afgekom. Die foto was baie deeglik versteek. Die vrou staan wel met haar rug na die kamera, maar die naam van die hotel verskyn op die foto. Hotel Hauser. Dit is blykbaar 'n vyfsterhotel.

Tipies waar my pa sou inboek. San-Mari is oortuig dat sy daar een of ander leidraad gaan kry oor waar ons moeder haar bevind. Ek het haar probeer afraai, maar as sy eers een of ander plan in haar kop geformuleer het, sal niks of niemand haar daarvan laat afsien nie."

"Ek sien, ek was bang ..." Anton voltooi nie sy sin nie en laat Wouter verbaas na hom staar.

"Jy was bang waarvoor, Anton?"

Hy sug. "So, sy het jou nie vertel nie? 'n Paar dae voor haar vertrek, het sy my kom verras met 'n piekniek. Ek was meegevoer deur haar skoonheid en in 'n oomblik van swakheid, het ek haar gesoen. Ek het geen bybedoelings gehad nie. Vanaf die eerste oomblik dat ek haar ontmoet het, wou ek haar beter leer ken het. Alhoewel beeldskoon, is sy onopgesmuk en doelgerig. Sy weet beslis wat sy in die lewe wil bereik. Dit is 'n eienskap waaroor min meisies beskik. Vir meeste van hulle gaan die lewe net oor geld en status."

"Sjoe, Meneer die Casanova. Nou wie sou kon dink dat daar 'n vryery reg onder ons neuse aangaan, terwyl daar gewerk moet word?" Wouter glimlag van oor tot oor.

Anton frons.

"Ontspan, ou vriend, ek het gesien hoe bloos my suster in jou teenwoordigheid. Sy het baie mansvriende, maar tot dusver kon nie een van hulle dit regkry om 'n ernstige verhouding met haar aan te knoop nie. Sy is nie baie sosiaal nie en sal so af en toe saam met my teater toe gaan. Verder leef sy net vir daardie swart hings van haar. Ons pa het hom vir haar op haar sestiende verjaarsdag gegee en van toe af is perd en mens onafskeidbaar. Sy laat mý nie eens toe om op hom te ry nie. Hy is in elk geval te befoeterd."

Anton staan op. "Hoe lui die spreekwoord? Van sit en staan, kom niks gedaan. Jy moet later 'n draai kom maak, ek het jou insette nodig in verband met die chalets."

"Ons kan sommer nou gaan, Anton. Kom ons ry met die Land Cruiser. Laas toe ek by die meer was, was die pad maar taamlik ongelyk en stamperig."

Hulle ry verby die arena en die twee stalle wat Anton gebou het.

"Dit is baie indrukwekkend. Jy ken jou storie. Wat is nou die volgende stap wanneer San-Mari terugkeer uit die buiteland?"

"Wel, dit is nou nog net die saals en tome en so aan wat gekry moet word. Ek neem aan San-Mari sal dit self wil gaan uitsoek."

Wouter glimlag. "Nee, ek het nie môre klas nie. Ek en jy kan dit môre gaan koop. Kom ons verras haar."

* * * * * * * * * *

San-Mari besluit op 'n swart, nousluitende, langmou nommertjie vir vanaand se funksie in die hotel. Die rok beklemtoon die kontoere van haar liggaam, maar hou haar terselfdertyd ook warm. Al is sy 'n plaasmeisie, bly sy darem op hoogte van die nuutste modes.

Haar lang, blonde hare val sag oor haar skouers en sy is tevrede met die beeld in die spieël wat na haar terugstaar.

Dit is omtrent 'n rooi-tapyt geleentheid.

Die sowat honderd gaste staan in groepies en gesels. Daar is heelwat oë op haar gerig waar sy in een hoekie alleen staan. Dit is duidelik dat die gaste almal bekend is aan mekaar.

"Verskoon my, skone dame, mag ek maar?" 'n Aantreklike donkerkop man kom sluit by haar aan.

"Sekerlik."

"Kom ons gaan sit daar by my tafel."

Sy willig in en hy lei haar na 'n tafel wat baie prominent in die middel van die vertrek posisioneer is. Feitlik almal se oë is op hulle gerig, tot haar grootste verleentheid.

Die naambordjie op die tafel lees: Armand Bertrand.

"Is jy 'n Fransman? Jy praat besonder goed Afrikaans, vanwaar jou kennis van ons taal?" vra sy nuuskierig en voeg haastig by, "Terloops, my naam is San-Mari de Wet en ek kom van Suid-Afrika. Hoe het jy geweet om Afrikaans met my te praat, in die eerste plek?"

Hy trek vir haar die stoel uit. "Bly te kenne, San-Mari. Soos jy kan sien, my naam is Armand, en ja, ek is Frans. My moeder is afkomstig van Kaapstad en my vader is van Franse afkoms, Parys om presies te wees. My moeder het my Afrikaans leer praat. Ek het jou netnou toevallig met iemand hoor gesels en jou aksent is duidelik Afrikaans, mens kan dit nie mis nie. Wat bring jou hier na Saint Moritz? Is jy ook hier vir 'n toekenning?"

"Nee, dit was meer my pa se nering. Ek is hier om my moeder te kom opspoor."

"Hier? By dié funksie? Ek verstaan nie heeltemal nie."

"Dis 'n lang storie. Vertel my eers, is jy een van die finaliste vir die beste wyn van die jaar toekenning?"

"Nee, ek kom besigtig net die nuutste kultivars en besluit watter die beste is vir my restaurant in Marseille, Frankryk."

Die aand verloop vlot en na afhandeling van die verrigtinge, haal San-Mari die foto uit haar handsakkie uit. Armand verkeer diep in gesprek met iemand by 'n tafel waarop verskeie bottels gesogte wyne pryk.

Haar oë gaan oor die vertrek, op soek na Gunther Schultz. Sy gewaar hom waar hy met 'n paar van die hotelpersoneel gesels.

"Verskoon my, meneer Schultz, het u 'n oomblik?" waag sy dit om die gesprek te onderbreek.

"Ja, jonge dame, waaraan het ek die eer te danke?"

Sy maak keelskoon. "My naam is San-Mari en ek het gewonder of u dalk hierdie man op die foto ken?" Sy oorhandig die foto aan hom en 'n diep frons verskyn op sy voorkop terwyl hy dit sorgvuldig van nader beskou.

Hy kyk op na haar en dan weer na die foto. "Waar kom u hieraan, dame? Is u verbonde aan die man?" vra hy duidelik verbaas.

"Hy is my oorlede vader, Rudolf de Wet. Maar ken u hom?"

"Almal hier rond ken vir Rudolf, hy is 'n man van aansien, maar sy twee voete is plat op die aarde. Dit is altyd 'n groot voorreg om hom hier by ons, as gas in die hotel te ontvang. Maar wat het u gesê, is hy oorlede? Wanneer het dit gebeur?"

"Ongeveer 'n jaar gelede. Ek en my broer, Wouter, is die mede-erfgename van die De Wet Wynlandgoed. Maar ek is nie hier weens my belangstelling in wyne nie. So, as my oorlede vader aan u bekend is, sal u sy vrou dalk ook kan onthou, my moeder?" vra sy met groot afwagting.

"Mercia, maar natuurlik onthou ek haar. Wie kan so 'n beeldskone vrou vergeet? En so belese. Ek kan sien waar u skoonheid vandaan kom," glimlag hy.

San-Mari kan haar ore nie glo nie. "Meneer Schultz, kan ons iewers gaan sit, asseblief? Ek moet my besoek hier, aan u verduidelik."

Hy lei haar na 'n tafel in die hoek van die vertrek. Die meeste van die gaste het reeds vertrek. Hier en daar staan daar nog groepies mense in gesprek met mekaar. Onder andere Armand Bertrand wat sy oë oor die vertrek laat dwaal, duidelik op soek na haar.

Hy groet die mense met wie hy in gesprek was en beweeg in San-Mari se rigting.

"Gunther, San-Mari, gee julle om?" Hy wag nie op 'n antwoord nie en trek sommer dadelik 'n stoel uit en gaan sit daarop.

"Natuurlik, Armand, so julle twee ken mekaar?" vra Gunther verbaas, sonder om in ag te neem dat San-Mari dalk private, persoonlike inligting met hom wil deel.

"Ons het vanaand ontmoet. Die skone dame het baie eensaam in 'n hoekie gestaan, toe ontferm ek my maar oor haar," glimlag hy ondeund.

San-Mari bloos verleë en twee kuiltjies duik in haar wange op toe sy glimlag.

"Ek hoop nie ek maak inbreuk op julle privaatheid nie, Gunther, maar iets sê vir my dat ek dalk van hulp kan wees."

"Ek kan nie eintlik sien van watter hulp jy kan wees nie, aangesien ek nog nie my storie met meneer Schultz gedeel het nie," sê San-Mari onthuts. Hoe kan een mens so verwaand en opdringerig wees?

'n Glimlag pluk aan Gunther se lippe. "Armand is bekend in al die sosiale kringe hier in ons land en ek kry die gevoel dat jy dalk sy hulp nodig gaan hê. So, wat is dit wat jy met my wil bespreek?"

"Ek is op soek na my moeder. U weet seker dat my pa die afgelope negentien jaar hierdie gesellighede alleen bygewoon het. Het hy dalk aan u genoem wat die rede daarvoor was dat my moeder hom nie meer vergesel het nie?" vra sy versigtig optimisties.

Gunther skuif ongemaklik rond in sy stoel, dit is duidelik dat hy iets weet.

"Asseblief, meneer Schultz, dit is van kardinale belang dat ek uitvind wat van my moeder geword het. Ek en my broer was baie jonk toe my moeder ons verlaat het. My pa wou nooit vir ons vertel wat gebeur het nie. Nugter weet waarom. Na sy afsterwe het ek op hierdie foto en 'n nota afgekom. My broer beweer dat ek 'n obsessie ontwikkel het om ons moeder op te spoor. Noem dit wat jy wil, ek wil steeds weet wat van haar geword het. So, as u enige inligting oor haar het, moet u dit asseblief met my deel. Ek vra u groot asseblief."

Armand kyk verbaas van San-Mari na Gunther. "Dit het persoonlik niks met my te doen nie, Gunther, maar ek en jy kom al 'n lang pad saam. Vanwaar ek staan, lyk dit vir my of San-Mari al die hulp nodig het wat sy kan kry. Weet jy iets van haar familie af?"

Gunther staan op en dit is duidelik dat hy diep ontroer is deur San-Mari se teenwoordigheid. Haar koms hierheen het iets binne-in hom wakker gemaak.

"Verskoon ons, San-Mari." Hy rig hom tot Armand, "Kan ons gou êrens privaat gesels, Armand?"

San-Mari is skoon uit die veld geslaan deur die man se skielike geheimsinnigheid. Wat weet hy, en waarom wil hy nie net reguit sê wat dit is nie? En waarom eenkant alleen met Armand gaan konkel?

"Verskoon ons, San-Mari, ons is nou terug." Armand volg Gunther na die aangrensende vertrek waar hulle in privaatheid kan gesels.

"Gunther, ek weet niks van hierdie meisie se familie nie, maar dit is duidelik dat jy inligting het, wat jy sukkel om met haar te deel, is ek reg?"

"Armand, ou seun, jy is reg. Die laaste keer wat Rudolf de Wet hierheen gekom het saam met sy vrou, was plus minus negentien jaar gelede. Ek het hom herhaaldelik gevra waar sy vrou haar bevind en hy het net geantwoord dat hulle nie meer bymekaar is nie. Die heel laaste keer wat hy die seminaar bygewoon het, was so twee jaar gelede. Soos ek verstaan van San-Mari, is haar pa 'n jaar gelede oorlede. Rudolf was 'n baie professionele sakeman en hy het nooit toegelaat dat sy privaat lewe sy sakebelange beïnvloed nie. Ons was goeie vriende, maar ek het byvoorbeeld nie eens geweet dat hy 'n seun en dogter gehad het nie." Hy maak keelskoon. "Maar die laaste keer wat ons mekaar gesien het, het hy my in sy vertroue geneem. Ek dink hy kon nie meer met die leuen wat hy al die jare gekoester het, saamleef nie. Sy vrou, Mercia, het ongeveer vier jaar na hulle getroud is, geestesafwykings begin toon. Hulle het gedink dat sy aan nageboorte depressie ly, soos wat baie vroue oorkom, maar na 'n jaar van volgehoue behandeling, het sy steeds agteruit gegaan. Soveel so, dat hy haar in 'n inrigting vir geestelik versteurde pasiënte laat opneem het. Nogal hier by ons. Presies waar, kan ek jou nie sê nie. Hy was baie geheimsinnig daaroor. Miskien sou dit hom in die verleentheid stel as sy vriende in sy sosiale kringe daarvan te hore moes kom. Daarom dat hy haar hierheen gebring het, waar niemand haar ken nie. Daarna het ons kontak verloor. Nooit het ek kon dink dat sy arme dogter haar opwagting hier sou maak, op soek na haar moeder nie."

"Wat 'n treurige sameloop van omstandighede, Gunther, maar kom, ons kan haar nie langer aan 'n lyntjie hou nie. Ek sal help om haar moeder te probeer opspoor, indien sy nog lewe en haar êrens hier in Switserland bevind. Ek het niemand om aan te rapporteer nie, behalwe om die bestuurder van my restaurant in te lig dat ek langer gaan weg wees as beplan. Hy kan sonder my teenwoordigheid klaarkom."

San-Mari staan op toe sy die twee mans sien aankom na haar toe, waar sy ongeduldig sit en wag. Wat het hulle bespreek? Sy pers haar lippe saam, haal dan gou haar selfoon uit haar handsakkie en kry dit gereed om die gesprek op te neem – sonder hulle medewete natuurlik.

"Jammer dat ons jou so lank op jou eie gelaat het," sê Armand. "Gunther het wel inligting wat moontlik lig kan werp oor waar jou moeder haar bevind, indien sy nog lewe. Ek sal jou help om haar te probeer opspoor."

"Ek kan nie glo wat ek hoor nie, is dit waar, meneer Schultz? Kom sit, dan vertel u my," sê sy opgewonde. "Wag tot Wouter hiervan hoor! Hy dink mos ek mors my tyd."

"Dit is waar, meisie, ek is jammer dat my ou maat nie meer met ons is nie, maar Armand gaan jou bystaan en ook alles vertel wat ek hom meegedeel het. Ek moet ongelukkig nou gaan. Dit was aangenaam om jou te ontmoet, San-Mari. Sterkte met jou soektog, ek hoop werklik dat jy suksesvol sal wees om jou moeder op te spoor. Totsiens, julle."

"Sit, asseblief, San-Mari, ons het baie om oor te gesels," gebied Armand en neem stelling in langs haar.

"Dit voel omtrent of die noodlot ons twee bymekaar gebring het. Wie sou kon dink dat ek chaperone gaan speel vir 'n beeldskone dame, nadat ek net 'n onskuldige byeenkoms bygewoon het."

"Armand, kom tot die punt, asseblief. Ek kan my nuuskierigheid nie langer hou nie. Wat het Gunther jou vertel van my moeder en waar bevind sy haar?"

"Ek gaan kry vir ons 'n glasie wyn dan kan ons lekker gesels."

Voordat sy iets kon sê, is hy al by die tafel waarop die wynglase en bottels wyn pryk. Die kelners is al besig om te begin opruim. Sy en Armand is die laaste van die gaste in die lokaal. Die kelner knik goedkeurend vir Armand, wat vermoedelik reëlings tref om nog 'n rukkie te vertoef. Hy is duidelik bekend aan die personeel.

"Nou goed, San-Mari, laat ek begin. Maar eers 'n heildronk op die mooiste meisie in Switserland," en hy lig sy glas.

"Jy is nou sommer verspot, Armand. Nou toe! Vertel, ek kan dit nie langer uithou nie, man, asseblief!"

Hy vertel haar alles wat Gunther hom meegedeel het, en dan heers daar 'n doodse stilte tussen hulle.

Gemengde emosies oorval haar. Sy is opgewonde en bly om te hoor dat iemand weet wat van haar moeder geword het en dat daar 'n moontlikheid bestaan om haar tog op te spoor. Aan die anderkant is sy geweldig hartseer en geskok om te leer dat haar moeder geestelik versteurd is.

"Wat vertel jy my nou? Dankie ook vir jou aanbod, maar dit is nie nodig dat jy my begelei nie, ek kan op my eie na my moeder gaan soek."

"O, ja? En waar gaan jy begin, San-Mari? Ek ken die hele Switserland soos die palm van my hand. Dit is soos 'n tweede tuiste vir my."

"Ja, maar het jy nie verpligtinge van jou eie nie? 'n Vrou en kinders miskien, of 'n besigheid wat jou aandag nodig het? Jy kan mos nie alles net so los vir my nie."

"Ek het geen verpligting teenoor enigiemand nie. Ek is nie getroud nie en het ook nie kinders nie. Ek wag nog vir die regte een. Sy moet baie besonders wees. Ek het wel 'n restaurant, maar my bestuurder is baie bekwaam en betroubaar. Dit sal nie die eerste keer wees dat ek hom alleen los nie." Hy glimlag geamuseerd toe hy haar verbasing opmerk. "Wat? Dink jy alle mans van my ouderdom moet al die strop om die nek hê?"

"Nee, dis net ..." *Nee, San-Mari, jy gaan nie sy manlike ego streel nie. Hy is deksels aantreklik en joviaal, maar moet dit nie invryf nie.* "Wanneer kan ons met die soektog na my moeder begin en waar begin ons?" vra sy half blosend vir haar eie gedagtes. Dit is ook maar goed dat mense nie gedagtes kan lees nie.

"Ek is gereed as jy is, meisie. Ek gaan ook tuis in hierdie hotel. Wat van môreoggend net na ontbyt?"

Sy wens hy wil haar aanspreek op haar naam. Sy besluit om dit te ignoreer aangesien haar grootste prioriteit is om haar moeder op te spoor en as hy bereid is om haar te help, wil sy hom nie die harnas injaag nie.

"Dit is reg so. Baie dankie, Armand, dan sien ons mekaar môreoggend aan die ontbyttafel."

Hoofstuk 7

"Wouter, wanneer laas het jy met San-Mari gepraat?" Adelle kyk hom ondersoekend aan. Sy het, net soos hy, bedenkinge oor die impulsiewe buitelandse soektog na Mercia. San-Mari se ryskool is veronderstel om nou prioriteit te geniet. Anton is klaar met die stalle en die arena en hy is druk besig met die bou van die chalets.

"Sy het waarskynlik nog niks uitgerig sedert ons laaste gesprek nie, Tannie, anders sou sy my al gekontak het. Ek was juis van plan om haar nou te skakel." Hy voeg sommer die daad by die woord.

"Hallo, Sus, ek hoop nie ek pla nie, is jy al in die bed? Ek en tannie Adelle sit nou net en wonder hoe dit met jou gaan en of jy al enigiets wys geword het."

"Hallo, Boeta, dis goed om jou stem te hoor. Ek het wonderlike nuus! Dis nou as ek die bron kan vertrou wat my die nuus meegedeel het. Sy naam is Gunther Schultz en hy en pa was baie goeie vriende. Hy is die wyn connoisseur van wie ek jou van vertel het. Hy het pa dadelik herken toe ek netnou die foto vir hom gewys het. Die beste nuus is, of liewer, dis dalk nie goeie nuus nie, maar volgens hom, het pa ons moeder net na my geboorte laat opneem in 'n inrigting vir geestesversteurdes. Iewers hier in Switserland. Dit is ongelukkig al wat Gunther weet, hy weet nie eens of sy nog lewe nie."

"Dit is nogal teenstrydige nuus, ek moet erken, goed en sleg terselfdertyd. Ek wonder of sy ooit nog daar is?"

"Dit is wat ek en Armand môre gaan probeer uitvind."

"Armand? Wie is Armand?"

Sy aarsel 'n oomblik voordat sy antwoord. "Hy is 'n Fransman van Marseille en hy en Gunther is ook vriende. Hy ken glo die hele Switserland. Ek sal nie weet waar om te begin soek na enige inrigting of instituut nie. Wouter, sê nou net ons moeder leef nog en ek kry haar opgespoor?"

"Wel, dit sal seker goed wees, maar ek wil jou net daarop wys dat indien sy wel geestelik versteurd is, sy dalk nie in 'n toestand gaan verkeer om besoekers te ontvang nie. Of om die nuus te verwerk dat jy haar dogter is nie. Jy het geen benul wat op jou wag nie. Ek kan maar net vir jou alle sterkte toewens, Sus. Hou my asseblief op hoogte."

"Ek sal, Boeta, groete vir tannie Adelle en Anton. Hoe ver is hy met ons projek? Ek is so jammer dat ek julle, of hom altans, in die steek gelaat het, maar jy weet hoe belangrik dié vir my is."

"Moenie jou kop daaroor breek nie, Sus, Anton vorder fluks. Gaan doen wat jy moet doen en moet nou nie jou kop op daai Fransman gaan staan en verloor nie. Anton se arme hart sal dit nooit hou nie," lag hy.

"Ai, jinne, Wouter, jy ook darem! Wat konkel julle twee agter my rug?" Sy glimlag fyn. Sy moet erken sy vind Armand baie interessant en boonop baie sag op die oog ook. Maar dit is nie die rede hoekom sy Switserland toe gekom het nie. Beslis nie om man te soek nie. Buitendien voel sy aangetrokke tot Anton. Hy het haar bene lam gemaak met daardie soen en hy is deksels aantreklik.

"Feite, Sussa, feite. Maar dit daar gelaat, weereens sterkte met jou en Armand se soektog. Ons almal mis jou, kom gou terug. Ceaser is ook baie onrustig. Ek neem hom elke dag uit sy stal uit en lei hom rond, maar dit stel hom nie juis tevrede nie. Ek sal dit liewer nie op sy rug waag nie. Ek wil nie 'n vroeë dood sterf nie."

"Dankie, Boeta, ek waardeer dit. Ek moet nou gaan, ons gesels weer."

Sy worstel met haar gedagtes. Waar gaan sy en Armand môre begin met hul soektog na haar moeder? Daar hang al vir soveel jare 'n geheimsinnigheid oor haar bestaan. Sal hulle haar ooit vind? Leef sy ooit nog? Sy trek haar asem diep in en blaas dit vinnig uit. Wel, hoe dit ook al sy, sý sal alles in die stryd werp om haar op te spoor. Lewendig of dood.

Sy gaan op haar knieë langs haar bed. Tannie Adelle het haar en Wouter vanaf 'n baie jong ouderdom geleer dat hulle totaal afhanklik is van hulle Skepper. Hulle het haar elke Sondag vergesel na die erediens in die stad en dan het sy vir hulle in die motor gewag totdat die Sondagskool uitgekom het.

Hulle vader het hom nooit gesteur aan godsdiens nie. Nie sy of Wouter het dit gewaag om hom daaroor te konfronteer nie.

"Julle pa was maar altyd 'n rebel, en ons ouers kon niks doen om hom te oortuig om die kerkdienste by te woon nie," was tannie Adelle se antwoord op hulle vraag.

"Liewe Vader, U ken my verlange na my moeder en as dit U behaag, lei my asseblief na haar toe. Amen."

Sy klim in die bed en staar na die plafon. Is sy gereed om, wat ook al môre oor haar pad gaan kom, met al twee hande aan te gryp? Sal sy in staat wees om dinge te verwerk as dit nie uitdraai soos sy gehoop het nie?

Soveel verspilde jare het verbygegaan en uiteindelik het sy die geleentheid om haar moeder op te spoor. Hierdie is die beste geleentheid wat daar nog ooit was.

Sy is net so ongelooflik dankbaar vir die hulp wat Armand bereid is om aan haar te verleen, alhoewel dit steeds nie vir haar duidelik is waarom hy sy lewe op hou wil sit om haar te help nie.

O wel, dit is bysake.

Haar ooglede raak swaar en spoedig is sy in droomland.

* * * * * * * * *

Armand sit alreeds aan die ontbyttafel en wink vir haar dat sy by hom moet aansluit.

"Môre, skone dame, het jy darem 'n goeie nagrus gehad? Of was daai koppie besig met allerlei gedagtes oor wat vandag gaan oplewer?" vra hy terwyl hy haar ondersoekend dophou. Sy is werklik 'n beeldskone meisie en glad nie aanstellerig soos baie ander meisies wat hy ken nie.

"Môre, Armand, ek het lank oor alles gedink en kan steeds nie help om te wonder hoekom jy jou tyd aan my wil afstaan nie. Ons ken mekaar skaars."

"Ek hou van 'n uitdaging en het die wêreld se tyd tot my beskikking. Boonop sal niks my groter plesier verskaf as om tyd in die teenwoordigheid van so 'n mooi meisie te spandeer nie."

Sy bloos verleë en hy glimlag stilweg.

"So, Armand, waar begin ons, het jy enige idee?"

Hy staan van die tafel af op en trek haar stoel vir haar uit.

"Wel, eerstens moet ons 'n huurmotor ontbied, en dan moet ons by die naaste inligtingsburo uitkom. Hierdie land het nie 'n tekort aan inrigtings nie."

"Wag hier, Meneer, asseblief, ons is nou terug," versoek hy die huurmotorbestuurder toe hulle by die inligtingsburo arriveer.

"Zürich, Geneva, Lausanne, Montreux, Lucerne, Basel en Ticino," lees Armand. Hier is 'n hele verskeidenheid van hulle."

"Wat stel jy voor, watter een sal ons eerste besoek?" Sy is skielik baie onseker van haarself, en 'n dankbaarheid omdat sy nie alleen hierdie soektog hoef aan te pak nie, spoel oor haar.

"Volgens my ondervinding, is die laaste drie dorpe ongeveer drie tot drie en 'n half ure se ry, per trein, vanaf Saint Moritz. So, ek stel voor ons gaan terug hotel toe en maak 'n paar oproepe voordat ons enige van hierdie inrigtings gaan opsoek."

Terug by die hotel, besluit hulle om in die sitkamer te gaan sit. 'n Kelner kom nader en vra of daar iets is wat hy vir hulle kan bring.

"Twee glase rooiwyn, asseblief," bestel hy, sonder om dit eers met haar te bevestig. Sy sou veel eerder 'n koppie tee waardeer het, maar sy laat hom maar begaan.

Hy staan op en stap na die ontvangsarea waar 'n man 'n telefoonboek aan hom oorhandig.

Vier oproepe later, sonder enige sukses, tel die ontvangsdame van die inrigting in Lucerne, die telefoon op.

"Goeiemôre, ek is San-Mari, dogter van Mercia de Wet. Is sy moontlik een van julle pasiënte?" vra sy en sy hou haar asem op. Sê nou hulle loop weer 'n bloutjie?

"Hou net aan, asseblief, dame, ek kyk net gou in die register."

91

Ná wat voel na ure, kom die stem weer oor die foon. "Hier is 'n pasiënt met die naam Mercia de Wet, maar ek moet u meedeel dat sy nie besoekers mag ontvang nie. Haar toestand is van so 'n aard dat sy nie met enigiemand kan kommunikeer nie. Meer as dít, mag ek ongelukkig nie sê nie. Slegs die dokters wat haar behandel mag inligting verskaf wanneer hulle dit nodig ag."

"Ek verstaan. Is daar 'n moontlikheid dat ek met haar dokter sal kan praat as ek die inrigting besoek?"

"Ons laat net die naasbestaandes toe om hulle familie te besoek. Wat het u gesê, is sy u moeder?"

San-Mari rol haar oë as sy vir Armand kyk. Regtig? "Ja, dame, ek is San-Mari de Wet en Mercia is my moeder! Wie is haar dokter dat ek toestemming by hom kan kry om die inrigting te besoek?" Sy raak nou half driftig.

"U is welkom om te kom, juffrou de Wet, ek het nie bedoel dat u glad nie u moeder mag besoek nie. Die dokter sal net aandring op identifikasie en bewyse dat u wel is wie u sê u is."

"Nou maar goed, ek het nie 'n probleem daarmee nie. Ek is op die oomblik in Saint Moritz en behoort dan so oor drie ure daar te wees. Totsiens, tot dan." Sy beëindig die oproep, kyk na Armand en sê verontwaardig, "Die vermetelheid! Wat dink sy, is ek een of ander krimineel wat die pasiënte wil kom ontwrig of wat?"

"Hulle is seker maar net baie versigtig om enige Jan Rap en sy Maat daar toe te laat, San-Mari. Ons weet nie wat die omstandighede in sulke inrigtings is nie. Daar is seker net een manier om uit te vind, nè? Maar ek gaan beslis nie met die trein ry nie. Kom ons gaan hoor by Gunther of hy nie weet van iemand wat 'n ligte vliegtuig het nie. Dit sal beslis tot ons voordeel wees, of wat sê jy? Wil jy liefs met die trein ry?"

"Ek stem saam, ek weet nie of ek drie ure per trein sal oorleef nie. Baie dankie, kom ons gaan hoor wat sê die omie."

"Oe, jy moenie dat hy hoor jy verwys na hom as omie nie," lag hy. "Die oubaas is baie gesteld op sy status en posisie in die hotel."

"En as jy na hom verwys as oubaas? Gaan hy daarmee tevrede wees, hmm?" terg sy.

"Beeldskoon en spitsvondig daarby, ek hou daarvan. Kom ons gaan soek ons omie," glimlag hy.

Hulle tref Gunther aan in die hotel se ontvangslokaal waar hy druk in gesprek is met die dame agter die toonbank.

"Wil julle vir my sê dat julle San-Mari se moeder opgespoor het? Ek kan my ore nie glo nie! Dis mos wonderlik, julle twee."

"Danksy u, meneer Schultz. Ons sou beslis nie nou hier gewees het as dit nie was dat u my moeder onthou het nie."

"Ek hoop net dat jy nie teleurgesteld gaan wees in dit wat jy vind nie. Ek ken iemand wat julle vinnig daar kan kry. Kom ons skakel hom sommer nou."

Nie lank daarna nie, bevind San-Mari en Armand hulle agter in die viersitplek-helikopter op pad na hulle bestemming. 'n Baie onseker bestemming. Min wetende wat op hulle wag.

Armand beskou die meisie langs hom, terwyl dié by die venster uitstaar. Hy wonder wat is in haar gedagtes aan die broei. Hierdie kan beslis nie die herontmoeting wees waarop sy haar lewe lank al hoop nie. Sy weet nou so min of meer wat om te verwag, maar gaan die ontnugtering dalk te groot wees om te hanteer en uiteindelik te verwerk? Besef sy dat geestesversteurings in sommige gevalle oorerflik is? Daardie gedagte op sigself kan baie spanning in haar veroorsaak.

Die inrigting is gevestig tussen berge. Dit lyk eerder na 'n hotel as 'n inrigting vir geestesversteurdes, en beskik oor sy eie landingsirkel vir helikopters. Armand reël met die loods om vir hulle te wag. Die besoek sal seker nie te lank wees nie, in ag genome die streng veiligheidsmaatreëls wat daar heers.

Hulle bestyg die trappe wat na die gebou lei met groot omsigtigheid, nie seker wat om te verwag nie.

Armand lui die deurklokkie en dit voel soos 'n ewigheid voor die deur oopgaan. 'n Vrou in haar middeljare nooi hulle vriendelik binne. Die vertrek is smaakvol gemeubileer in eg Switserse styl. Sy neem haar posisie in agter die toonbank en trek 'n register nader.

"Goeiedag, dame, ek is Armand Bertrand, vriend van San-Mari. Ons het vroeër geskakel oor Mercia de Wet. Hierdie is haar dogter, San-Mari."

"Goeiedag, Meneer," antwoord sy in Engels met 'n swaar Switserse aksent. "Ja, ek onthou, ek het die oproep geneem."

San-Mari kyk haar ietwat skepties aan. Sy is baie vriendeliker in lewende lywe as oor die foon.

"Môre, kan u my na my moeder toe neem, asseblief? Ek brand om haar te sien."

"Soos ek vroeër genoem het, sal ek eers 'n vorm van identifikasie moet sien. Dit is bloot protokol hier by ons, om die veiligheid van ons inwoners te verseker."

"Hier," sy oorhandig haar paspoort tesame met haar ID-kaart aan die dame, wat dit noukeurig nagaan. Toe sy haar reis beplan het, het mense gesê sy hoef slegs haar paspoort saam te bring, maar omdat sy spesifiek na haar moeder op soek is, het sy besluit om alle dokumentasie saam te bring wat sy moontlik nodig mag kry. Hoe anders sou sy aan Mercia bewys dat sy haar dogter is?

Sy kyk vraend na Armand. Hy kan sien dat sy op die punt is om haar lelik te vererg vir die hierdie vrou wat so tydsaam is.

"Meneer, het u ook u identifikasie dokument by u? Gee dit vir my, asseblief."

"Ek het hom, ja, hier." Hy oorhandig sy identifikasie kaart aan haar.

Sy draai dit telkemale om.

"Ek en San-Mari is vriende en aangesien sy afkomstig is van Suid-Afrika en onbekend is met hierdie land, het ek aangebied om haar hierheen te vergesel. Ek is woonagtig in Frankryk, Marseille om presies te wees. Is daar nog iets?" vra hy effens sarkasties en merk so terloops dat San-Mari dit waarskynlik amusant vind, te oordeel na die klein, skewe glimlag op haar lippe.

Die dame snork saggies en oorhandig dan hulle dokumente terug. Sy neem die telefoon en sê iets in haar Switserse dialek. Salig onbewus daarvan dat Armand die taal verstaan.

Hy wend hom tot San-Mari. "Sy het 'n verpleegster ontbied om voorportaal toe te kom. Hopelik is die wag nou verby, meisie."

"Goeiemôre, my naam is Maria en ek verstaan dat u hier is om een van ons pasiënte, ene Mercia de Wet, te besoek?" sê-vra sy in Engels. Sy kyk na San-Mari wat ongeduldig rondtrippel.

"Ja, ek is haar dogter, kan jy my nou asseblief na haar toe neem?" Sy is hoogs geïrriteerd. "Goeiste! Hierdie mense is darem langdradig," voeg sy fluisterend in Afrikaans by en Armand kan nie sy lag onderdruk nie.

Maria verstaan gelukkig nie Afrikaans nie, en sê vriendelik, "Van ons pasiënte geniet dit om bedags buite te sit, wanneer dit nie té koud is nie. Mercia is juis op die oomblik buite, onder die toesig van 'n ander verpleegster. Volg my asseblief."

San-Mari bibber behoorlik, maar kan nie help om te glimlag vir Maria wat na die dag as 'nie te koud nie' verwys.

Daar staan orals houtbankies in die tuin, en daar is slegs 'n paar wat geokkupeer word.

Maria lei hulle na 'n bankie verder af in die tuin. Die vrou wat daarop sit, se rug is op hulle gekeer. Haar hare is goudbruin en amper skouerlengte. Maria beduie vir die verpleegster dat sy maar kan gaan en wink vir San-Mari en Armand om nader te staan.

San-Mari neem Armand se hand en klem dit styf vas. Sy is opgewonde, maar ook bang in hierdie oomblik. Hulle neem stelling in voor die bankie en kyk vas in die mooiste paar blou oë, dieselfde blou oë as dié van San-Mari. Haar gelaatstrekke is glad, sonder 'n enkele plooi op haar aanvallige gesig. Sy glimlag innemend en kyk die twee jongmense goedkeurend aan, sonder om 'n enkele woord te uiter.

San-Mari is sprakeloos van verbasing en skok. Is dit haar moeder? Kan dit wees? Sy het 'n ou, inmekaar gekrimpte, verrimpelde vroutjie verwag, nie hierdie pragtige vrou wat duidelik haar jare goed dra nie. Sy kyk Maria onseker aan en wonder wat moet sy doen. Kan sy met haar praat of moet sy wag totdat Maria haar pasiënt inlig wie haar besoekers is. Die oomblik is so oorweldigend, dat sy die trane wat nou vrylik oor haar wange stroom, nie kan keer nie.

Dan is dit Maria wat tussenbeide tree.

"Mercia, hier is twee besoekers vir jou. San-Mari, sy is jou dogter en haar vriend heet Armand. Is jy lus om met hulle te gesels? Hulle het ver gekom om vir jou hallo te kom sê." Sy gaan sit langs haar pasiënt en neem haar hand in hare. Daar heers 'n gespanne stilte voordat sy haar hand uit Maria s'n trek en dan uithou na San-Mari.

Maria staan op en beduie vir San-Mari om langs haar moeder te kom sit.

Sy voel so onbeholpe. Hoe moet sy die gesprek begin? Maria help ook nie juis nie.

Armand beweeg 'n entjie verder weg en gesels met die ander verpleegster.

"Hallo, Mamma," waag sy dit. "Ek het vir Mamma kom kuier."

Mercia kyk haar net aan, met steeds dieselfde mooi glimlag op haar gesig. Haar hand steeds toegevou in San-Mari s'n.

Dan laat los sy San-Mari se hand en wink Maria nader met 'n handgebaar. "Ek is moeg, ek wil na my kamer toe gaan."

San-Mari staan op en kyk vraend na Maria wat naderstaan om haar moeder in te neem.

"Juffrou, gaan julle solank terug en wag vir my in die sitkamer. Ek sal later met julle kom gesels. Ek wil haar net gou gemaklik gaan maak in haar kamer. Sy neem vir Mercia aan die arm en lei haar terug na die gebou wat sy al vir soveel jare bewoon.

Armand en San-Mari kyk hulle verslae agterna. Sy loop kersregop sonder die hulp van 'n kierie of 'n rolstoel. Die verpleegster hou haar net liggies aan die arm vas. Sy is geensins die patetiese figuurtjie wat San-Mari verwag het om te vind nie. Behalwe vir die feit dat sy nie gekommunikeer het nie, sou mens nooit kon dink dat sy enigsins 'n geestesafwyking het nie.

Hulle neem stelling in op 'n rusbank in die voorportaal.

"Armand, wat dink jy? Sy kan tog praat, want sy het in 'n volledige sin met Maria gepraat. Waarom sou sy niks vir my sê nie?"

Hy plaas sy arm om haar skouers. Sy skram nie weg nie. Sy voel skielik so weerloos.

"Ek dink sy het tyd nodig om alles wat sy vandag moes inneem, te verwerk. Die beste sal natuurlik wees as ons met haar psigiater kan praat. Hier kom Maria nou."

"Jammer julle moes wag. Mercia is nou rustig en sal waarskynlik 'n rukkie wil slaap. Die uitstappies put haar nogal uit."

"Juffrou, sê vir ons, wat makeer Mercia eintlik? Behalwe dat sy nie met San-Mari gepraat het nie, lyk sy heeltemal normaal," vra Armand.

"Dokter Müller sal nou hier wees, dan kan julle hom alles vra wat julle wil weet."

Sy draai na San-Mari wat baie na aan trane is.

"Totsiens, Juffrou, ons kyk baie mooi na haar. Dit was 'n groot voorreg om julle te ontmoet. Kom kuier gou weer."

'n Man kom in hulle rigting aangestap. Dit moet seker die dokter wees na wie die verpleegster verwys het.

"Juffrou de Wet? Meneer...?" Hy steek sy hand uit om hulle te groet.

"Armand Bertrand."

"Ek is dokter Müller."

"Aangenaam, Dokter," sê Armand. "San-Mari het vandag haar moeder vir die eerste keer in haar lewe ontmoet en sy het miljoene vrae rakende haar moeder, soos u seker sal verstaan."

"Natuurlik, maar kom ons gaan na my kantoor, dan kan ons in privaatheid gesels." Hy stap voor.

"Sit gerus," sê hy terwyl hy sy kantoordeur toemaak.

Sy kry gou haar selfoon gereed om 'n stemopname van die gesprek te maak en is net betyds om dit langs haar handsak neer te sit voor hy by sy lessenaar aankom en gaan sit. Hy sal beslis nooit toestemming gee dat die gesprek opgeneem mag word nie.

"San-Mari, ek verstaan dat jy al die pad van Suid-Afrika gekom het, op soek na jou moeder. Hoekom nou eers, na al die jare, as ek mag vra?" Hy vroetel met 'n lêer op sy lessenaar.

"Dokter, dit is 'n lang storie, maar kortliks; my pa het my en my broer, Wouter, al die jare laat verstaan dat ons ma hóm verlaat het toe ons nog baie klein was. Hy wou nooit enige ander inligting met ons deel nie. Ek kon net nie aanvaar dat ons moeder sommer net uit ons lewens sou verdwyn sonder enige geldige rede nie, en het alles in my vermoë gedoen om uit te vind wat van haar geword het. My pa is ongeveer 'n jaar gelede oorlede, en het ons met meer vrae as antwoorde gelos. Ek het onlangs op 'n foto en 'n uitknipsel afgekom wat in sy studeerkamer versteek was. Die naam: Hotel Hauser, St. Moritz, het op beide voorgekom. Ek het besluit om hierheen te kom en by daardie hotel te begin soek. Iemand daar het my pa herken en geweet van my moeder. Ons het toe al die inrigtings se nommers opgesoek en vasgestel dat my moeder hier is. Toe het ek dadelik gekom om haar te besoek. Noudat ek haar gevind het, het ek meer vrae as ooit. Ek vertrou dat u my sal kan help om te verstaan hoekom sy hier is. Sy lyk soos 'n normale mens, nie 'n mens wat een of ander afwyking het nie."

"Mens hoef nie abnormaal te lyk as jy aan Bipolêre versteuring ly nie, San-Mari."

"Wat bedoel u, Dokter? Ek verstaan nie."

Dokter Müller skuif ongemaklik rond in sy stoel. Hy maak keelskoon. "Rudolf de Wet het eendag, baie jare gelede, hier opgedaag met Mercia in 'n histeriese toestand. Hulle het een of ander funksie bygewoon. Blykbaar het een van die vrouens iets vir Mercia gesê wat haar hewig ontstel het en sy het die vrou te lyf gegaan. Die vrou het 'n klag van aanranding by die Polisie aanhangig gemaak en jou moeder moes 'n nag in 'n sel deurbring. Dit was glo vir jou pa die grootste vernedering wat hy ooit moes deurmaak en hy het haar hierheen gebring vir waarneming. Ons het haar gediagnoseer met Bipolêre versteuring. Dit is 'n vorm van geestesongesteldheid wat gekenmerk word deur uiterste gemoedskommelinge, wat ly tot uitbarstings en depressie."

"Is dit behandelbaar, Dokter? Sy lyk vir my baie rustig. Is sy op sterk medikasie, dié dat sy nie 'n normale gesprek kan voer nie?"

"Sy is op 'n redelike sterk behandeling, ja. Dit is 'n kroniese psigiatriese siekte wat behandel en gestabiliseer kan word deur allerlei leefstylveranderinge, soos onder andere: gereelde oefening, genoeg slaap en gesonde eetgewoontes en natuurlik sekere voorskrif medikasie. 'n Persoon wat gediagnoseer is met hierdie versteuring, kan 'n doodnormale, gesonde en produktiewe lewe lei."

"Dokter, verskoon my, maar ek verstaan nie hoekom my moeder dan in 'n inrigting soos hierdie moet bly as sy 'n normale lewe kan lei nie. Sy ken my natuurlik nie, maar as sy huis toe kom, kan ek en my broer mos toesien dat sy al hierdie goed nakom wat u nou opgenoem het, nie waar nie?"

"Verandering van omgewing behoort nie 'n probleem te wees nie, maar dit sal wel vir haar 'n baie groot aanpassing wees. Boonop moet die omgewing stres vry en baie rustig wees. Indien jy ernstig voel dat jou moeder by julle moet gaan bly, sal ek voorstel dat jy dit eers met jou broer bespreek. As selfs net een persoon in die huishouding nie hulle volle samewerking gee nie, kan dit baie ernstige gevolge vir die pasiënt inhou, asook die naasbestaandes."

"Ek verstaan, Dokter. Bestaan daar 'n moontlikheid dat ek haar kan gaan groet voor ons vertrek, asseblief?"

"Natuurlik, ek roep een van die verpleegsters om jou na haar kamer te neem. Hou my op hoogte van jou en jou broer se besluit, intussen sal ons mooi na haar kyk, soos altyd."

"Dankie Dokter, ek waardeer dit en wees verseker, u sal spoedig van my hoor."

Dokter Müller stap weg en San-Mari kan nie haar opgewondenheid beteuel nie.

"Armand, is dit nie wonderlik nie? Wag tot Wouter hiervan hoor," sê sy uitgelate.

"Ek is bly vir jou, meisie. Daar kom die verpleegster, gaan kuier nog bietjie by jou moeder, ek wag vir jou buite." Hy draai om en verlaat die gebou.

Verbeel sy haar of was daar 'n tikkie hartseer in sy stem? Sy hoop nie hy het gaan staan en verlief raak op haar nie. Hulle ken mekaar skaars. Maar dan het sy net so skielik op Anton verlief gaan staan en raak. Die hart laat hom nie voorsê nie.

Mercia sit by 'n tafeltjie voor die oop venster toe San-Mari haar kamer binnekom. Die verpleegster knik instemmend vir San-Mari dat sy by haar mag gaan sit, en staan dan 'n entjie weg.

"Mamma, ek is San-Mari, jou dogter. Ek het vir Mamma kom kuier." Sy kyk van Mercia na die verpleegster. Het sy haar verkeerd benader? Sy hoop nie so nie. Die verpleegster knik instemmend.

Dan kom daar 'n flou stemmetjie. "Is jy my ou dogtertjie, San-Mari? Kyk hoe groot het jy geword. En Wouter, my ou seuntjie, hoe gaan dit met hom? Hy is seker ook al yslik groot?"

"Mamma onthou?" Sy staan op en gaan kniel langs haar stoel. Trane van vreugde spoel oor albei se wange as Mercia San-Mari se gesig in albei haar hande toevou.

Die verpleegster het nog nooit so 'n hartroerende toneeltjie in haar lewe aanskou nie en sy vee ook die trane af wat vrylik oor haar wange spoel.

"Ek gaan vir 'n kort rukkie weg, Mamma, maar ek kom gou weer terug. Ek gaan vir Wouter haal. Sal Mamma vir ons wag?" vra sy terwyl sy haar moeder se hande in hare vashou.

"Dis reg so, kindjie, maar moenie weer so lank wegbly nie. Ek verlang my morsdood na julle," sê sy met 'n hartseer stemmetjie.

"Ek sal nie, Mamma, ek belowe." Sy staan op en beweeg in die rigting van die deur, maar kyk eers weer vir oulaas om na die vrou wat nou weer by die venster uitstaar.

Dan draai sy om en gaan neem stelling in langs haar moeder.

"Voordat ek gaan, kom ons neem eers 'n foto van ons twee, ek wil vir Wouter ons pragtige mamma gaan wys." Sy oorhandig haar selfoon aan die verpleegster.

"Sal jy omgee om 'n foto van ons twee saam te neem?"

Gevul met ongekende blydskap groet sy haar moeder en stap uit na buite.

Armand staan nader as San-Mari haar verskyning maak. Daar is 'n mooi blos op haar beeldskone gelaat.

"Jammer jy moes so lank wag, Armand. Ek kan nie vir jou sê hoe ongelooflik dankbaar ek is dat my moeder nog leef en glad nie so siek is as wat ek verwag het sy sou wees nie."

"Dit is baie verblydend, meisie. Wat my net dronkslaan is, hoekom jou pa dit nodig geag het om haar in 'n sielsieke inrigting te laat opneem in die eerste plek. Julle het beide kante soveel jare uitgemis."

"My pa was 'n baie trotse man en het seker baie verneder en skaam gevoel dat sy vrou so kon uithaak en dit in die teenwoordigheid van sy sakekennisse. Maar dit was nie genoegsame rede om haar hier te laat opneem nie. Ek was baie lief vir my pa, maar ek het nooit besef dat hy met so 'n duistere geheim moes saamleef nie, tot in sy graf het hy hieroor geswyg."

"Jy het genoem dat jou pa se suster jou en jou broer grootgemaak het. Dink jy sy weet hiervan, ek bedoel, het julle haar uitgevra oor julle moeder se verdwyning?"

"Herhaalde kere, waarop sy die onderwerp of vermy het, of net gesê het dat sy nie weet waar haar broer se vrou is nie. Ek het altyd die indruk gekry dat sy iets vir ons wegsteek, maar ek wou nie te veel druk op haar plaas nie. Sy is vir ons soos 'n moeder en my broer het my altyd gewaarsku dat sy moeg gaan word vir my volgehoue ondervraging en dat sy dan die pad sal vat."

"Maak sin. So, wat is jou plan van aksie noudat jy jou moeder opgespoor het?"

"Ek gaan probeer om so gou as moontlik 'n vlug terug te kry huis toe, ek kan nie wag om hierdie suksesvolle ekskursie van my, onder Wouter se neus te gaan druk nie. Hy het my mos die heeltyd afgeraai en gesê ek mors my tyd," lag sy.

"Nou toe, kom ons gaan soek die vlieënier op sodat ons kan teruggaan hotel toe."

Terug by die hotel, neem Armand haar hande in syne en kyk diep in haar oë.

"Jy is 'n merkwaardige vrou en ek het baie respek vir jou deursettingsvermoë. Ek sou jou baie graag beter wou leer ken, maar ek wil hê jy moet jou nuutgevonde geluk eers met albei hande aangryp en die meeste daarvan maak. Hier is my nommer. Skakel my sodra jy jou voete gevind het en jou missie voltooi het. Dit was vir my 'n besonderse voorreg om jou te kon bystaan in die soektog na jou lang verlore moeder. Mag alles vir julle ten goede uitwerk." Hy klink ietwat huiwerig.

Trane wel op in haar oë, vir die soveelste keer al vandag. Twee perfekte kuiltjies verskyn in haar wange, as sy soet vir hom glimlag. As dit nie vir Anton was nie, sou sy maklik vir hierdie ewe aantreklike Fransman kon val...

"Ek is net so dankbaar dat jy hierdie ervaring met my kon deel, Armand. Ek sou haar seker nooit opgespoor het as dit nie vir jou vindingrykheid en hulpvaardigheid was nie. Ek sal jou dit ewig dankbaar wees. En ja, ek sal beslis kontak met jou wil behou. Jy is 'n wonderlike vriend." Sy staan op haar tone en plaas 'n piksoentjie op sy wang, wat haar bloedrooi laat bloos, tot groot vermaak vir die jongman. "Hier, stoor my nommer op jou foon ook, as jy dalk met mý in kontak wil kom."

Hy tik haar nommer op sy selfoon, kyk dan weer na haar. "Dan groet ons maar, San-Mari, ek gaan sommer vanaand na ete terugkeer na Marseille. Wie weet wat vang die klomp alles daar in my afwesigheid aan," lag hy. "Sterkte meisie." Hy draai om en stap die gang af na sy hotelkamer.

Sy vee haar trane af en gaan dan ook na haar kamer. Eerstens moet sy 'n vliegkaartjie bespreek terug huis toe. Daarna bel sy vir Wouter.

"Hallo, Boeta, hoe gaan dit met julle? Ek het besluit ek gaan hier in Switserland bly, julle moet maar alleen opsnork daar op die plaas," sê sy skertsend.

"Wat? San-Mari! Jy sal maak dat ek jou gaan haal! Wat se snert is dit?" vra Wouter onthuts.

Sy lag hardop. "Toemaar, ek trek sommer jou been. Al is Switserland hoe mooi, sal ek dit nie verruil vir die lewe op ons eie plaas nie. Ek vlieg vanaand negeuur terug, so jy kan my môreoggend rondom seweuur se kant op die lughawe verwag. Ek kan nie wag om jou weer te sien nie!"

"Maak so, Sus, maar was jou besoek in Switserland darem die moeite werd? Kon jy enige verdere inligting in verband met ons moeder bekom?" vra hy huiwerig.

"Jy sal maar moet wag tot ek by die huis is, Boeta! Lief vir jou, groete vir tannie Adelle."

'n Paar ure later bevind sy haar in die Boeing wat haar na haar vaderland toe terugneem. Sy reik na haar handsak en bring haar selfoon te voorskyn om weereens na die foto te kyk wat sy van haar en haar moeder geneem het. Sy lyk baie jonger as wat sy haar voorgestel het. Sy is 'n baie aantreklike vrou.

Sy kan beslis nie ouer as vyftig wees nie. Haar vader het in die ouderdom van vier-en-sestig tot sterwe gekom. Sy kan onthou dat tannie Adelle eenkeer so terloops genoem het dat hy heelwat ouer as haar moeder was.

Wouter, tannie Adelle, wag tot ek vir julle hierdie nuus meedeel, dit gaan julle twee se wêreldjies, net soos myne, op sy kop draai. Dis nou gewis! Sy glimlag tevrede.

Hoofstuk 8

"Hier! San-Mari!" Wouter waai sy hande in die lug rond toe sy die aankomssaal binnestap.

Broer en suster omhels mekaar en rou snikke skeur uit San-Mari se bors. Wouter druk haar weg van hom af, en kyk haar ondersoekend aan. Het sy slegte nuus?

"En nou, Sus, wat is fout? Ek dag jy sou bly wees om tuis te wees en jou ouboet te sien."

Sy vee haar trane af en haak by hom in. "Ek is bly. Kom, laat ons huis toe gaan. Ek het net baie na jou verlang."

Op pad plaas toe loer hy onderlangs na haar. Verbeel hy hom, of is sy in haarself gekeer. Hy besluit om haar liewer by die huis eers uit te vra oor haar besoek.

"Anton is klaar met jou projek vir die ryskool en is tans besig met die chalets. Ek dink jy gaan baie hou van wat jy sien."

Sy woorde ruk haar gedagtes terug na die werklikheid. "Ek kan nie wag om dit te sien nie. Ek weet jy brand om te hoor wat ek in die buiteland uitgerig gekry het. Ons sal dit eerste bespreek, daarna sal ek na die arena en stalle toe gaan. Ek brand van nuuskierigheid. Dit klink my Anton het dit in 'n rekordtyd afgehandel."

"Hy is 'n uiters bekwame bouer en jy moet sien hoe lyk die chalets waaraan hy op die oomblik werk. Dit gaan ons plaas in 'n ware lushof verander. 'n Klein vakansieoord, op sy eie."

Hy parkeer die motor voor die plaaswoning en help San-Mari met haar bagasie.

Tannie Adelle loop hulle tegemoet op die stoep en weereens volg daar 'n omhelsing. Maar dié keer sonder trane. San-Mari is merkbaar meer in beheer van haar emosies.

"Kind, maar dit is baie lekker om jou weer te sien, welkom terug, hartjie."

"Hallo, tannie Adelle, ek moet sê ek is bly om terug te wees. *Home is where the heart is,* soos hulle sê."

"Jy is net betyds vir ontbyt, hartjie, gaan bêre jou tasse dan kom sit jy aan. Ek en Wouter kan nie wag om te hoor wat jy te vertelle het van jou besoek aan die buiteland nie."

Na ontbyt gaan die drie na die sitkamer waar Alet vir hulle elkeen 'n lekker koppie boeretroos neergesit het. Sy is ook bly dat San-Mari weer tuis is. Die huis was leeg sonder haar. Wouter het soos 'n afkophoender rondgehardloop tussen die plaaswerk en die bouwerk, en Adelle was effens buierig. Hopelik sal alles nou weer na normaal terugkeer. Sy wou nie uitvra wat die skielike besluit was vir die meisiekind se besoek aan die buiteland nie, maar daar was seker 'n rede vir haar haastige vertrek.

"So, Sani-Mari, hoe was dit daar ver en het jy darem nou berusting gevind dat ons moeder nêrens te vinde is nie? Was jy by die kantoor van geboortes en sterftes? Is daar enige bewyse dat sy iewers in 'n dorp in Switserland begrawe is?" vra Wouter. Dalk is dit die rede hoekom sy suster so emosioneel was vroeër.

Te oordeel na die geheimsinnige glimlag op haar mooi gelaat, is dit alles behalwe die geval.

Sy bring haar selfoon te voorskyn, staan dan op en kom neem stelling in langs hom op die rusbank.

"Ons moeder is nie dood nie. Hier is 'n foto van ons twee," glimlag sy van genoegdoening.

"Het jy haar so wraggies opgespoor? Maar waar? En wie sê vir jou dat hierdie vrou wel Mercia de Wet, ons moeder is?" Hy klink skepties.

Adelle staan nader om die foto te bekyk. "Dit is julle moeder. Sy lyk nog presies soos ek haar onthou. Waar het jy haar opgespoor, kindjie?"

"In die hotel waar ek tuisgegaan het, het ek 'n man ontmoet met die naam van Gunther Schultz. Hy en pa was blykbaar goeie vriende. Nadat ek hom die foto van ons pa gewys het, het hy erken dat hy vir Mercia onthou. Vir een of ander rede wou hy nie die nuus persoonlik met my deel nie, en het hy dit in privaatheid vir Armand vertel. Armand het toe alles aan my herhaal. Luister na die opname. Ek het dit op my selfoon opgeneem."

Sy sit haar selfoon se luidspreker aan en speel die stemopname sodat beide Wouter en Adelle kan hoor. Daarna kry sy die gedeelte waar dokter Müller verduidelik hoe Mercia daar aangekom en deur hul pa daar gelos is.

Die heeltyd wat hulle na die opnames luister, hou San-Mari haar tante fyn dop. Sy is wasbleek en duidelik geskok.

"Ek is stomgeslaan, Sus, maar kan dit byna nie glo nie."

"Ek was daar, Wouter, ek het haar twee hande in myne vasgehou. Sy het my naam herken en gevra na jou, op jou naam, sonder dat ek dit vir haar genoem het. Sy is by haar volle positiewe. Soos julle gehoor het, ly sy aan Bipolêre versteuring, 'n vorm van geestesongesteldheid wat gekenmerk word deur uiterste gemoedskommelinge, wat aanleiding kan gee tot uitbarstings en depressie. Dit is 'n kroniese, psigiatriese siekte wat behandel en stabiliseer kan word deur allerlei leefstylveranderinge, soos onder andere, gereelde oefening, genoeg slaap, gesonde eetgewoontes en sekere voorskrifmedikasie. 'n Persoon wat gediagnoseer is met hierdie versteuring kan 'n doodnormale, gesonde en produktiewe lewe lei."

"Sjoe, dis 'n mondvol," kom dit van Wouter. "Moet net nie vir sê jy oorweeg dit om haar hierheen te bring nie."

"Sy is ons ma, Wouter! Sy hoort nie in 'n inrigting nie. Sy verdien om tussen haar kinders te wees, waar sy liefde en aandag en sorg sal ontvang," antwoord sy driftig.

"San-Mari, as dit so 'n gevaarlike siekte is, sal dit wys wees om haar dan te ontwrig, ek bedoel ...?" begin tannie Adelle praat.

"Volgens dokter Müller bestaan daar hoegenaamd geen rede hoekom sy nie in 'n doodnormale huishouding kan funksioneer nie. Waar kry jy 'n kalmer en rustiger atmosfeer as hier by ons? Dit is ook nie 'n gevaarlike siekte nie, Tannie. Ek het mos verduidelik." Sy raak nou ergerlik. Wouter en tannie Adelle moet nou nie hulle teenkanting kom staan en bied nie. Sy sal dit nie toelaat nie.

"San-Mari, ek weet jy is emosioneel, Sus, maar ons moet helder dink oor so 'n gewigtige saak, dis nie iets waaroor ons ligtelik 'n besluit kan neem nie. Kom ons dink eers mooi daaroor en besluit dan wat die beste is."

"Die beste is vir wié, Wouter? Vir 'n arme vroutjie daar in die vreemde, wat nie gevra het om so iets oor te kom nie, of vir ons? As jy haar eers ontmoet het, sal jy sien wat ek bedoel. Sy is ons vlees en bloed! Ek vra jou mooi, moenie jou rug op ons moeder draai nie. Jy is soveel beter as ons pa. Jammer, tannie Adelle, hy was tannie se broer, maar wat hy gedoen het, is wreed." Sy storm die vertrek uit en gaan sonder haar af in haar slaapkamer.

Wouter is reg, sy is fisies en emosioneel uitgeput. Hulle moet nie nou met haar kom lol nie. Sy besluit om 'n lekker warm bad te neem en 'n bietjie te rus voor sy na haar geliefde Ceaser toe sal gaan.

Sy moes aan die slaap geraak het, want die son sit al hoog. Sy gaan nie nou middagete saam met haar broer en tante nuttig nie, hulle moet vereers uit haar pad bly.

"Hallo, jou mooiste ding," sy streel haar perd se swart kop en soen hom op sy neus. Die hings runnik asof hy sy nooi terug verwelkom. "Kom ons twee gaan verken die plaas."

Sy stuur hom by die nuwe arena in. Mens en perd word een. Dit is voorwaar 'n pragtige arena. Sy wonder of Anton onder by die meer is en stuur die kragtige dier in die rigting waar die chalets in aanbou is.

Anton kyk verbaas op vanwaar hy besig is om 'n plank te saag op 'n bokkie. Sy is onbewus van die mooi prentjie wat sy en haar perd uitmaak.

Sy bring Ceaser reg voor hom tot stilstand. Die dier trippel ongeduldig rond. Sy spring af.

"San-Mari, jy is terug, wanneer het jy teruggekom?"

"Hallo, Anton, vroeg vanoggend. Maar ek het nie gekom om te bly nie," sê sy met 'n tikkie hartseer in haar stem.

Hy neem haar hande in syne. "San-Mari, meisiekind, wat bedoel jy, jy het nie gekom om te bly nie? Hierdie is dan alles vir jou gedoen. Die stalle, arena en drie van die vyf chalets is reeds voltooi.

Maak Ceaser vas dan gaan wys ek jou die voltooide chalets."

Net om by hom te wees en die hitte van sy lyf naby haar te voel, bring weer 'n mate van kalmte in haar gemoed.

Sy verkyk haar aan die hout-chalets. Net die beste hout is gebruik om dit te bou, voorwaar 'n toonbeeld van goeie vakmanskap. Hulle is op die oewer van die pragtige meer gebou en omring met wilgerbome wat saggies wieg in die wind.

"Ek en Wouter het besluit om te wag totdat jy terug is en die ander twee se bouwerk ook heeltemal voltooi is, sodat jy die binneversiering kan kom doen. Dit is immers 'n vrou se taak. Ek is bly jy hou daarvan. Die arena en stalle is klaar en ek neem aan jy het dit al besigtig, vandaar dat jy te perd hier aangekom het. Maar vertel my eers, hoe was jou besoek aan die buiteland? Kon jy kry waarna jy gesoek het, ek bedoel jou moeder? Wouter het my vertel dat dit die rede is waarom jy oorsee is."

"Ja, en dit is ook die rede waarom ek teruggaan en Ceaser gaan saam. Ek bly nie langer op dieselfde plek as die twee selfsugtige mense wat net hulle eie belange op die hart dra nie."

Sy draai om en stap na waar haar perd vasgemaak staan onder een van die bome. "Totsiens, Anton, dit was goed om jou weer te sien."

Sy stuur haar perd in die rigting van die stalle en Anton kyk haar verbaas agterna. Hy moet by Wouter uitkom, uitvind wat dit is wat sy suster so ontstel het dat sy wil terugkeer na die buiteland. Hy verstaan nie. Hierdie is tog haar projek. Hoekom sal sy dit sommer net so opgee.

"So ja, my perd, ten minste verstaan jy jou ounooi." Sy lei hom sy stal binne en maak dan seker dat sy voerbak vol is.

By die huis aangekom, besluit sy om by die agterdeur in die kombuis in te gaan en dan saggies te sluip na haar kamer. Sy het nie lus vir verdere konfrontasie met die twee mense wat sy so baie lief het, maar haar vroeër so teleurgestel het nie.

Alet se stem gee haar egter weg. "Hi, San-Mari, ek neem aan jy was by die stalle, Ceaser het jou seker baie gemis. Hulle sê mos 'n dier kan aanvoel as sy eienaar nie tuis is nie. Maar jy is nou weer terug hier by ons."

Wouter verskyn in die kombuisdeur en vra Alet om vir hulle koffie na sy studeerkamer te bring.

"Kom, ons moet praat," hy neem sy suster aan die hand en lei haar die gang af.

Sy trek haar hand uit syne. "So, nou wil jy praat en waaroor nogal? Jy het dit baie duidelik gemaak wat jou opinie oor ons moeder is en dat jy geensins belangstel in haar wel en weë nie."

"Sus, ek het dit nie so bedoel nie en jy van alle mense behoort dit te weet. Hoekom is jy so liggeraak? Ek het bloot gevra dat jy my kans gee om oor die saak te dink. Jy het in die middel van ons gesprek uitgestorm en kamer toe gegaan. Jy het my nie kans gegee om die hele ding te verwerk voordat ek behoorlik daarop kon reageer nie."

"Die hele 'ding,' is ons moeder waarna jy verwys, Wouter, nie 'n meubelstuk nie! Maar ek gun jou die twyfel, aangesien jy haar nie van aangesig tot aangesig gesien het, soos ek nie. Sy het geweet van ons twee se bestaan, en selfs jou naam onthou! Hoe kan jy dit nie insien nie? Dit is nie regverdig om haar 'n nuwe begin saam met ons, haar kinders, te misgun nie. Buitendien, noudat ons die waarheid weet, moet jy tog ook kan insien dat pa haar 'n baie groot onreg aangedoen het, deur haar te laat opneem in 'n inrigting in die vreemde. En om alles te kroon, vir óns te vertel dat sý die een is wat ons verlaat het."

"Jy is reg, San-Mari, vergewe my, asseblief. Maar jy moet erken, dit is 'n groot stap om haar hierheen te laat kom. Het jy dit met haar bespreek?"

"Nee, ek moes eers met jou en tannie Adelle kom praat."

"Nou jy sien, ons is nie eens seker of dit is wat sy wil hê nie. Ek het intussen met 'n doktersvriend van my gepraat wat my in die breë ingelig het oor haar kondisie. Hy is dit eens dat sy 'n normale lewe kan lei, maar dat sy ook haar eie besluite kan en moet neem."

"Ek het dit met haar dokter ook bespreek en hy het my verseker sy behoort goed aan te pas. Sodra ek dit met jou bespreek het en jou goedkeuring gekry het, moet ek hom net skakel dan sal hy dit met haar opneem. Asseblief, Boeta, kom ons bring haar huis toe waar sy hoort. Ons is dit aan haar verskuldig. Sy het nog soveel jare oor om ook geluk te kan ervaar tussen kinders wat haar met liefde sal omring en versorg," pleit sy.

"Jy het my goedkeuring, Sus, gaan gerus voort met jou reëlings. Ek is seker daarvan tannie Adelle sal nie daarteen skop nie. Ek moet erken, ek is ook nuuskierig om ons moeder beter te leer ken."

"Dankie, Boeta! Jy sal nie spyt wees nie. O ja, ek was netnou by die meer waar Anton besig is met die chalets, hulle is pragtig! Noudat die soektog na ons moeder verby is, kan ek my volle aandag weer aan my projek verleen. Alles gaan perfek uitwerk, jy sal sien." Sy staan op en gee haar broer 'n klapsoen. "Jy is die beste!"

Sy storm opgewonde die studeerkamer uit, reguit na haar kamer. Sy het 'n baie belangrike oproep om te maak.

Wouter kyk haar agterna. *Ai, my liewe suster, jy pak baie hooi op jou vurk. Jy gaan so besig wees met jou projek dat jy beswaarlik aandag aan ons moeder sal kan skenk.* Hy skud sy kop, hy sal eerder nie haar geesdrif verder demp nie, en kan maar net hoop dat hy hierdie belangrike besluit nie gaan berou nie.

Na die oproep, gaan sy weer uit en kan nie gou genoeg by Anton uitkom nie.

"En nou, mooiste meisie?" Hy los alles waarmee hy besig is en streel liefderik oor haar bo-arm.

Alles binne haar wens dat hy haar weer in sy arms neem en vurig soen, maar sy sal dit nooit hardop sê nie. "Ek gaan nie meer terug Switserland toe nie."

"Dis wonderlike nuus! Weet jy hoe dit my ontstel het om te dink dat ek jou dalk nooit weer gaan sien nie?"

Sy bloos. "Ek sal jou ook graag weer wil sien."

Hoofstuk 9

Dit is die eerste week in Desember en die skole en universiteite het gesluit vir die jaar. Wouter se studies is uiteindelik voltooi. Hy kan nou sy volle aandag toespits op die De Wet Landgoed se wynverbouing en produksie. San-Mari het besluit om haar ryskool eers vroeg in Januarie te open. Anton het intussen die laaste twee chalets ook voltooi. Alles is gereed vir die opening van die ryskool. Vir eers wil San-Mari haar volle aandag toespits op Mercia se versorging, sodra sy by hulle kom woon.

Wouter staan en wag vir hulle in die aankomssaal van die lughawe. Sy hart bons in sy keel. Hy was aanvanklik gekant daarteen dat Mercia uit die inrigting ontslaan word, maar San-Mari se geesdrif was so aansteeklik dat hy en tannie Adelle vrede gemaak het daarmee en hulle albei sien nou ook uit daarna om haar by hulle aan huis te neem.

San-Mari het nie gras onder haar voete laat groei nie, en het dadelik planne gemaak om terug te keer Europa toe, om hulle moeder te gaan haal.

Mercia het die lang vlug verbasend goed hanteer en moeder en dogter het kans gehad om mekaar 'n bietjie beter te leer ken. Soveel verlore jare het verbygegaan en San-Mari gaan elke moontlike sekonde van elke dag en nag seker maak dat hulle moeder al die liefde en aandag kry wat sy verdien.

Dan gewaar Wouter sy suster, en aan haar sy, 'n fyn, klein mensie. Is dit hulle moeder? Al het hy die foto gesien wat San-Mari tydens haar eerste besoek geneem het, het hy haar geensins so voorgestel nie.

San-Mari sien hom en wuif met haar hand.

"Daar's Wouter, Mamma, daardie lang man met die bruin hare. Dit is Mamma se seun. Kom ons gaan ontmoet hom." San-Mari kan sien dat sy senuweeagtig is. Dit is seker te verstane as jou kinders nooit deel was van jou lewe nie. Sy gee haar hand 'n drukkie van bemoediging.

"Wouter, hier is ons mamma, is sy nie pragtig nie?" sy weet nie hoe om die situasie te hanteer nie. Dit was maklik vir haar as dogter, maar hoe gaan Wouter haar ontvang? Die dokter het gewaarsku dat daar nie stresverwante oomblikke tussen hulle moet wees nie. Maar dan verras hy haar.

"Ma, is dit regtig my eie, eie mamma?" Hy lig haar op en draai met haar in die rondte ten aanskoue van vele geamuseerde toeskouers. San-Mari inkluis. Sy is so verlig dat hy hulle moeder met soveel liefde ontvang.

"Wouter, my klein seuntjie, kyk hoe 'n groot aantreklike jong man het jy geword! Dit is so wonderlik om by my twee pragtige kinders te wees," snik sy, terwyl trane van blydskap oor al drie van hulle se wange vloei.

Dit is 'n opgewekte trio in die luukse motor wat by die plaashek van die De Wet Wynlandgoed indraai. Mercia sit voor langs Wouter, dus kan San-Mari elke beweging en uitdrukking op haar aantreklike gesig bestudeer vanuit die agterste sitplek.

Mercia neem elke toneel van die huis en tuin waar, 'n tuiste wat haar ontneem is, soveel jare gelede. Trane skiet opeens in haar oë en biggel teen haar wange af.

San-Mari en Wouter merk dit dadelik op. Watter groot onreg is daar nie teenoor hierdie arme, brose mensie gepleeg nie.

Wouter bring die voertuig voor die plaashuis tot stilstand en maak vir Mercia die deur oop. San-Mari is dadelik by en neem haar aan die hand.

"Welkom tuis, Mamma, kom ons gaan binnetoe, Wouter kan ons bagasie inbring."

Adelle verskyn in die deur en kyk hulle ondersoekend, dog vriendelik aan. Sy en Mercia was albei in die fleur van hulle lewe toe hulle vir die eerste keer ontmoet het. Sy is nog net so beeldskoon soos tóé. San-Mari lyk beslis soos haar moeder. Dit is moeilik om te glo dat daar so 'n swaard oor haar kop hang, 'n siektetoestand waarvan sy, wat Adelle is, bitter min weet.

"Hallo, Adelle, onthou jy my nog? Kort na my twee kinders se geboorte, het ek julle mos verlaat. Onthou jy dit nog?" vra sy smalend. "Wel, ek is nou terug waar ek hoort." Dokter Müller het haar ingelig dat Rudolf oorlede is, as dit nie daarvoor was nie, sou sy beslis nie ingestem het om hierheen te kom nie.

Wouter en San-Mari luister stomgeslaan na Mercia se snedige opmerking.

"Hallo, Mercia, natuurlik onthou ek jou, en ek is baie bly jy is terug. Dit is inderdaad waar jy moet wees, hier by jou kinders. Kom, ek het vir ons tee bestel," reageer sy met 'n glimlag op haar ewe aantreklike gelaat. Sy gaan nie vuur met vuur beveg nie. Dit is nie in belang van Mercia se toestand nie. Buitendien, dit was nie sý wat Mercia in 'n gestig gegooi en daar gelos het nie. Sy het nie eers geweet dat dit dít is wat gebeur het nie.

Wouter knipoog goedkeurend vir sy tante. Dat sy so kalm optree teenoor hulle moeder, is prysenswaardig. Sy moet onder geen omstandighede ontstel word nie. Hulle weet te min van die Bipolêre kondisie en wil dit ten alle koste vermy dat sy 'n terugslag kry. Dokter Müller was nie baie duidelik oor hoe dikwels sy terugslae of uitbarstings kan kry nie, of hoe dit haar affekteer nie.

Na die gesellige koek en tee, staan San-Mari op en neem haar moeder aan die hand. "Kom ek neem Mamma solank kamer toe, dan help ek om Mamma se tasse uit te pak. Julle sal ons verskoon, nè?"

Wouter draai sy gesig na sy tante. "Baie dankie dat tannie vroeër so bedagsaam teenoor my moeder opgetree het. Sy was maar snedig met haar aanmerking, en ek dink dit was heeltemal onvanpas. Ek het dit nie sien kom nie."

"Ek verstaan nogal hoekom sy so voel. En dalk voel sy boonop bedreig deur my teenwoordigheid hier ook. Sy was immers die vrou van die huis toe sy en jou pa getroud was. Jy moet verstaan, ek en sy is nie bloedfamilie nie. Ek het reeds gewonder, noudat sy terug is, of ek nie maar terug moet gaan stad toe en daar vir my 'n woonstel aanskaf nie. Jy weet wat sê hulle, twee vrouens in een huis, kan net moeilikheid veroorsaak."

"Tannie Adelle gaan nêrens nie. Al is my biologiese moeder terug in ons midde, is tannie die enigste ma wat ek en San-Mari geken het. Bly, asseblief, ons het tannie nodig. Ek weet nie wat om te verwag nie. Ek het geen idee hoe my ma se toestand ons huishouding gaan beïnvloed nie. Buitendien voel my ma vir my soos 'n totale vreemdeling. Ek sal hard moet werk daaraan om 'n sinvolle verhouding met haar te bou. So, asseblief, tannie Adelle moenie eers daaraan dink om weg te gaan nie," smeek hy.

"Nou maar goed, my kind, ons kyk hoe dit gaan. Maar as daar enigsins vorentoe konfliksituasies ontstaan, sal ons weer moet besin. Jy en San-Mari is soos my eie kinders en ek wil nie die oorsaak wees van enige ongelukkigheid in julle huis nie. Ek gaan kyk wat gaan aan in die kombuis." Sy staan op en los Wouter alleen agter.

Sy gedagtes neem die loop. Vir baie jare het hulle goed sonder Mercia de Wet klaargekom. Hulle lewens was so ongekompliseerd en sonder kommer. Hy sug en staan op om na die kelder toe te gaan.

San-Mari kyk vir oulaas om na Mercia waar sy heerlik snoesig onder die duvet lê en slaap. Terwyl sy haar klere sorgvuldig weggepak het, kon sy sien dat Mercia bleek en moeg is. Dit was 'n lang en vermoeiende vlug wat haar beslis gedaan gemaak het. Sy sal weer kom inloer, maar vir eers wil sy met Wouter gaan praat.

Hy is nêrens te vinde in die huis nie. Sy wonder of haar tante sal weet waar hy hom bevind. Sy vind haar in die kombuis waar sy en Alet die middagete spyskaart beplan.

"Het tannie miskien my broer gewaar? Ek sien hom nie hier rond nie."

"Het jy al die kelders probeer, hartjie? Waar is julle moeder, rus sy bietjie? Sy het vir my nogal uitgeput voorgekom." Sy loer onderlangs na Alet, wat maak of sy nie na die gesprek luister nie.

"Mercia is vas aan die slaap, Tannie. Siestog, sy was so dapper op die lang vlug, maar dit het haar beslis baie vermoei. Dankie, ek gaan gou kyk waar my boeta hom bevind." Sy warrel by die kombuisdeur uit.

Alet maak keelskoon. "Verskoon my, juffrou Adelle, maar die vrou wat vanoggend hier aangekom het, ek hoor San-Mari en Wouter spreek haar aan as ma. Hoe goed ken jy haar en gaan sy nou die vrou van die huis wees? Ek bedoel, by wie moet die personeel hulle bevele ontvang? Hulle is gewoond aan jou en ek hoop nie sy gaan haar gewig hier in die kombuis kom rondgooi nie. Dit is my en jou klein koninkrykie."

Sy sug. "Hemele behoed ons, Alet. Volgens Wouter gaan niks verander nie, alles gaan net aan soos voorheen. Ons sal maar moet wag en kyk. Ek stel voor ons bly uit haar pad uit en as sy onredelike eise aan die personeel begin stel, gaan ek met Wouter daaroor praat. Ek sal gou met die res gaan praat."

"Wouter, is jy hier?" San-Mari stap die kelder binne en gewaar haar broer waar hy met die werkers gesels. Hulle pa sou so trots op hom gewees het, hy gaan beslis sy pa se skoene vol staan.

"San-Mari, waar is Mercia as jy hier ronddraai?" vra hy nuuskierig. Sy is dan so beskermend teenoor haar.

"Sy het geslaap toe ek die huis verlaat het. Ek wou net kom kyk wat vang my liewe boeta aan. Eintlik is daar iets. Ek wil graag vir Anton nooi om vanaand by ons te kom eet, sodat ek hom kan bedank vir sy werk by die stalle en die chalets. Dan kan hy ons moeder ook ontmoet."

"Die man was baie onthuts omdat jy hom weereens nie gegroet het voordat jy Europa toe vertrek het nie. So, sê my, het jy weer vir Armand opgesoek toe jy nou daar was om Mercia te gaan haal?"

"Ag, toe nou, Wouter, ek het jou mos gesê dat hy my net gehelp en bygestaan het toe ek destyds na Mercia gaan soek het. Waar kom dit nou ewe skielik vandaan?"

"Toemaar, Sus, ek trek net jou been, ek is seker Anton sal graag wil oorkom vir ete, hy is duidelik mal oor jou," glimlag hy hoogs geamuseerd met hierdie suster van hom wat haar so gou kan wip.

Sy bloos. "Hoekom nooi jy nie vir Laetitia ook nie, dan kan Mercia beide van hulle ontmoet en ons maak dit 'n heerlike geselligheid."

"Goed so, ek bel haar sommer nou."

Terug by die huis gaan sy eers gou kombuis toe waar haar tante en Alet besig is.

"Hi, julle, ek en Wouter het 'n groot guns om te vra. Sal julle vanaand iets baie spesiaal kan voorberei vir aandete, ons gaan vir Anton en Laetitia oornooi. Miskien 'n lekker skaapboud met gebraaide aartappels ensovoorts, soos net julle dit kan doen?" vra sy met 'n pruilmondjie.

"Dit kan seker gedoen word, liefie, maar wat is die groot okkasie?" vra haar tante.

"Ag, ons wil maar net lekker verkeer met ons vriende, tannie Adelle, en dan kan hulle terselfdertyd ons moeder ook ontmoet."

Sy sien nie hoe Alet en haar tante onderlangs vir mekaar loer nie. "Reg so, kindjie."

"Dankie, ek gaan gou kyk of my moeder al wakker is."

"Dink jy dit is 'n goeie idee om die vrou nou al aan sosiale geleenthede bloot te stel, juffrou Adelle? Ek bedoel maar net, as dit waar is dat sy vir jare in 'n inrigting opgesluit was, hoe weet die kinders hoe gaan sy haarself hanteer in die geselskap van totale vreemdelinge? Ek vra maar net," sê Alet met 'n frons.

"Gelukkig is dit nie ons probleem nie, Alet. Ons doen maar net wat hulle ons vra."

San-Mari en Mercia kom ingehaak by mekaar, die trappe af en gaan sit op die voorstoep. Mercia lyk uitgerus en op haar gemak. Sy lyk jeugdig vir haar jare in 'n geblomde rok, met haar skouerlengte hare opgestapel op haar kop. Voorwaar 'n baie aantreklike vrou.

"Sjoe, San-Mari, maar die tuin is mooi. Ek onthou hoe ek altyd die mooiste rose gehad het, en is verras om te sien dat die roostuin nog staan."

"Die roostuin is my gunsteling. Tannie Adelle is maar meestal doenig met die tuinwerk tussen al haar ander take. Ek vaar ook so nou en dan die roostuin in om te help snoei en so aan."

"Sy doen nogal baie hier rond, bly sy al lank by julle?"

"Vandat ..." San-Mari weet nie hoe om die onverwagse vraag te antwoord nie, bedink die situasie en sê dan, "Tannie Adelle woon al by ons vandat ek en Wouter kan onthou, Mams. Sy is mos ons oorlede pa se suster."

"Ek weet wie sy is, San-Mari, ek het nie besef dat sy julle grootgemaak het nie. Dit moes my werk gewees het. Ek is julle ma," kap sy terug.

Om te sê San-Mari is uitgeboul deur haar skielik aggressiewe houding, is lig gestel. Sy het dit nie verwag nie. Hoekom is haar moeder so vyandiggesind teenoor tannie Adelle en hoekom raak sy so driftig? Is dit die Bipolêre versteuring wat nou sy kop uitsteek? Sy moet onthou om haar medikasie na te gaan, daar was nog nie tyd daarvoor nie.

Sy besluit om haar moeder se opmerking te ignoreer, dit is duidelik dat sy nie haarself is nie. Sy voel skielik baie onseker en onrustig. Waar bly Wouter tog? Hy is altyd koelkop in enige situasie.

Daar kom Wouter nou, dankie tog! Sy kan skielik nie 'n sinvolle gesprek met Mercia voer nie. Dit voel asof alles wat sy sê eenvoudig net verkeerd uitkom.

"Hier is julle! Dit is darem 'n lieflike somersdag, nè?" Hy kom maak hom gemaklik op die swaaibank.

"Hallo, seun, waar kruip jy weg? Ons het baie om op te vang. Jy moenie jou lyf so skaars hou nie."

Hy kyk vlugtig na San-Mari en merk op dat sy effens ongemaklik rondskuif. Is daar iets wat hy miskyk of van moet weet?

"Nee, Moeder, ek kruip nie weg nie, ek het net baie verantwoordelikhede wat my aandag verg. Maar ons het mos baie tyd om op te vang. Of wat sê jy, Sus?

Kon jy vir Anton in die hande kry? Laetitia sal vanaand hier wees."

"Ja, Anton sal ook kom. Ek het vir tannie Adelle gevra om haar gunsteling skaapboud en gebraaide aartappels te maak. Ek is seker Moeder sal dit ook baie geniet. Die Europeërs ken mos nie boerekos nie," terg sy.

"Ek bly 'n boeremeisie, San-Mari, ek het nie gevra om daar op te eindig nie," reageer sy skerp.

Wouter beduie vir San-Mari om nie terug te kap nie. Hy wonder bekommerd waarmee hulle hier te doen het. Dit is duidelik dat hulle meer te wete moet kom oor die toestand van hulle moeder, sodat hulle kan weet hoe om in haar teenwoordigheid op te tree.

Alet kom roep hulle om te kom aansit, middagete is gereed.

Wouter trek vir Mercia die stoel uit langs hom en neem stelling in aan die hoof van die etenstafel. Tannie Adelle en San-Mari sit langs mekaar. Hy vra die seën en hulle begin smul aan die heerlike gereg.

"Mamma het seker netnou afgelei dat ons vanaand gaste gaan ontvang?" vra Wouter en loer onderlangs na San-Mari.

"Watter gaste? Niemand het my gevra of ek lus het vir vreemde mense nie. Ek is skaars tuis en julle reël 'n partytjie sonder om my in ag te neem." Sy stamp haar stoel uit, verlaat die eetkamer en los drie verdwaasde mense agter.

San-Mari wil haar volg, maar Wouter keer, "Los haar, Sus, jy kan nie elke keer as Mercia 'n *tantrum*

130

gooi, haar wil piep nie. Sy mag wel siek wees, maar ek gaan nie toelaat dat sy ons hele huishouding ontwrig nie. Ek is jammer! Eet jou kos," sê hy streng.

"Ons weet nie waartoe sy in staat is nie, Boeta, sy ken nie eers die huis behoorlik nie. Ek gaan kyk waar sy is!"

Hy gee 'n sug. "Tannie Adelle, waarvoor het ons ons ingelaat? Baie dankie vir 'n smaaklike ete. Ek gaan vanaand met Laetitia praat en haar opinie vra. Sy is nou wel nie 'n kundige op die gebied nie, maar sy het sielkunde as vak, ek is seker sy sal 'n redelike goeie observasie van Mercia se toestand kan maak en raad gee. Ons kan nie die heeltyd op eiers loop nie. As sy nie geskik is om in 'n normale huishouding te funksioneer nie, sal ek met my suster moet praat. Hoe gaan sy aanstaande jaar haar volle aandag aan haar projek kan gee as sy Mercia die heeltyd soos 'n baba moet oppas? Ek sal dit nie toelaat nie!"

"Ai, my ou seun, ek is 'n buitestaander, maar dit het ook al by my opgekom. Ek wil nie ongevoelig klink nie, maar ek het ook my bedenkinge. Ek verstaan nie hoe hulle haar uit die inrigting kon ontslaan, met so 'n aggressiewe geaardheid nie."

"Tannie hoef nie sleg te voel nie, ek verstaan nou heeltemal hoekom ons pa haar destyds laat opneem het. Ek dink nie dit was 'n geval dat sy vir hom 'n verleentheid was nie, eerder dat hy nie hiérmee kon saamleef nie. Dit was seker vir hom net so moeilik."

Hy verlaat die tafel.

Adelle verkeer nog diep in bepeinsing. Sy wil nie die twee kinders in die steek laat nie, maar as Mercia op hierdie trant voortgaan, sal sy verplig wees om 'n ander heenkome te vind. Met alle respek, sy gaan haar nie laat domineer of intimideer nie.

Hoofstuk 10

Anton klim uit sy voertuig uit en stap opgewonde die trappe op na die huis. Hy kan nie wag om San-Mari weer te sien nie. Hy het haar so gemis toe sy weer vir 'n tyd weg was om hul moeder te gaan haal. Hy wil net by haar wees. Hy wil haar net by hom hê.

Dit is egter Wouter wat die deur oopmaak. "Welkom, ou maat, ek is bly om jou te sien. Kom binne, San-Mari sal nou hier wees, sy is net besig om ons moeder te help om klaar te maak." Hy stap vooruit na die sitkamer.

"Dankie." Hy gaan sit in een van die gemakstoele. "Hoe gaan dit met julle moeder, pas sy darem aan hier by julle?"

"Ons probeer mekaar nog vind, maar daar lê nog 'n lang pad voor en baie geduld, is al wat ek kan sê. Hier kom hulle nou."

Anton staan op as San-Mari en Mercia die vertrek binnekom. Hy wil San-Mari 'n drukkie gee, maar besluit daarteen. Dit sal darem te voorbarig wees, inaggenome die teenwoordigheid van hulle moeder.

Sy lyk asemrowend in 'n kort rooi nommertjie, met haar lang blonde hare wat laag oor haar skouers hang.

"Hallo, San-Mari, jy lyk pragtig. Dit is goed om jou weer te sien. En dit is seker tannie Mercia, julle moeder? Aangename kennis, Tannie. Ek is Anton." Hy steek sy hand uit om haar te groet, wat sy ignoreer.

"Mercia, my naam is Mercia. Ek is nie so oud om tannie genoem te word nie. Maar bly te kenne," glimlag sy opeens vriendelik.

San-Mari is aangenaam verras toe sy wel beleefd groet, aangesien sy nie eers die moeite gedoen het om sy hand te skud nie. Sy het voorwaar 'n gedaantewisseling ondergaan, teenoor haar gedrag vanmiddag aan die etenstafel.

Sy lyk ook baie mooi in 'n swart-en-wit broekpak.

Anton glimlag, "Nou maar goed, Mercia, maggies, as ek nie van beter geweet het nie, sou ek dink julle twee is susters!"

"Hallo, Anton, jou ou vleier, ek is net so bly om jou ook te sien." San-Mari tree vinnig tussenbeide en gee hom 'n soen op sy wang ten aanskoue van 'n verbaasde Mercia en geamuseerde Wouter.

"Ek dog julle is vriende, maar daar is duidelik iets meer hier aan die gang, San-Mari," terg Mercia.

"Ons is net vriende, Mams, maar ek het hom gemis," lag sy uitgelate.

'n Motor stop buite en Wouter spring op om hulle ander gas te gaan verwelkom.

"Naand, meisie, jy lyk pragtig! Voor ons binnegaan wil ek jou eers daaraan herinner om Mercia fyn dop te hou. Sy het vandag deur soveel emosies gegaan dat ek nie geweet het wat om daarvan te maak nie. Die een oomblik byt sy jou kop af en dan is sy weer die vriendelikheid vanself. O ja, moet haar tog net nie tannie noem nie. '*My naam is Mercia, ek is nie so oud om nou al 'n tannie genoem te word nie,*" lag hy. "Arme Anton het nie geweet waar om sy kop in te druk nie. Maar ten minste is sy in 'n gemoedelike bui vanaand."

"Hallo, Wouter, dis reg so. Ek sal haar dophou sonder dat sy agterkom."

"Naand, Anton, San-Mari. Dis lekker om julle weer te sien."

Anton groet Laetitia met die hand. Hulle het mekaar ontmoet tydens sy werkery hier op die plaas.

"Hallo, Laetitia, ek is bly jy kon oorkom vanaand," groet San-Mari.

"Dankie, vriendin."

Wouter neem haar tot waar Mercia sit. "Laetitia laat ek jou voorstel aan Mercia, ons moeder."

"Aangename kennis, Mercia, dit is gaaf om jou te ontmoet," sê sy vriendelik.

Mercia ignoreer die meisie en draai haar na Wouter.

"So, Wouter, hoekom het jy my nie vertel van jou verhouding met hierdie meisie nie, net soos San-Mari en hierdie jongman, moet ek alles uit julle kinders trek? Julle kon my mos maar vooraf gewaarsku het, ek is immers julle moeder!" snou sy hom toe.

Ai, daar gaan sy al weer, dink hy by homself. Dit lyk nie of dit Laetitia onkant gevang het nie, dalk maar omdat hy haar vooraf gewaarsku het oor sy moeder se toestand.

Hy besluit om Mercia te ignoreer.

Anton is duidelik onaangenaam verras. Maar, dit is nie sy plek om sy opinie te lug nie. Hy het op uitnodiging van San-Mari kom kuier en dit is waar sy fokus is.

"San-Mari, is jy darem tevrede met jou projek? Dit is nog net die binneversiering van die chalets wat gedoen moet word. As jy wil, kan ek saam met jou gaan as jy meubels ensovoorts wil gaan koop."

"Dankie, Anton, dit sal gaaf wees. Ek moet jou komplimenteer met jou uitstekende werk. Ek is baie tevrede en kan nie wag om vroeg volgende jaar my ryskool te open nie. Ek is baie opgewonde daaroor!"

Laetitia kyk na San-Mari. "Jou broer het my vertel van die ryskool en ek moet sê, ek dink jy doen 'n prysenswaardige daad vir die gestremde kinders, wat baie baat gaan vind by jou projek. Daar is min sulke instansies hier in ons land."

"Dankie, vriendin. Ek kan nie wag om te begin nie, dit lê my na aan die hart. My liewe broer en natuurlik Anton ook, het alles vir my moontlik gemaak. Ek moet nog net by oom Frans gaan reël vir die twee perde wat hy aan my gaan leen om die projek mee af te skop. Ek kan nie vir Ceaser inspan nie, jy weet hoe beduiweld hy is. Maar ek en oom Frans het tot 'n ooreenkoms gekom. Hy leen vir my twee van sy perde, in ruil vir Ceaser om sy een merrie te dek sodra sy gereed is. Sy het onlangs die mooiste ou hingsie in die lewe gebring. Hy lyk op 'n druppel water net soos Ceaser. Tannie Wilna het hom Pegasus gedoop."

Alet kom kondig aan dat die aandete gereed is om bedien te word en die sestal gaan neem stelling in aan die eettafel.

"Sjoe, tannie Adelle, hierdie is omtrent 'n feesmaal. Ek kan nie onthou wanneer laas ek skaapboud en gebraaide aartappels en groente geëet het nie. Daar is darem niks so lekker soos huiskos nie. Ek leef deesdae van kitskos op die persele waar ek werksaam is," merk Anton op.

"Ek hoop julle almal gaan dit geniet," glimlag Adelle.

Nadat Wouter die seën gevra het, skink hy vir hulle van hulle eie rooiwyn.

Hy staan op uit sy stoel en hou sy glas om hoog. "Ek wil graag 'n heildronk instel. Op Anton en Laetitia, dankie vir julle vriendskap; tannie Adelle, ons staatmaker op die plaas en veral in die kombuis; my liewe suster vir al jou liefde en laaste maar nie die minste nie, Mercia ons moeder. Welkom hier by ons en mag daar vele sulke lekker samekomste wees in die toekoms. Op julle almal, gesondheid!"

"Hoor, hoor! Kom dit van almal, behalwe Mercia. Maar nie een van hulle steur hulle aan haar nie. Hulle val met mening weg aan die heerlike kos.

"Die vleis is bietjie droog en kort speserye, Adelle, maar dit is seker maar hoe jy dit gaarmaak. Volgende keer moet jy my hulp inroep. Dit sal lekker wees om weer my stempel in die kombuis af te druk," kom dit van Mercia.

San-Mari stik amper aan haar kos. Hoe kan sy so ongevoelig wees? Tannie Adelle kook al jare vir hulle en haar geregte is uit die boeke uit. Sy pers haar lippe saam, lig haar ken effens die lug in. "Die skaapboud is heerlik sappig, dankie, tannie Adelle en die speserye komplementeer die vleis soos gewoonlik. Dit is heerlik, wat dink julle ander?"

"Ek stem saam met San-Mari, dit is baie lekker, dankie Tannie, ek geniet die ete baie," beaam Anton.

Laetitia knik haar kop. "Ja, voorwaar baie lekker, tannie Adelle, Tannie mag maar."

Wouter haal 'n paar maal diep asem om van sy ergerlikheid ontslae te raak. Hoe durf Mercia so ongeskik wees? "Ek kan nie onthou van een gereg wat Tannie vir ons voorgesit het in al die jare, wat nie 'n sukses was nie. Tannie Adelle is 'n absolute uithaler kok."

"Stadig met die heuningkwas, ou seun. Maar dankie vir die komplimente, julle almal. Volgende keer kan Mercia ons verras met een van haar eie geregte. Ek is seker dit sal net so voortreflik en smaaklik wees. Ons vrouens is mos in die wieg gelê om lekker te kan kook. Ek sien uit daarna, julle seker ook."

'n Stilte daal oor die etenstafel neer.

Na ete stoot Adelle haar stoel uit, "Ek gaan reël vir koffie, julle kan solank in die sitkamer gaan ontspan."

Mercia kyk stip na San-Mari. "Wie is Frans en Wilna en waarmee is jy besig? Wat weet jy van 'n ryskool af? Soos ek verstaan, was Wouter op universiteit, het jy dan nie ook gaan leer om iets te word nie?"

Wouter loer onderlangs na sy suster. Hy wonder of sy ook dieselfde gedagtes koester as hy. Hy kan nie besluit of Mercia opreg belangstel in San-Mari se doen en late nie en of dit nie nou net weer 'n snedige aanmerking is nie. Met hierdie vrou weet g'n mens nie.

"Hulle is ons bure, Mams, ek gaan hulle môre besoek, Mams is welkom om saam te kom, dan wys ek vir Mams die mooi hingsie."

"Ek sal sien hoe ek voel, maar ek stel nie in perde belang nie. Ek verstaan steeds nie wat jy beplan met jou lewe nie. Is jy nie ook veronderstel om jou broer by te staan hier op die plaas met die wynboerdery nie?"

"Ek sal steeds werksaam wees op die plaas, Mams, net nie die wynboerdery nie. Tannie Adelle weet baie meer hoe dít werk, as ek. Sy en Wouter maak 'n gedugte span uit."

"Tannie Adelle, tannie Adelle! Dit is al wat ek moet aanhoor vandat ek hier aangekom het. Is sy miskien die vrou van die plaas? Ek wonder maar net!"

Wouter se liggaam is gespanne soos 'n snaar, hy kan dit nie meer hanteer nie. "Tannie Adelle was hier toe ..." Hy voltooi nie sy sin nie, aangesien Laetitia sy arm 'n drukkie gee.

"In elk geval, kuier julle maar, ek gaan slaap." Mercia verlaat die verslae jongmense en loop amper vir Alet, wat met 'n skinkbord met koffie en koekies aangestap kom, onderstebo.

San-Mari spring wonder bo wonder nie weer op om agter hulle moeder aan te draf nie. Wouter kyk haar goedkeurend aan. Miskien begin sy besef dit is beter om haar nie te ontstel oor Mercia se buie nie. Buitendien, hulle het gaste en hierdie is 'n familie aangeleentheid.

Hy bring sy gedagtes terug na sy onmiddellike omgewing. "Anton, jy en Laetitia moet meer dikwels kom kuier. Dit gaan maar 'n bra vervelige Desembervakansie wees, met net ons paar hier op die plaas. Die druiwe is eers ryp in Februarie en dan sal ons weer volstoom besig wees in die kelders."

"Ek gaan vir 'n week of twee vir my familie in Pretoria kuier." Anton loer na San-Mari wat ingedagte voor haar sit en uitstaar. "Ek het my ouers en broer en suster 'n jaar laas gesien. Hoe lyk dit San-Mari, is jy nie lus om saam met my te kom nie? Hulle sal jou baie graag wil ontmoet."

"Sjoe, ek weet darem nie, Anton. Met ons moeder wat vanoggend eers hier aangekom het, moet ek hier wees om haar by te staan. Sy sal verlore wees sonder my teenwoordigheid. Miskien 'n ander keer?"

Hy knik sy kop, duidelik teleurgesteld in die antwoord.

"Ek sal ook nie kan kom kuier nie, jammer julle, ek en my vriendin, Carmen Bezuidenhout, het 'n twee weke vakansie in Mauritius bespreek. Ons vertrek oor twee dae."

"Laetitia! En jy sê my nou eers! Jy gooi my mos nou vir die wolwe," kla Wouter.

"Aag man, jy sal oukei wees," sê sy speels. Wouter het nog al die jare 'n baie spesiale plekkie in haar hart gevul. Maar daar was nog nooit enige romantiese neiging tussen hulle nie. Hy is vir haar soos 'n broer.

Die aand verloop gesellig sonder enige voorvalle en die vier vriende lag en gesels tot laat. Dan is dit tyd om te groet en San-Mari gaan loer eers of Mercia slaap voordat sy ook na haar kamer gaan.

Sy lê nog lank en dink aan Mercia voordat sy aan die slaap raak. Dat een mens so wispelturig kan wees. Een oomblik gemoedelik en dan weer so vyandiggesind.

* * * * * * * * *

Mercia is in 'n besonderse goeie bui vanoggend en het 'n heerlike ontbyt geniet saam met Wouter, San-Mari en Adelle, tot verbasing van laasgenoemde.

"Wat is jou planne vir die dag, Boeta? Ek neem moeder saam na oom Frans-hulle toe. Is jy nie lus om saam te kom nie?" Sy is steeds verbaas dat Mercia netnou uit die bloute gesê het sy sal saam met haar gaan, en dit terwyl sy gisteraand nie juis lus gelyk het daarvoor nie.

"Ek en 'n paar varsity-pêlle gaan bietjie golf speel. Stuur groete vir oom Frans en tannie Wilna. Geniet die kuiertjie."

"Wilna, ons het besoekers!" skree Frans vir sy vrou.

Die motortjie kom tot stilstand voor die huis. San-Mari klim uit en help dan haar moeder om ook uit die voertuig te kom.

Mercia vererg haar en wil net iets sê, maar San-Mari neem haar aan die hand en stap doelgerig die trappe op. Haar moeder moenie nou onbeskof staan en raak nie, sy is maar net hoflik.

"Dag, oom Frans, tannie Wilna, ontmoet my moeder, Mercia de Wet. Ek het haar saamgenooi om julle te ontmoet. Sy is so pas van Europa af terug en ken nog niemand hier rond nie."

"Aangename kennis, dis gaaf om u te ontmoet," sê Frans en groet haar met die hand.

"Hallo, Mercia, mag ek jou maar so noem? Ek is Wilna van Jaarsveld."

San-Mari hou asem op, haar moeder moet haar nou nie in die verleentheid stel by oom Frans-hulle nie. Maar sy is verniet bekommerd. Mercia, is die vriendelikheid self.

"Bly te kenne, San-Mari het my vertel van die klein hingsie. Ek sal hom graag wil sien."

San-Mari kan haar ore nie glo nie. Het Mercia 'n gesplete persoonlikheid ook? Een oomblik hou sy nie van perde nie en die volgende oomblik wil sy graag die vulletjie sien. Maar eerder dit, as wat sy haar vir haar moeder moet skaam vir die bitsige uitlatings wat soms uit haar mond kom.

"Frans, neem jy hulle stalle toe, dan maak ek vir ons tee. Ek het 'n lekker melktert vanoggend gebak," sê Wilna en staan kombuis se kant toe.

"Staan nader, Mams, hy sal nie byt nie," lag San-Mari. "Is hy nie te pragtig nie?"

"Ek verkies om van hier af te kyk, kindjie, maar jy is reg, hy is baie mooi. Boer jy met perde, Frans?"

"Ek het heelwat perde gehad, maar ek moes baie afskaal. Ek het op die oomblik net vier oor, plus natuurlik die ou kleintjie. Riana, ons dogter, is tans in Londen besig met haar studies. Sy is die ruiter in ons familie."

Hy verwonder hom aan die vrou se onberispelike netjiese voorkoms. Sy is voorwaar 'n baie aantreklik vrou en San-Mari het beslis van haar moeder se gelaatstrekke geërf. Hy en Wilna het Rudolf goed geken maar nooit uitgevra oor sy vrou nie. Altyd maar bespiegel dat sy of oorlede is, of dat hulle geskei is. Hy wonder waar sy haar al die jare begewe het en of sy hier vir 'n kuiertjie is en of sy permanent terug is.

"Oom Frans, tannie Wilna wag seker vir ons. Ek sien baie uit na haar lekker melktert. Sal ons eers huis toe gaan?"

"Goeie plan, San-Mari, ons kan maar gaan."

Saam stap hulle terug, met San-Mari ingehaak by haar moeder.

"Jou melktert is voorwaar besonder smaaklik, Wilna, jy kan gerus vir ons jou resep gee," sê Mercia wat heerlik smul aan die stukkie in haar bord.

"Dankie, Mercia, ek's bly jy hou daarvan. Ek sal vir julle die resep aanstuur na jou selfoon, San-Mari. Maar sê my, Mercia, waar woon jy en is jy hier met vakansie? Jy en Wouter is seker bly dat julle moeder kom kuier het kindjie."

San-Mari maak keelskoon. "Mams is permanent terug by ons, Tannie, sy het lank in Europa gewoon, Switserland, meer spesifiek, maar ek kon haar gelukkig oorreed om terug te kom na ons toe op die plaas. Dit is so lekker om haar by ons te hê."

"Dit is wonderlik, julle! Jy moet meer dikwels kom kuier, Mercia. Ek sal graag meer van Europa wil hoor, ons was nog nooit oorsee nie, my grootste droom is om Frankryk en Londen eendag te besoek. Ons dogter is tans in Londen, besig met haar studies in die mediese-veld. Ek wens sy wil klaarkry sodat sy kan terugkom. Ek en Frans mis haar vreeslik, maar gelukkig met deesdae se moderne tegnologie *skype* ons elke dag. Dit troos darem bietjie."

"Ek sal beslis kom kuier, Wilna. San-Mari kan my bring."

Verheug dat Mercia die kuiertjie geniet het en boonop hoflik en vriendelik teenoor tannie Wilna en oom Frans was, staan San-Mari op. "Baie dankie vir die lekker kuiertjie en die heerlike melktert, Tannie, maar ek dink ons moet nou eers weer huiswaarts keer, Mams."

Hulle groet en val in die pad.

"Mams?"

"Ja, kindjie?"

"Sal mamma omgee as ek ons huisdokter, dokter Dawid, vra om mamma se medikasie na te gaan?"

"Hoekom? Wat is fout met my medikasie?"

"Niks nie, maar ek het al gewonder waarom mamma se gemoedstoestand so wisselvallig is met die medikasie wat mamma daar in Switserland ontvang het. Dokter Müller het tog uitdruklik gesê dat die medikasie dit sal verbeter. Dalk is daar net iets wat nie heeltemal met mamma akkordeer nie."

Sy ruk haar op. "Daar is niks fout met my nie."

San-Mari skraap al haar moed bymekaar. "Mams, ek is baie lief vir mamma, maar ek moet ongelukkig hier my voet neersit. Mamma is nou in ons sorg geplaas, en dit is my plig om toe te sien dat mamma slegs die beste behandeling ontvang."

"Nou maar goed, as dit jou gelukkig sal maak."

Hoofstuk 11

Gertruida kyk Wilna vraend aan. "Is die vrou wat saam met San-Mari gekom het, 'n familielid van haar, Mevrou?" vra sy nuuskierig.

Wilna glimlag vir haar getroue huishulp en vriendin, met wie sy geselskap kan voer as Frans besig is met sy take.

"Haar naam is Mercia, sy is Wouter en San-Mari se moeder. Sy was vir baie lank oorsee woonagtig, maar blykbaar is sy nou permanent terug by hulle op die plaas." Sy gee 'n ligte hoesie en vra Gertruida moet vir haar 'n glas water aangee.

Sy kyk haar besorgd aan. "Is alles reg, Mevrou, jy lyk vir my baie moeg." Sy het die afgelope tyd agtergekom dat Wilna nie lekker is nie. Sy word deesdae baie gou moeg en soms is sy bleek. Sy eet ook nie altyd al haar kos op nie.

"Ek makeer niks, Gertruida, dis seker maar net 'n teken van oud word," lag sy, maar Gertruida is nie oortuig nie.

"Miskien moet jy dit oorweeg om maar liewer dokter toe te gaan vir 'n behoorlike ondersoek, Mevrou, dit kan tog nie skade doen nie."

"Dis regtig nie so erg nie, maar dankie vir jou besorgdheid. Ek moet net vir my 'n goeie tonikum kry by die apteek as ons weer dorp toe gaan. Maar kom ek help jou met die middagete. Ek is lus vir herderspastei, ek glo meneer sal ook wees. Ons moet genoeg maak sodat jy vir jou gesin ook kan inskep."

"Dankie, maar gaan rus 'n bietjie, ek sal die kos maak. Ek sal kom sê as dit klaar is."

Gertruida is nie onder 'n kalkoen uitgebroei nie, sy is bekommerd oor haar werkgewer. Dis nou al 'n geruime tyd dat sy haar dophou en daar is beslis iets fout. Sy kla nooit nie, maar die afgelope tyd werk sy ook nie meer in die tuin nie. Sy was altyd so lief om die rose te spuit en te snoei. Sy werk al die afgelope vyftien jaar hier, en mevrou gaan haar nie so maklik flous nie. Sy wonder of sy met meneer Frans moet praat oor sy vrou. Aan die anderkant is dit nie haar plek nie. Dalk is dit niks en dan jaag sy net 'n klomp spoke op. Spoke wat dalk nie bestaan nie.

Tydens middagete se-vra Wilna, "So, wat dink jy van Mercia, Frans? Sy is 'n oulike vrou, nè? San-Mari straal van geluk. Ek is bly die kinders het nou weer hul ma by hulle. Ek wonder net of Adelle sal aanbly noudat Mercia terug is?"

"Hoe sê hulle? Ander mense se boeke is duister, my vrou."

"Inderdaad, my man. Ek gaan roep gou vir Gertruida om te kom afdek." Sy staan op en hou aan die stoelleuning vas. Sy sukkel om regop te bly.

"Vrou, wat is fout? Voel jy sleg?" Hy spring op en vang haar net voordat sy ineenstort.

"Gertruida! Kom gou na die eetkamer!" skree hy.

"Wat's fout, Meneer?" Sy skrik toe sy die eetkamer binnehardloop en sien hoe hy vir Wilna optel en na die slaapkamer toe dra.

Sy loop agterna. Dan was haar vermoede reg, iets is groot fout met haar mevrou.

"Ek gaan die dokter bel en inwag, Gertruida. Wag asseblief hier by mevrou."

Daar is 'n sagte kreun as Wilna haar oë oopmaak. "Frans, Gertruida? Wat het gebeur, waar is meneer?" vra sy en dit is duidelik dat sy deurmekaar is.

"Meneer is nou terug, Mevrou, wees net rustig. Hoe voel jy nou?" Sy is siek van bekommernis. Sy wens die dokter wil nou kom dat hulle kan hoor wat fout is met haar.

Dit is nie lank nie, of 'n motor stop voor die deur en te oordeel na die fluisterstemme, is die dokter en Frans op pad slaapkamer toe.

Gertruida maak haar uit die voete.

"Wilna, hoe lank voel jy al so moeg? Ek wil bietjie bloed trek, net sodat ons kan vasstel wat die moegheid veroorsaak," sê hy en vroetel in sy dokters tas.

'Hallo, Dawid, dit is al 'n geruime tydjie, maar ek het my nie veel daaraan gesteur nie. Gedink dit is maar deel van oud word." Sy glimlag flou.

"Frans, hier is 'n voorskrif vir 'n goeie tonikum wat yster bevat, dit sal help vir die moegheid. Ek sal laat weet sodra ek die bloedtoetsuitslae gekry het. Dit neem gewoonlik so paar dae."

"Dankie, Dawid, ek stap saam uit."

Terwyl hy weer die huis binnestap na die dokter vertrek het, roep hy, "Gertruida, waar is jy?"

Sy kom aangedraf vanuit die eetkamer. "Wat sê die dokter, Meneer? Is mevrou Wilna siek?"

"Hy het bloed getrek, ons sal nie weet voordat ons die uitslae van die toetse gekry het nie. Ek gaan net gou apteek toe om iets te kry wat die dokter voorgeskryf het. Sal jy asseblief by mevrou gaan sit? Sy rus nog bietjie in die slaapkamer. Moenie haar alleen los nie. Ek gaan haal net gou my sleutels. Neem solank vir haar 'n glas koue water saam."

"Ek maak so, Meneer."

"Mevrou het ons groot laat skrik. Voel jy nou beter? Ek het 'n glas koue water gebring. Hier, drink 'n paar slukkies." Sy gaan sit op die voetenent van die bed.

"Dankie, Gertruida, ek voel beter. Ek was net 'n bietjie lighoofdig, ek het te vinnig opgestaan, dis al. Moenie bekommerd wees nie. Ek is *fine*."

"Sjoe, jy het ons groot laat skrik, Mevrou, maar dit is nie die eerste keer nie, nè, ek bedoel die lighoofdigheid?"

"Niks om jou oor te bekommer nie. Hou nou asseblief op, netnou hoor meneer jou en dan ontstel jy hom verniet."

"Goed, Mevrou, kan ek vir jou 'n lekker koppie tee gaan maak? Dit sal nie lank neem nie."

"Dit sal lekker wees, dankie."

Wanneer Gertruida 'n paar minute later die kamer binnekom met die koppie tee, vind sy haar werkgewer vas aan die slaap.

Ai, ai, ai, dink sy by haarself. Dit is so hartseer om haar so te sien. Sy kan nie help om bekommerd te wees nie. Dis nie hoe sy vir Wilna ken nie. Wat kan haar moontlik makeer?

"Mevrou is vas aan die slaap, Meneer, kan ek maar gaan, asseblief?" vra sy toe Frans terugkeer met die medikasie.

"Dis reg so, baie dankie. Voor jy loop, het jy al voorheen agtergekom dat my vrou nie lekker voel nie? Het sy al vroeër iets aan jou genoem? Julle is heeldag in mekaar se geselskap hier in die huis." Hy klink agterdogtig en dit maak haar ongemaklik.

Moet sy noem dat sy al voorheen onraad gemerk het, of moet sy stilbly? As sy sê dat eersgenoemde die geval is, gaan hy haar vra hoekom sy hom nie vertel het nie. Buitendien het mevrou gesê sy moenie dat meneer hoor nie. Sy besluit om liewer niks te sê nie. Netnou dink hy sy is onbetroubaar.

"Nee, Meneer, mevrou wy nooit uit oor haar gesondheid nie. Maar sy lyk nie of sy siek is nie. Ek sou agterkom het." Sy skaam haar vir die leuen wat sy ter wille van haar werkgewer kwytraak, en maak haar haastig uit die voete.

150

"Jy sê meneer het die dokter laat kom? Maar wat is dan fout met mevrou?" vra Stoffel net om seker te maak hy het haar reg gehoor.

"Ek het jou mos gesê, dat ek bekommerd is oor haar, onthou jy? Sy het inmekaar gesak toe sy van die etenstafel af opgestaan het. Sy hou vol dat sy lighoofdig geraak het omdat sy te vinnig opgestaan het, maar ek weet darem nie. Die dokter het bloed getrek en nou moet ons maar wag vir die uitslae. Foeitog, meneer Frans het baie groot geskrik."

"Ek kan dink, ons hoop maar dis niks ernstig nie, Gertruida."

Sy skud haar kop. "Dit gaan 'n senutergende paar dae wees totdat die toetsuitslag kom, my man. Ons kan maar net bid. ... Waar is daai twee Filistyne van ons? Ek het vir ons lekker herderspastei gebring."

Hy lag uit sy keel uit. "Jy sal nie glo wat daai twee vandag aangevang het nie. Hulle het hulle kaskar gevat en dit met 'n tou om die vark se nek vasgemaak. Nodeloos om te sê, die vark het glad nie toegelaat dat hy vir 'n karperd ingespan word nie en het reguit terug na die moddergat toe gespaander, waar die kaskar omgeslaan het. Die twee modderbesmeerde mannetjies het kort daarna aangestrompel gekom huis toe. Jy moes hulle gesien het, net hulle ogies het uitgesteek! Ek was verplig om hulle met die tuinslang af te spuit voordat ek hulle badkamer toe kon neem vir 'n warm bad. Daarna moes ek die kaskar, tou en al, om die vark se nek gaan losmaak en jy kan dink hoe het ek toe gelyk!"

"O, liewe genade, my man, daai twee woelwaters gaan ons grys maak lank voor ons tyd!" lag sy. "Maar gaan roep hulle dan skep ek solank op."

"Mamma, ek en Andries het vandag lekker gery met ons kaskar, ons het vir otjie ingespan en hy het ons getrek, nè, Andries?" gesels Bennie terwyl hulle binnestap.

Sy knipoog vir Stoffel. "Het otjie julle sowaar getrek? Net soos 'n regte perd?" Sy is dik van die lag.

"Ja, Mamma, maar ongelukkig het hy onthou van sy watergat en reguit soontoe gehardloop. Ons kon hom nie keer nie," borduur Andries verder, met sy onskuldige seunsgesiggie wat net 'n ma kan liefhê.

Klein Bennie knik sy kop 'n paar maal, nadruklik.

* * * * * * * * * *

"Pappa, ek gaan op die eerste vlug terugkom huis toe, ek sal uitvind of ek my studies in die universiteit van Kaapstad kan voltooi. Ek bly nie 'n oomblik langer hier in Londen nie. Julle het my nodig. Ek sal laat weet wanneer ek 'n vlug kan kry. Stuur groete vir mamma en sê vir haar ek is baie lief vir haar," reageer Riana geskok op die nuus.

Frans moes eenvoudig hulle dogter laat weet dat haar moeder nie wel is nie. Hy wil nie wag tot die bloedtoetsuitslae kom nie.

"Dis goed so, kinta, laat my weet van die vlug se besonderhede, sodat ek jou op die lughawe kan gaan optel."

Wilna kom die sitkamer binne. Sy lyk baie beter vandag, hopelik begin die tonikum werk.

"Met wie gesels jy so lekker?" vra sy nuuskierig.

"Riana kom huis toe, vrou. Sy kom haar studies in Kaapstad voortsit. Is dit nie wonderlik nie?" Hy hou Wilna ondersoekend dop. Sy lyk regtig baie goed vandag. Hy kan net bid dat sy niks ernstigs makeer nie.

"Nou hoe dan nou so, Frans? Ek het gedink dat sy haar studies eers wil klaarmaak in Londen? Het jy vir haar vertel dat ek ongesteld was en dat Dawid bloedtoetse aangevra het? Ek hoop nie so nie, want die arme kind gaan nou onnodig alles net so los en haar hierheen haas!"

"Ek moes, Wilna, jy is haar moeder. Sy het die reg om te weet wat aangaan."

"Daar gaan niks aan nie! Ek is nie siek nie! Hoeveel keer moet ek nog vir jou en Gertruida sê dit was net moegheid, maar ek is nou baie beter!"

"Stadig nou, my vrou. Ek het nie gesê dat jy siek is nie, net dat jy die afgelope tyd baie moeg is en dat Dawid dit goed gedink het om bloed te trek." Dit is 'n effens verdraaide leuentjie, maar hy wil haar nie verder ontstel nie. "Ons het ons dogter lanklaas gesien, engel, dink jy nie ook dat dit wonderlik sal wees indien sy hier by ons kom bly nie?"

"Natuurlik, hoe kan jy nog twyfel? Buitendien, dit is mos nou vakansie en die universiteite in Londen is tog seker ook gesluit. Dink net hoe lekker gaan dit hierdie Kersfees wees, met Riana by ons." Sy is meteens opgewonde.

"Absoluut, my vrou. Solank jy dit net nie oordoen nie, jy moet jou gesondheid eerste stel. Jy weet hoe jy kan uithang oor Kersfees, span Gertruida in, dis waarvoor sy daar is."

"My liefste man, jy bekommer jou verniet. Ek sien so uit na ons kind se tuiskoms, wanneer kom sy in die land aan? Ek wil saamgaan as jy haar op die lughawe gaan optel."

"Riana sal laat weet sodra sy 'n vlug bespreek het, my vrou."

Sy woorde is skaars koud of die telefoon lui. Hy antwoord, gesels 'n kort rukkie en lui dan af.

"Riana land môreoggend seweuur, engel, sy vlieg vanaand al."

Gertruida kom die sitkamer binne met 'n skinkbord tee en koekies.

"Ons het baie goeie nuus! Riana kom môreoggend huis toe, is dit nie wonderlik nie?" roep Wilna opgewonde.

"Wat? Mevrou Wilna, maar ek dog sy is nog nie klaar met haar studies nie. Dit is wonderlik! Ek is so bly, ek het haar so gemis."

"Sy kom haar studies hier klaarmaak, Gertruida. Sal jy asseblief skoon beddegoed op haar bed gaan sit en die vensters oopmaak dat daar lekker vars lug kan inkom? Ek gaan 'n paar rose pluk wat ons in 'n vaas kan sit om die vertrek bietjie op te kikker." Wilna se groen oë glinster. Haar baba kom huis toe!

* * * * * * * * * *

Die passasiers beweeg in bondels deur die aankomssaal van die lughawe. Frans en Wilna staan hand om die lyf hulle enigste dogter en inwag. Dan sien hulle haar en wuif met hul arms deur die lug.

"Mams, Paps, dis so lekker om julle weer te sien, hoe gaan dit?" sy kyk vraend van haar vader na haar moeder en Frans weet waarop sinspeel sy.

"Hallo, my dierbaarste kind, ek en jou ma is so verheug om jou weer by ons te hê." Hy vermy dit om oor Wilna se gesondheid te praat.

"Riana, kindjie," snik Wilna, "welkom terug, my liefste dogter." Haar oë swem in die trane, trane van geluk.

"Kom ons gaan kry jou bagasie, dat ons in die pad kan val," sê Frans.

By die huis aangekom, staan Gertruida hulle en inwag. Sy kan nie wag om die meisiekind te sien nie. Sy was so lank weg van die huis af.

Dit is omtrent 'n heuglike herontmoeting tussen die huishulp en die dogter van haar werkgewers.

"Riana, meisiekind, jy is nog net so beeldskoon soos altyd, maggies maar dis lekker om jou weer hier by ons te hê! Jy gaan ons nie weer verlaat nie, hoor jy!"

"Toemaar, Gertruida, ek is hier om te bly. Ek hoop jy het vir ons tee gemaak en wat is die kanse dat daar 'n lekker stukkie melktert ook is? Soos net Mams dit kan maak. Daar is nie een bakkery in Londen wat kan kers vashou met moeder se gebak nie."

"Ek gaan maak vir ons, Riana, maar kom ek help jou eers om jou bagasie na jou slaapkamer te neem."

"Dis nie nodig nie, gaan jy maar aan in die kombuis, ek en Wilna sal ons dogter na haar kamer vergesel," reageer Frans.

Gertruida wag hulle in met 'n skinkbord heerlike melktert en tee. Na almal geëet het, neem Frans die eetgerei terug kombuis toe. Sy selfoon lui en hy stap na sy studeerkamer om die oproep te neem.

Dit is ook nie lank nie, of hy maak weer sy verskyning. "Gertruida!" roep hy, "kom asseblief deur na die sitkamer toe."

Sy stap die sitkamer fronsend binne. Het hy nuus ontvang? Slegte nuus?

Wilna en Riana kyk verbaas na hom as hy Gertruida beveel om te sit. Hyself gaan sit langs sy vrou en neem haar hand in syne.

Riana raak nou baie ongeduldig, sy weet instinktief dat haar pa nuus het oor haar moeder. Sy het hom hoor praat in sy studeerkamer.

"Frans, wat gaan aan? Was dit Dawid wat gebel het?" Wilna kom glad nie gespanne voor nie.

"Het ek nuus, ja. Ek het die wonderlikste nuus, my liefste vrou. Jy was reg, jy makeer niks nie. Die toetse wys dat jy 'n bietjie bloedarmoede het. Dawid beveel aan dat jy volhou met die yster en vitamiene aanvullings. Jy behoort spoedig weer perdfris en gesond te voel."

"Dit is wonderlike nuus, Mams, ek is so bly. Ons was so bekommerd!" Riana stap oor na Wilna en gee haar ma 'n stywe drukkie.

Met trane in haar oë sit Gertruida die gesin en betrag. Haar vrese was dus heeltemal ongegrond. "Dankie, Hemelse Vader," prewel sy 'n gebed.

"Julle wou my mos nie glo toe ek gesê het ek is nie siek nie, kyk hoe het julle, jul onnodig ontstel. Ons arme kind kon nou nog aangegaan het met haar studies in Londen. Haar hele lewe is nou verniet ontwrig."

"Ek is jammer, kindjie, ek was net so bekommerd oor jou moeder. Veral toe sy in my arms flou geword het," bieg Frans.

"Toemaar, Pappa, ek was in elk geval van plan om huis toe te kom vir Kersfees. Maar ek is bly om terug te wees, ek het baie verlang na hierdie ou landjie van ons met sy heerlike somers, braaivleis en biltong," lag sy.

Hoofstuk 12

Dit is die week voor Kersfees en in die De Wet huishouding heers daar 'n feestelike atmosfeer. Dit is die eerste Kersfees saam met hulle moeder. Wouter en San-Mari is druk besig met die voorbereiding van hierdie besonderse dag.

Adelle en Alet spandeer al hulle moontlike tyd om koekies te bak en gemmerbier te maak, asook allerlei lekkernye.

"Boeta, sal jy vir ons die grootste Kersboom gaan koop wat jy kan kry? Ek gaan in die solder kyk vir die res van ons Kersversierings. Ek kan onthou dat van die liggies geblaas het, dalk kan ek saam met jou dorp toe gaan om ander te koop."

Hulle slaan jaarliks 'n Kersboom op, al was hul pa daarteen gekant. Sy en Wouter het doodeenvoudig daarop aangedring en tannie Adelle het hulle nog altyd ondersteun. Hulle pa kon nooit daardie argument wen nie, en moes dit maar gelate aanvaar. Nou is hulle moeder hier en hulle wil dit vir haar spesiaal maak.

Wouter is opgewonde. Kersfees is sy gunsteling dag van die jaar. Hy hou veral daarvan om die Kersboom en die res van die huis, binne en buite te versier. Hy, San-Mari en tannie Adelle koop gewoonlik geskenke vir al die werkers en hul kinders, en nooi hulle dan om Oukersaand by hulle te kom eet. Omdat hulle so 'n menigte is, dek hulle altyd vier groot tafels buite op die grasperk en hy speel gewoonlik die rol van Kersvader. Hulle pa het hulle maar laat begaan en nooit enige aandeel daarin gehad nie, aangesien hy nooit hulle sentiment en entoesiasme gedeel het nie.

"Aangesien Mercia hier is, hoekom maak ons dit nie ekstra spesiaal nie? Kom ons nooi oom Frans en tannie Wilna ook oor. Met Riana in Londen, sit hulle twee tog net alleen by die huis. Wat dink jy, San-Mari?"

"Dis 'n baie goeie plan, Boeta, dan het Mercia geselskap terwyl ons die kinders en hulle ouers vermaak. Ek sal tannie Wilna skakel sodra ons terug is van die dorp af. Ek gaan gou solder toe. Wag vir my ek is nou terug."

Mercia kom uit haar kamer uit, net toe San-Mari soos 'n warrelwind verbyhardloop. Genade ons, waarheen is die kind so vinnig op pad? Wonder sy. Sy volg haar dogter tot by die trappe wat na die solder lei. Sy besluit om hier onder te wag tot San-Mari weer daar uitkom.

"Hi, Mams, waar was Mams die heeltyd na ontbyt vanoggend? Ek het bekommerd begin raak." San-Mari gesels terwyl sy met die groot boks Kersversierings met die trappe afkom.

"Ek het eers 'n entjie gaan loop in die tuin en toe 'n draai by die kelders gaan maak. Ek het nie besef julle het so baie werkers in diens nie. Wat is in daardie boks kindjie?"

"Kersversierings, Mams. Ek en Wouter moet nog die Kersboom en die huis opmaak. Ek wil net gou kyk hoeveel versierings is nog hierbinne wat bruikbaar is. Wouter gaan sorg vir 'n Kersboom en ek wil saamry dorp toe vir nog liggies en versierings. Is Mams lus om saam te ry?"

"Dit sal lekker wees, maar sal daar plek wees vir my ook? Ek wil nie 'n oorlas wees nie."

"Meer as genoeg, Mams, ons ry met Wouter se Land Cruiser. Die boom moet op die dak vasgemaak word. Ek sal Mams kom roep as ons gereed is om te gaan," glimlag sy in haar moeder se rigting. Dit is nou al 'n paar dae lank wat Mercia in 'n ontspanne bui verkeer, sonder om na iemand te hap.

Terwyl Wouter op soek is na 'n geskikte boom, neem San-Mari haar moeder na een van die boetieks. Sy weet Mercia beskik nie oor enige finansies nie en sy wil haar graag bederf met 'n paar mooi uitrustings.

Mercia skop eers daarteen totdat sy haar kon oortuig dat sy vir haar ook 'n uitrusting of twee gaan aanskaf vir die feestelike tyd. 'n Vrou bly mos maar 'n vrou en wat is nou 'n lekkerder bederf, as om vir jouself mooi klere en bykomstighede te koop.

Wouter kom aangery met 'n reuse Kersboom bo-op die dak.

"Sjoe, Boeta, dis omtrent 'n boom en 'n half. Ek kan nie wag dat ons hom begin opmaak nie. Ek het nuwe stringe liggies en nog versierings ook gekry. Dit gaan die beste Kersfees ooit wees!" Sy is so opgewonde soos 'n kind.

Haar geesdrif is aansteeklik. Sy was deur 'n stresvolle tyd met haar soektog na hulle moeder.

Al is Mercia so onvoorspelbaar, begin Wouter haar teenwoordigheid ook al hoe meer geniet. Die afgelope paar dae is sy so spontaan en vriendelik. Hy is lief vir haar, dit is immers sy moeder ook.

By die huis aangekom, vra Wouter vir Alet om een van die mans by die kelders te gaan haal om hom te kom help om die boom die huis in te dra.

"Ek het tannie Wilna gevra om hulle huishulp en haar man en twee seuntjies te sê om Oukersaand hier te kom deurbring, aangesien oom Frans en tannie Wilna Kersdag na ons toe kom. Gertruida se man het 'n motor, ek het hulle al hier by ons verby sien ry."

"Goed gedink, Sus, daar gaan baie ander klein kindertjies wees met wie hulle die dag kan geniet. Onthou net dat ons hulle name ook op ons lys sit wanneer ons die geskenke gaan koop."

"Maak so, Boeta, ek het gedink ek en jy moet miskien môreoggend die geskenke gaan kry aangesien almal op die dorp besig is om die winkels leeg te koop. So nie, sal ons dalk moet ingaan stad toe, na die groter inkopiesentrums."

"Korrek, nou waarvoor wag ons, kom laat ons die boom gaan opmaak en sommer die sitkamer ook. Het ons genoeg liggies? Ek wil sommer die stoep en dak ook opmaak."

"Meer as genoeg, Boeta. Jy moes Mercia se gesig gesien het toe ons vir haar 'n paar uitrustings gekoop het. Siestog, sy het in jare seker nooit iets nuuts gekry nie. Wie sou vir haar klere gekoop het terwyl sy in die inrigting was? Elke dag dieselfde ou kleertjies! Dis so bitter onregverdig dat sy al die jare weggesteek was vir die wêreld, nè, Wouter? En dit terwyl haar man super ryk geword en in weelde geleef het."

"Ek stem, maar gelukkig het jy haar gaan red. Ek is baie trots op my kleinsus."

"Dankie. Luister, dink jy nie ons kan vir Mercia haar eie bankrekening oopmaak en 'n bedrag daarin plaas nie? Sodoende sal sy ook 'n bietjie onafhanklikheid kan geniet. Pa het duidelik nooit voorsiening vir haar gemaak nie, behalwe dat hy waarskynlik betaal het om haar in daardie inrigting te hou. Hy het nie eers vir haar 'n sent nagelaat nie."

"Dis 'n briljante idee, Sus. Ons kan dit beslis doen."

Hulle werskaf totdat hulle geroep word vir aandete.

Mercia maak ook haar verskyning in die sitkamer. Sy verkyk haar aan die pragtige Kersboom met sy honderde, gekleurde liggies wat aan en af flikker. Trane wel op in haar oë.

San-Mari plaas haar arm om haar skouer. Wouter kom staan ook langs haar, en sy plaas haar hand in syne.

"Dit is die mooiste Kersboom wat ek nog ooit in my lewe gesien het. Die sitkamer is ook baie mooi opgemaak, julle."

"Dankie, Mams, ons is so bevoorreg om moeder die Kersfees by ons te kan hê," kom dit van Wouter.

Hulle tante sit al aan tafel toe hulle die eetkamer binnestap. Sy is ook in 'n gemoedelike stemming. San-Mari vang haar en Mercia deesdae nogal baie in mekaar se geselskap. Al is dit dan ook net in die kombuis, waar hulle saam aan die geurigste gebak of geregte beplan. Dit is so verblydend om te aanskou. Twee vroue in een kombuis. Dit wil gedoen wees.

* * * * * * * * * *

Die sitkamer is gevul met sowat vyftig blinkoog kinders, met hulle ogies vasgenael op Kersvader en die geskenke onder die reuse Kersboom. Salig onbewus dat Wouter die gesogte rol vertolk. Een vir een gaan sit hulle op Kersvader se skoot en ontvang 'n geskenk wat San-Mari oorhandig.

Spoedig lê die sitkamer vol geskeurde geskenkpapier en elke seuntjie en dogtertjie is aan die speel met hulle geskenke.

San-Mari onderbreek hulle spel, "Toe, toe, julle outjies, bring julle speelgoedjies saam dan gaan eet ons eers lekker daar buite by julle mammas en pappas."

'n Gevoel van dankbaarheid spoel oor haar as sy die blydskap en vreugde op die kindergesiggies aanskou. Dankbaar teenoor haar Skepper dat sy en Wouter in die bevoorregte posisie is om hierdie kinderhartjies gelukkig te kon maak.

Almal is in 'n vrolike stemming en daar word gesmul aan die smaaklike geregte wat tannie Adelle en Alet voorberei het. Hulle kuier tot laat en dan is dit tyd vir Wouter om hulle huis toe te neem.

Die kinders gil van plesier agterop die trekker se sleepwa. San-Mari kom agterna met die ouers in die Land Cruiser. Hulle pa was miskien nie perfek in alle opsigte nie, maar hy was beslis 'n deernisvolle werkgewer en het gesorg dat al sy werknemers hul eie huisie het op die plaas.

Terug by die huis tref hulle vir Mercia en Adelle aan in die sitkamer waar hulle rustig sit en gesels. Mercia se toestand het merkwaardig verbeter sedert dokter Dawid haar medikasie aangepas het. Sy lyk baie mooi in die blou broekpak wat haar blou oë beklemtoon. Hulle tante lyk ook baie deftig soos gewoonlik, in haar rooi broekpak.

"Ah, hier is julle twee, ai, die ou kindertjies was in die sewende hemel vanaand. Dit was nogal uitputtend, maar baie bevredigend om hulle Kersfees vir hulle ook besonders te kon maak," sê Wouter as hy neerval op een van die rusbanke.

"Dit is prysenswaardig wat julle vir hulle en hulle ouers doen, Wouter. Ek is werklik beïndruk," kom dit van Mercia.

"Die ouers en hulle kinders verdien dit, Mams, hulle lê ons baie na aan die hart, of hoe, tannie Adelle?" reageer San-Mari. Sy en Wouter sou niks hiervan kon doen as dit nie was vir hulle tante se hulp en bystand nie. Veral met die kos en verversings.

"Ek is net so bly ek kon 'n bydrae lewer, kinta, en ja, ek stem saam, hulle werk hard deur die jaar en verdien die bederf. Die uitdrukking op die ou kleintjies se gesiggies wanneer hulle die geskenke oopmaak, maak dit soveel meer die moeite werd."

* * * * * * * * * *

Na die Kerkdiens ry Wouter, San-Mari, Mercia en tannie Adelle vinnig terug huis toe om gereed te maak vir die Kersete. Oom Frans en tannie Wilna gaan binnekort opdaag en dan wil hulle nie nog in die kombuis skarrel nie.

Dit is ook nie lank nie, of 'n voertuig stop voor die deur en Wouter en San-Mari stap buitetoe om hulle gaste te gaan ontmoet.

Oom Frans is die eerste uit die motor en hou die deur vir sy vrou oop. Dan gaan die agterste deur oop en 'n paar lenige bene verskyn eerste, gevolg deur 'n welgeklede, beeldskone jong dame met lang, rooi hare.

"Riana!" roep San-Mari van die stoep af en hardloop om haar vriendin te gaan groet. Wouter is kort op haar hakke.

"Hallo, julle. Sjoe, dis so lekker om julle weer te sien, dit was 'n lang vier jaar, nè?" kom dit van die aantreklike rooikop met haar grasgroen oë.

"Tannie Wilna, toe ek eergister met tannie gepraat het, het tannie niks genoem dat Riana by julle is nie. Dit is 'n heerlike verrassing, of wat sê ek, Boeta?"

"Absoluut, ek is bly jy is hier, Riana. Kom ons gaan na binne, die ete is seker amper gereed." Wouter neem haar aan die hand, hulle twee is ook ou vriende.

"Riana, ontmoet my en San-Mari se moeder, Mercia. Sy het nou kort gelede by ons kom woon."

"Aangename kennis, Tannie, dis gaaf om u te ontmoet." Sy glimlag vriendelik.

"Dis gaaf om jou ook te ontmoet, kindjie."

Frans glimlag trots. "Ons het jou mos vertel sy studeer in Londen, maar sy is nou weer vir goed terug in die land by ons."

"Wat bedoel jou pa, jy is vir goed terug, Riana?" Hierdie keer is dit San-Mari wat nuuskierig is.

Wouter keer, "Kom ons gaan nuttig eers die heerlike maaltyd wat tannie Adelle en Alet vir ons voorberei het, dan kan ons lekker rustig gaan ontspan in die woonkamer."

Na 'n voortreflike vyfgang Kersmaaltyd, beweeg hulle na die ruim sitkamer.

Wouter skink vir elkeen 'n glasie van een van hulle uitsoek-wyne.

"Nou maar goed, laat ons hoor wat bring jou terug in ons pragtige sonskyn land, Riana. Is jy sowaar al klaar met jou studies, ek het dan verstaan dat jy nog 'n paar jaar oor het?" vra San-Mari.

Wilna spring haar dogter voor. "Wag, ek sal julle vertel hoekom ons dogter teruggekom het. Ek het skielik begin moeg voel, so 'n rukkie gelede, Frans het ons dokter ontbied en dié het bloedtoetse gedoen om vas te stel wat aangaan. Ek kan verstaan dat my man bekommerd was en dat hy Riana daarvan vertel het, maar sy bekommernis was gelukkig ongegrond. Ek het net bietjie bloedarmoede, maar Riana het besluit om maar in elk geval terug te kom en te bly. Maar ons kla glad nie! Dis heerlik om ons dogter terug by ons aan huis te hê." Sy glimlag in Frans se rigting.

Hy knik sy kop. "Dit is inderdaad so, my vrou."

"Ek het besluit om my studies in Kaapstad te kom voltooi. Hopelik sal ek daarna 'n praktyk in ons omgewing kan open," kom dit opgewek van die rooikop.

"Maar dis mos wonderlik, Riana! Ek is so bly, nou kan ons drie weer oudergewoonte saam gaan perdry. Jy kon seker nie jou perdry-stokperdjie in Londen beoefen nie, of hoe?" vra Wouter.

"Daar is perdryklubs, maar om jou die waarheid te sê, het my studies my so besig gehou dat ek nie veel tyd kon inruim om gereeld sosiaal te verkeer nie. Net so af en toe het ek saam met vriende gaan fliek, of iets gaan eet in 'n restaurant. Maar ek kan nie wag om weer op 'n perd se rug te kom nie. San-Mari, het jy nog daai mooi swart hings van jou?"

"Ek het, ja, maar wag totdat jy sien waarmee ek besig is, vriendin. Kom weer môre, dan gaan wys ek jou."

"Nou het jy my baie nuuskierig, my ou maatjie, kan jy my nie maar vertel nie? Ek sal mos nie kan wag tot môre nie," pleit sy met 'n pruilmondjie.

"Julle vroumense darem, kan nie julle nuuskierigheid in toom hou nie," lag Wouter en knipoog vir oom Frans. Hy is mos ook deel van San-Mari se groot projek wat sy oor 'n paar weke op die been gaan bring.

"Nou goed! Ek sal probeer geduldig wees, maar net tot môreoggend. En jy, Wouter, waarmee is jy deesdae besig?"

"Soos jy weet, het ek ook universiteit toe gegaan en my studies hierdie jaar voltooi. Jy kyk nou na 'n trotse gegradueerde wynboer," lag hy.

"Wat het van Laetitia geword? Jy het destyds hard na haar gevry," terg sy met 'n glinster in haar oë.

"Ag! Ek het nog nooit na haar gevry nie," brom hy. "daar is niks tussen ons nie, ons is net goeie vriende. Sy is met vakansie saam met 'n vriendin in Mauritius."

"En jy, San-Mari, enigiemand spesiaals in jou lewe?"

"Ek is nog nie by daai stadium nie, vriendin, my lewe is so vol dat ek nie tyd het vir romanse nie." Sy sou wel baie graag wou hê dat daar iets tussen haar en Anton moet wees. Dalk is daar. Hy het haar tog genoeg aanleiding gegee net voor hy na sy familie toe is vir die feesseisoen.

"Ai, ons is maar 'n patetiese ou spulletjie, ons sal iets daaraan moet doen," terg Riana speels.

"Ek lei dus af dat jy ook nie iemand spesiaals daar in die buiteland het nie?" Wouter se wenkbroue is hoog teen sy voorkop opgetrek.

"Korrek."

Frans staan op. "Dit was nou voorwaar 'n baie aangename kuiertjie. Baie dankie, julle, maar dit word laat en ons sal huiswaarts moet keer. Kom, vrou." Hy gaan staan voor haar en trek haar aan die hand op.

Almal groet en dan word dit stil in die De Wet huishouding. Net die Kersboom, met sy blink flikkerende liggies, is 'n stille getuie van die lieflike dag wat tot 'n einde gekom het.

Hoofstuk 13

Die sagte gerunnik van 'n perd trek Wouter se aandag en hy loop haastig na die voordeur. Is dit Ceaser? Sou hy op een of ander manier uit sy stal uit gekom het en koers gekies het na die huis toe? Die afstand vanaf die stalle en die huis is slegs 'n paar honderd meter. San-Mari het hom al by meer as een geleentheid gery tot hier, dus weet hy waar die huis is.

Dan hoor hy Riana se stem wat haar perd beveel om stil te staan terwyl sy hom vasbind aan die stoepreling.

"My maggies, Riana, het jy sowaar al die pad alleen hierheen te perd gekom? Jy kon mos maar net gebel het, dan kon ek jou gaan haal het, of hoekom het jy nie net met jou pa se motor gekom nie?"

"Hokaai, Wouter! Dis net 'n paar kilometer tussen ons plase, ons het dit dikwels in die verlede gedoen, onthou jy nie?"

"Dan was dit drie van ons, Riana! Jy kan nie alleen te perd so ver ry nie!"

"Goed, Pappa, ek sal nie weer nie," lag sy tergend. "Waar is San-Mari, is sy al op? Ek hoop nie ek is te vroeg nie, ek is net so nuuskierig om die projek te sien waarvan sy my gister vertel het."

"My suster laat slaap? Die aarde sal moet vergaan vir dit om te gebeur. Nee, sy is saam met tannie Adelle af na die huisies van die werkers met al die oorskietkos. Daar was kos vir 'n *army*," lag hy luidkeels.

San-Mari en Adelle kom tuis en sien die perd vasgemaak by die voordeur staan.

"Wie se perd is dit, kindjie?"

"Daar is net een mens wat ek ken wat met Snowy hierheen sou kom, en dit is Riana. Ek het gister mos vir haar gesê sy moet oorkom. Ek wil haar my nuwe projek gaan wys."

Hulle stap die huis binne.

"Môre, môre, dit gaan lekker hier. Hi, Riana. Ek sien jy het met Snowy hierheen gekom. Jy waag baie!"

"Nie jy ook nie, vriendin, jou broer het my reeds die Leviete voorgelees. Ek kan darem nog perdry en Snowy is nie sommer enige perd nie. Sy is baie vinnig, geen skarminkel wat my moontlik iets wil aandoen, staan 'n kans nie."

"Nou toe, kom ek gaan wys jou die arena en die stalle. Ek gaan trek net gou my ryklere aan."

Minute later val hulle in die pad en Riana lei Snowy saam.

"Vriendin, dit is fantasties! Ek is mal hieroor. Wanneer het jy besluit om dit te doen? Ek was altyd onder die indruk dat jy ook sou gaan studeer het."

171

"En tussen vier mure vasgekeer wees? Nee dankie, ek is gemaak vir die *outdoors*, vriendin. Plus, soos jy weet, is perde my passie en ek wil graag 'n bydrae maak om kinders wat getraumatiseer en gestremd is 'n bietjie menswaardigheid te gee. Perdry is 'n vorm van terapie en hulle kan baie baat vind daarby."

"Jy is reg. So, gaan jy Ceaser gebruik daarvoor? Is hy nie bietjie wild en befoeterd vir die *job* nie?"

"Ceaser is nie 'n opsie nie, ek en jou pa het soort van tot 'n ooreenkoms gekom. Hy leen vir my twee van sy perde om mee te begin, in ruil vir Ceaser om sy merries te dek, sodat hy weer sy trop kan aanvul."

"Wel, ek dink dis wonderlik. Ek is mal oor die arena. Ek moet sê, dis baie professioneel gedoen, het jy iemand gehuur om dit vir jou te kom beplan en voltooi?"

"Jou pa het 'n bouer aanbeveel wat al vir hom werk op die plaas gedoen het. Anton Nieuwoudt. Maar dis nie al nie, kom ek gaan wys jou die chalets by die meer. Ek saal gou vir Ceaser op, hy moet hoeka sy oefening inkry vir die dag.

"Ek kan nie glo wat ek sien nie, San-Mari! Die chalets is pragtig en dis 'n wonderlike idee om 'n vakansieoord hier by die meer te hê. Ek is sommer lus en kom kuier self 'n paar dae hier. Hulle is so smaakvol gemeubileer. Julle kan bly wees dat julle plaas oor so 'n lieflike meer beskik. Ek is beïndruk, ek moet sê."

"Dankie, Riana, ek kan nie wag om te begin nie."

Noudat hulle alleen is, besluit Riana om die kwessie wat haar pla, aan te roer. "Ek wou nie gister voor almal met jou praat oor julle moeder nie, maar ek is nuuskierig om uit te vind wat aangaan? Dit was nogal 'n skok om te hoor sy is julle moeder. Jy het my jare gelede al vertel dat sy julle verlaat het toe julle nog bitter klein was en dat julle nooit weer 'n woord van haar gehoor het nie. Waar was sy al die jare, en waarom juis nou weer haar verskyning maak? Ek hoop nie sy het haar oog op jou en Wouter se erflating nie. Jammer as dit ongevoelig klink, maar ek kan nie help om te wonder en bekommerd te wees nie. Tensy jy nie daaroor wil praat nie."

"Als reg, vriendin, dis 'n lang storie. Kom ons gaan sit daar op die bankie onder die bome, dan vertel ek jou alles."

San-Mari sug, dan vertel sy haar alles.

"Ai, my ou maatjie, dit is nooit lekker om jou eie mense te sien swaarkry nie. Ek het nie besef sy ly aan Bipolêre versteuring nie. Ek het wel gister opgelet dat sy met tye in haarself gekeer was, maar ek het maar aangeneem dat sy uitgevoel het tussen ons almal wat mekaar so goed ken. Ek neem aan sy is op medikasie. Dit is al hoe mens dié kondisie onder beheer kan hou."

"Ja, dokter Dawid het haar medikasie aangepas en dit gaan baie goed met haar. Al die buierigheid is op 'n einde. Ek hoop maar net dit bly so. Maar wat bedoel jy, dat dit nie lekker is om jou eie mense te sien swaarkry nie? Is daar probleme by julle?"

"Ons het baie groot geskrik, vriendin! My ma het stilgebly oor die feit dat sy die laaste tyd kronies moeg was. Eers toe sy skielik inmekaar stort, het my pa my laat weet iets is fout, en dis hoekom ek vandag hier is. Ek was dood van bekommernis. Soos my ma gister gesê het, is dit toe gelukkig net bloedarmoede. Sy is tans op goeie vitamien en yster aanvullings."

"Goeie genade, vriendin! Ons bly langs mekaar en gister was dit die eerste woord wat ek daarvan hoor. Ek is so verlig dat dit niks ernstigs is nie."

"Ek is net so verlig, San-Mari. Ek het op die eerste beste vliegtuig gespring en huis toe gekom. Ek het geen begeerte om weer so ver van my ouers af te wees nie. Die lewe is so kort en alles kan so skielik verander. So gepraat, jy het nog nie my pa se broer, Cedric, ontmoet nie, nè?"

"Ek dink amper nie so nie. Dit klink nie bekend nie."

"Wel, hy kom by ons kuier. Hy is 'n oujongkêrel. Hy bly in Pretoria. Ek wonder hoekom het hy nog nooit getrou nie. Hy is tog baie aantreklik, nes my pa."

"Miskien het hy nog net nie die regte een ontmoet nie. Dis net soos tannie Adelle, sy was ook nog nooit getroud nie en kyk hoe 'n aantreklike vrou is sy! Miskien kan ons die twee aan mekaar voorstel, jy weet nooit."

"Hmm, goeie plan, vriendin, ons twee kan gerus vir *Cupid* inspan. Het jy al ontbyt genuttig? Kom ons gaan na my huis toe dan maak ek vir ons lekker spek en eiers, of wat sê jy?"

"Dit sal lekker wees, ek laat weet net gou vir Wouter. Hy kan hom tog so verknies oor my, 'n mens sou sweer ek is nog 'n klein dogtertjie."

Riana lag. "Nog steeds? Ek onthou nog goed hoe hy jou altyd beskerm het op skool."

"Nog steeds, vriendin!"

"So, wanneer gaan jy jou ryskool open, San-Mari?" vra oom Frans aan tafel.

"Ek wil net al hierdie vakansiedae omkry, dan sal ek begin voelers uitsteek om bewusmaking te bewerkstellig. Ek is nie heeltemal seker hoe om te werk te gaan nie."

"Ek sal jou help, vriendin. Ons gaan sien die Rehabilitasie Sentrums in die stad, hulle word gewoonlik oorval met pasiënte en dit kan baie druk van hulle afneem indien hulle bewus is van jou projek. Hulle maak alleenlik gebruik van Fisioterapeute binnenshuis en ek persoonlik dink dat die kinders ongelooflik baat gaan vind by jou metodes."

"Dankie, Riana, ek sal dit baie waardeer. Oom Frans is nog reg met twee van oom se perde, soos afgespreek, nè?"

"Natuurlik, kindjie. Rambo en Misty staan reg sodra jy aan die gang kom. Snowy is Riana se perd, en as ék wil ry, is daar nog Venus ook."

"Ek verstaan van Riana dat oom se broer vir julle kom kuier. Ek kan nie onthou dat ek hom al ontmoet het nie."

"Jy het nie, San-Mari. Ek het my ouboet jare gelede gesien, hy is 'n tandarts en sy praktyk het hom maar baie besig gehou. Hy het ingestem om te kom kuier, nadat ek hom behoorlik gesmeek het om te kom. Ons sien heeltemal te min van mekaar."

"Dit is waar, Oom. Mense, ek moet by die huis kom. Mercia soek my seker al. Dankie vir die lekker ontbyt. Riana, jy moet jou nie skaars hou nie. Kom kuier weer vir ons, maar met 'n voertuig, nie weer alleen te perd nie," knipoog sy vir haar vriendin.

"Ja toe, dis nou nie nodig om my geheim te verklap nie. Ons wil nie die hele wêreld op hol hê nie," lag sy.

San-Mari is skaars by die deur uit, of haar pa spreek haar skerp aan, "My kind, ons was onder die indruk dat jy net gaan perdry het, nie al die pad na ons bure toe nie, dis baie onverantwoordelik van jou."

"Jammer, Paps, maar ek het alreeds 'n hele paar uittrapsessies gehad vanoggend. Ek sal soos 'n soet dogtertjie net hier naby die huis rondry," sê sy speels. Sy weet haar pa is maar net bekommerd, hy aanbid omtrent die grond waarop sy enigste kind loop.

"Ons is maar net besorg oor jou, kindjie, jou pa is reg. Al is die twee plase nie te ver van mekaar af nie, is daar nie baie verkeer op die pad nie. Die perd kan jou afgooi dan lê jy daar op jou eie." Haar moeder glimlag liefderik.

* * * * * * * * *

Gertruida en Wilna is besig in die kombuis om middagete voor te berei, terwyl Frans en Riana lughawe toe is om sy broer te gaan optel.

"Is meneer Frans se broer getroud, Mevrou? Ek het die spaarkamer met die dubbelbed gereed gemaak. Ek was nie seker of hy alleen kom en of sy vrou saamkom nie."

"Meneer Cedric is nie getroud nie. Hy is maar 'n eksentrieke alleenloper, maar 'n dierbare siel. Hy is 'n paar jaar ouer as meneer Frans."

"Ek kan my lewe nie voorstel sonder Stoffel en daai twee woelwaters nie. Dit gaan my verstand te bowe dat daar mense is wat verkies om alleen deur die lewe te gaan. Hulle mis soveel uit, of wat sê ek, Mevrou? Jy moet dat ek jou vertel wat daai twee Filistyne nou die dag aangevang het met hulle kaskar en die vark. Dit was *hilarious*, sê ek jou, maar ek verruil dit vir niks in die wêreld nie."

"Praat jy, Gertruida, my lewe sou maar vaal gewees het sonder my man en dogter. Dit maak my hart so bly dat sy weer terug is hier by ons."

'n Voertuig hou voor die deur stil.

"Hier is hulle nou," Wilna stap uit buitetoe.

"Hi, Mams, ek hoop Mams het baie geduld en baie tyd, oom Cedric praat jou ore van jou kop af," lag sy.

"Wilna, nog mooier as ooit! Hallo, Skoonsus, dis goed om jou weer te sien. Frans sê jy het hulle almal die skrik op die lyf gejaag, is jy nou beter?"

"Frans was onnodig paranoïes, ek makeer niks nie, maar dankie vir die belangstelling. Welkom hier by ons, Cedric." Sy gee hom 'n klapsoen. Hy is immers haar swaer.

Frans tree tussenbeide. "Ons weet dit nou, my vrou, maar ek het baie groot geskrik."

Sy gee hom 'n drukkie. "Aag toemaar, my ou beer, ek sal nie weer nie."

"Kom, ek stap saam na jou kamer, Boeta, gee vir my daai tas."

Toe die twee broers uit sig uit is, sluit Riana en Wilna weer aan by Gertruida, waar sy doenig is in die kombuis.

"Mams, ek het gedink, aangesien ons Kersdag by Wouter-hulle deurgebring het, hoekom nooi ons hulle nie uit vir 'n braai op Oujaarsaand nie? My mond water al vir 'n lekker tjoppie en boerewors en die lekker stywe pap wat net jy kan maak, Gertruida."

* * * * * * * * *

San-Mari is aangenaam verras toe haar selfoon lui en sy sien wie se naam op die skermpie verskyn. "Hallo, Anton."

"Hallo, mooiste meisie, hoe gaan dit met jou?"

Dit is so wonderlik om sy stem te hoor, haar hartklop versnel. "Dit gaan goed, dankie. Kuier jy nog lekker by jou familie?"

Hy gee 'n kreun, "Nee, ek verlang my dood na jou. Ek sou veel eerder die Desember saam met jou wou spandeer."

"Ek verlang na jou ook," fluister sy met opwinding in haar stem. "Wanneer kom jy terug? Sou jy nie net vir 'n paar weke by jou familie gekuier het nie?"

"Meisie, dis die feesseisoen, ek kan nie nou hier wegkom nie, maar weet net, ek dink elke dag aan jou."

"Anton, ek dink baie aan jou ook."

"Dis fantasties, ek sal ..." hy bly skielik stil en dan praat hy meteens in 'n formele stemtoon, "Ons praat weer later. Totsiens."

Sy frons liggies toe sy haar selfoon neersit. Waarom sou hy die gesprek so haastig kortknip?

Wouter vind sy tante buite waar sy besig is. "Tannie Adelle, ons is almal genooi om Oujaar by oom Frans-hulle te gaan braai, en tannie is natuurlik ook genooi."

"Baie dankie, maar my vriendin wat in Seepunt bly, het my genooi om die naweek by haar te gaan kuier. Sy kom my vanmiddag haal. Daar word mos elke Oujaarsaand vuurwerke by die Waterfront afgevuur. Sal jy asseblief verskoning namens my maak?"

"Natuurlik! Tannie moet dit geniet. Ek dink daardie vuurwerke gaan asemrowend wees."

"Dankie."

* * * * * * * * * *

Terwyl die mans om die vuur staan en gesels, verkeer San-Mari, Mercia, Wilna en Riana in 'n ligte luim, elk met 'n glasie wyn in die hand by die braaivleistafel. Mercia wou aanvanklik nie saamgekom het nie, maar na vele gesoebat van San-Mari, het sy tog maar ingestem.

Nou verkeer sy in 'n gemoedelike bui. Tot San-Mari se grootste verbasing, sien sy dat Mercia kort-kort skelmpies in Cedric se rigting loer.

Mercia lyk jare jonger in die informele broekpak wat sy vir die geleentheid aangetrek het.

Cedric, voorbarig soos hy is, kom sit langs haar aan tafel. Sy bloos bloedrooi en wil dadelik opstaan, maar haar oë ontmoet dié van San-Mari. Dié trek grootoog vir haar en skud haar kop liggies, en sy kom tot besinning. Dit gaan heeltemal te veel aandag op haar vestig as sy nou opvlieg en op 'n ander plek gaan sit.

"So, Cedric, waar is jy woonagtig en wat doen jy vir 'n lewe?" waag sy dit ietwat skamerig om 'n gesprek met hom aan te knoop.

Hy draai hom effens in sy stoel en kyk haar vierkantig in die oë. "Ek, my liewe Mercia, woon in die mooiste Jakarandastad, Pretoria, en ek is 'n tandarts."

Sy lag. "Pretoria is beslis 'n pragtige stad, dis nou, as dit steeds lyk soos destyds toe ek nog in Suid-Afrika gewoon het."

"Nou ja, Mercia, vertel my so 'n ietsie van jouself en jou lewe."

Wouter, wat langs San-Mari sit, gee haar arm 'n ligte, dog ongemerkte stampie. Is dit sy verbeelding, of is oom Cedric besig om vlerk te sleep by hulle moeder? Boonop lyk dit of sy van sy attensies hou.

Die aand verloop seepglad en almal verkeer in 'n feestelike luim.

San-Mari ontvang 'n boodskap op haar selfoon en sy glimlag terwyl sy dit lees. 'Ek hoor jy braai vanaand daar by jul bure.'

'Jy het reg gehoor. Wie het jou vertel?'

'Ek het my informante,' gevolg deur 'n string hartjies en glimlag-gesiggies, is al wat hy antwoord.

Sy glimlag vir sy verspotheid en stuur slegs een hartjie-emotikon vir hom terug.

Dit voel of die aand heeltemal te gou verby is toe die horlosie om middernag twaalf slae gee om die begin van die nuwe jaar aan te kondig. Nadat hulle mekaar 'n voorspoedige nuwe jaar toegewens het, is dit tyd vir die De Wets om huiswaarts te keer.

Mercia verdwyn dadelik na haar slaapkamer. Dit was 'n lang dag en sy is nie gewoond daaraan om so laat wakker te bly nie.

Dit gee Wouter en San-Mari tyd om die dag se gebeure in oënskou te neem.

"Wat maak jy van oom Cedric, ek bedoel, hoe ervaar jy hom as mens?"

"Wel, Boeta, ek sou sê hy is baie joviaal, selfs 'n bietjie verwaand. Het jy opgelet hoe hy sy flikkers gegooi het vir Mercia? Liewe land, die man het beslis nie teruggehou nie."

"Dit was so ooglopend, Sus, ek wonder net hoe Mercia dit opgeneem het. Sy het nie juis ongemaklik voorgekom nie, nè? Eerder gevlei, sou ek sê."

"Beslis, jy dink nie ..." sy voltooi nie haar sin nie, te bang vir haar eie gedagtes.

"Ek dink beslis sy het *hook, line en sinker* geval vir sy attensies. Dink jy dit is so vreeslik verkeerd, ek meen nou maar, sy was vir baie jare verwerp deur ons pa, dink jy nie sy verdien ook om gelukkig te wees nie, San-Mari?"

Sy gee 'n diep sug. "Ja, maar iets so drasties soos 'n verhouding met 'n man, dink jy nie sy is gelukkig genoeg hier by ons op die plaas nie, Boeta?"

"Mercia gaan binnekort net afhanklik wees van tannie Adelle vir geselskap wanneer ek en jy voltyds met ons werksaamhede gaan begin. Ek dink dit gaan moontlik nog baie vervelig raak vir haar. Sy is 'n hoogs intelligente vrou. Sy was gewoond aan 'n sosiale lewe voordat pa haar in daardie inrigting gaan inboender het."

"Ons twee gaan aan asof sy al klaar voor die kansel staan, Wouter, kom ons los nou hierdie muisneste en gaan slaap," lag sy, en gee haar broer 'n kloppie op die skouer.

Terwyl sy haar slaapkamer binnestap, ontvang sy weer 'n boodskap op haar selfoon. 'Voorspoedige nuwe jaar, mooiste meisie in die hele Boland.'

Haar hande bewe liggies van opwinding, hoe wens sy nie dat hy vanaand hier kon wees nie. 'Vir jou ook, dankie Anton.'

'Kry ek dan geen soentjies of hartjies nie?'

'Jy's lekker verspot, Anton, maar ja, hier is vir jou 'n paar soentjies en hartjies. Lekker slaap.' Sy voeg die emotikons by en stuur die boodskap.

Hoofstuk 14

Geklee in 'n ligpienk organza trourok met die mooiste wit lelies vir 'n ruiker, kom Mercia die kerk binne aan die hand van haar seun, Wouter. Sy is 'n toonbeeld van 'n stralende bruid.

Drie maande het verstryk sedert Cedric haar om haar hand gevra het. Sy was aanvanklik huiwerig aangesien sy nie geweet het hoe haar kinders gaan reageer nie. Maar met hulle goedkeuring gaan sy haar vandag verbind aan 'n man wat haar met die grootste respek en liefde toevou.

Dit is 'n baie deftige geleentheid en vele van Cedric se vriende en mediese vennote woon die bruilof in Pretoria by. Menige dame beny die mooi vrou aan die sy van die aantreklike tandarts.

San-Mari pink 'n lastige traan weg. Dit was 'n kortstondige romanse, maar Mercia lyk gelukkig aan die sy van haar nuwe bruidegom en dis immers al wat tel.

"Gee mekaar die regterhand," kom dit van die dominee.

Riana staan nader en oorhandig die ringe een vir een aan die bruidspaar.

Na die kerkdiens gaan sit Wouter langs San-Mari in die onthaallokaal. Sy loer onderweg na hom. Sy oë is vasgenael op Riana. Dit is geen geheim dat hy haar uiters aantreklik vind nie, maar hulle is jarelange vriende. Hy het nog nooit getoon dat hy meer as net vriendskap van haar verlang nie. Maar kyk nou vir Mercia, haar lewe het meteens handomkeer verander. Die lewe is baie onvoorspelbaar...

Haar gedagtes gaan vir 'n oomblik terug na 'n sekere blondekop bouer met die blouste blou oë. Sy wonder wat maak Anton met homself. Sedert hy die chalets voltooi het, het sy hom nog nie weer gesien nie. O, hy bel soms en stuur boodskappe, maar hy sê hy is besig met ander bouwerk en kan nie kom kuier nie. Hy is die eerste man wat haar knieë lam kon maak en soos 'n verspotte tienermeisie kon laat bloos. Sy sal nooit die dag vergeet toe sy hom met die piekniekmandjie gaan verras het nie ... toe hulle lippe ontmoet het.

"Waar is jou gedagtes, Sus?" Wouter tik aan haar skouer. "Die bruid is gereed om haar ruiker te gooi, gaan jy hom nie probeer vang nie?"

"Miskien as dit nie ons moeder s'n was nie, dit voel onvanpas om soos 'n bakvissie tussen daai klomp jong *girls* te gaan rondspring."

"So, my sussie is nou skielik stokoud," terg hy.

"Man, jy weet wat ek bedoel," sê sy ergerlik.

Wat gaan nou weer in sy suster se kop aan, wonder hy verbaas.

Die pasgetroudes is gereed om te vertrek op hulle wittebrood maar nie voordat Mercia en Cedric hulle by Wouter en San-Mari aansluit nie.

"Oom Cedric, jy moet mooi kyk na ons moeder, ons gaan julle mis. Geniet die wittebrood." San-Mari gee Mercia 'n stywe drukkie.

"Ek het lank gewag vir hierdie een, San-Mari, sy is in goeie hande, dit moet jy weet." terg Cedric speels.

Dit was verrassend hoe goed hulle nuutgevonde stiefpa die nuus van Mercia se toestand hanteer het. Hy het kalm en bedaard geluister na alles wat San-Mari hom vertel het. Dit het hom geensins van stryk laat bring om met die liefde van sy lewe in die huwelik te tree nie.

Mercia haak haar arm by haar dogter s'n in en wink vir Wouter om langs haar te kom staan. "Ek is so oneindig gelukkig, my kinders, as dit nie vir julle was nie, het ek nooit hierdie wonderlike man ontmoet nie, daarvoor is ek julle ewig dankbaar."

"Ons albei is bly dat Moeder weer geluk gevind het. Julle moet nou nie vir julle skaars gaan staan en hou nie. Sodra ek en San-Mari 'n kans kry, sal ons graag wil kom kuier in hierdie mooi stad van julle. Geniet die wittebrood in die Seychelles. Ek is skoon jaloers," glimlag Wouter.

"Nou wat is fout, ou seun, daar is darem seker ook 'n fraaie nooientjie in jou lewe?" vra Cedric met 'n glimlag.

Wouter lag. "Ek werk nog daaraan, glo my, ek het my oog op die prys, maar net nie nou onmiddellik nie. Vir nou het ek 'n wynplaas om te bestuur."

Die onthaal duur nog etlike ure voort nadat die bruidspaar vertrek het, terwyl talle paartjies hulle op die dansvloer bevind en Wouter en Riana deel uitmaak van hulle. Hulle maak 'n mooi paartjie uit.

"Om te dink, Frans, Wouter se ma is nou deel van ons familie, sal dit nie wonderlik wees as Wouter ons dogter ook die hof maak nie? Dan is ons een groot familie," glimlag Wilna.

"Ek is bly my broer het uiteindelik besluit om die knoop deur te hak, ek het regtig begin dink hy gaan 'n oujongkêrel bly. Maar met Mercia, was dit liefde met die eerste oogopslag. Ek en hy het nou maar net eenvoudig 'n oog vir 'n mooi vrou, of wat sê ek, my vrou?"

"Ja, ja, my man, ek wonder net hoe San-Mari regtig voel noudat Mercia nie meer onder haar sorg is nie. Ek bedoel, sy het alles in die stryd gewerp om hulle moeder op te spoor en terug te bring Suid-Afrika toe, maar nou het sy haar gaan verbind aan 'n man wie sy skaars ken."

"Sy is so besig met haar ryskool dat ek nie kan dink sy top te veel daaroor nie, buitendien, ek dink sy is verlig dat Mercia nou iemand anders se verantwoordelikheid is. Om heeldag te wonder waar haar moeder is of waarmee sy besig is, sal nie regverdig wees teenoor haar nie."

"Jy is reg, Frans, kyk hoe geniet sy dit daar by die jong klomp daar oorkant. Sy is nog jonk en verdien ook om gelukkig te wees. Die ryskool is haar passie en sy doen 'n ongelooflike werk met die ou kindertjies. Eendag sal sy ook die regte man ontmoet. Die jongmense gaan seker nog tot laat kuier, ek dink ons moet maar groet en terugkeer na die hotel, wat sê jy, my man?"

"Ditsem, ek is ook moeg, dit was 'n lang dag. Ons moet môreoggend vroeg op die lughawe wees vir ons vlug terug Kaap toe. Kom ons gaan groet die gaste."

"Mams, Paps, ek en Wouter en San-Mari gaan nog 'n rukkie kuier. Ek kry gou vir julle 'n huurmotor."

"Dankie, kinta, kuier dan maar nog lekker, ons oumense moet bed toe," lag Frans en knipoog vir sy vrou.

* * * * * * * * * *

Terug op die De Wet Wynlandgoed, is die lewe baie bedrywig. San-Mari staan elke oggend douvoordag op om voorbereidings te tref vir die dag se werksaamhede. Sommige ouers daag soms vroeg op vir hulle kinders se terapiesessies. Sy gee nie om nie, want om die ou kleintjies se gesiggies te aanskou wanneer hulle op die perde se rûe is, maak dit oor en oor die moeite werd.

Later, een middag aan etenstafel, kyk San-Mari na Wouter. "Ek het aan 'n wonderlike plan gedink. Noudat die chalets meestal vol bespreek is, hoekom kry ons nie 'n paar seilbote en ander watersporttoerusting soos kano's en kajaks, asook 'n pretpark vir die kinders nie? Die meer is groot genoeg, wat sê jy, Boeta?"

"As jy dit vir my gevra het drie maande gelede, sou ek gedink het dit is 'n gek idee, maar aangesien die verhuring van die chalets so goed vaar, kan ek nie sien hoekom ons dit nie ook kan implementeer nie, San-Mari."

Sy spring op en gee haar broer 'n klapsoen; "Dankie, Boeta, jy is die beste! Ek kan nie wag om alles te gaan koop nie."

Sy suster se opgewondenheid is aansteeklik en hy knipoog vir tannie Adelle wat hulle sit en dophou.

'n Fyn glimlag talm om haar lippe. Sy wonder wat haar oorlede broer sou gedink het van sy dogter se inisiatief en die sukses wat sy bereik met die ryskool en die vakansieoord. Hy sou beslis baie trots gewees het. Wat Wouter aanbetref, Rudolf het geweet sy enigste seun gaan die De Wet Wynlandgoed laat voortleef. Dit is die trotse nalatenskap van sy ouers en voorouers.

"Mensig, maar julle is omtrent aan die uitbrei. Dit sal wees soos 'n luukse vakansieoord in die kleine. Maar daar is iets waaraan julle nie gedink het nie. Wat van 'n swembad? Nie alle mense hou daarvan om in mere of damme te swem nie."

"Tannie is briljant! Ook 'n *splash pool* vir die heel kleintjies, waar die mammas hulle kan oppas," reageer Wouter.

"Ek is so dankbaar dat al ons planne so mooi uitgewerk het, en dat Mercia met 'n wonderlike man getroud is. Die Liewe Here se genade is so groot, nè, julle?"

Tannie Adelle knik instemmend. "Dis waar, San-Mari. Julle sal dalk ook daaraan moet dink om nog so ongeveer vyf chalets te laat bou, ek moes verlede week drie potensiële besprekings wegwys. Die mense het gehoor van julle en verkies om eerder 'n naweek of kort vakansie hier te kom deurbring as in die groter, publieke vakansie plekke."

"Ons is so dankbaar dat tannie die besprekings namens ons hanteer. Tannie is reg, ons sal nog chalets moet bou. Ek het ook al by 'n paar van die ouers wie se kinders in my ryskool is, gehoor dat daar van hulle vriende is wat graag sal wil kom. Wouter, het jy nog Anton se nommer? Hy sal ons sekerlik weer wil kom help, of wat dink jy?" Natuurlik het sý Anton se nommer, en hulle kommunikeer soms, maar sy het nog nie gedink dat dit nodig is dat Wouter dit moet weet nie. Indien hy nie meer Anton se nommer het nie, sal sy dit vir hom gee.

Hy glimlag vir haar. Die naam Anton laat duisende sterretjies in haar oë skitter. "Ek dink so, ek sal hom netnou skakel."

Sy gedagtes gaan op loop. Daar het soveel tyd verloop sedert Desember verlede jaar, dat hyself nog nie eers weer 'n gedagte aan Laetitia gegee het nie. Hy was net te besig hier op die plaas. Hy wonder meteens hoe dit met haar gaan. Hy sal haar tog 'n luitjie gee, maar eers moet hy Anton in die hande kry.

Na ete maak hy sommer dadelik die oproep.

"Dis nou 'n aangename verrassing, Wouter, waaraan het ek die oproep te danke?" vra 'n duidelik verbaasde Anton.

"Ek en San-Mari het gewonder of jy dalk lus het vir nog 'n projek hier op die plaas, my suster se kop is vol allerhande idees."

"Ons kan gesels, ja. Kan julle my so drie weke kans gee? Daar is iets belangriks wat ek eers moet afhandel voordat ek Pretoria kan verlaat."

"Natuurlik."

"Dankie, ek sal laat weet wanneer ek beskikbaar is. Stuur groete vir daardie mooi sussie van jou."

Hulle lui af en dan gaan deel hy die nuus met sy suster.

"Ek wonder wat kan so belangrik wees." Sy frons liggies. Sy het gedink hy sou alles net so los en hierheen kom as hy hoor dat hulle nog 'n projek het vir hom. Dit is die ideale geleentheid om mekaar weer te sien.

"Noudat ek daaraan dink, ons het hom nooit juis uitgevra oor waar hy woon nie. Ek het maar net aangeneem dat hy hier in die Kaap bly."

"O wel, dit het niks met ons te doen nie, solank hy net sy dienste kan aanbied," reageer sy heeltemal te vinnig.

Wouter glimlag vir haar, dit is duidelik dat dit nie alleen sy bou vernuf is wat haar beïndruk het nie, sy suster is smoorverlief op die blonde bouer met sy blou oë. Anton het dit destyds ook baie duidelik gemaak dat hy in meer as net vriendskap belangstel waar dit by San-Mari kom... Hy kan nie help om te wonder waarom Anton dan nooit plan maak om vir haar te kom kuier nie.

"Weet jy wat, Boeta, ek is lus om vir Mercia en oom Cedric te gaan kuier. Wat sê jy, ons gaan so vir die naweek Pretoria toe? Ek het juis nie die komende naweek rylesse nie. Ons gaan verras die twee jong getroudes."

"Klink na 'n plan. Ek is ook nie op die oomblik te besig nie en wanneer laas was ons twee saam weg?"

Adelle kom ingestap en Wouter val met die deur in die huis. "Sal Tannie omgee om komende naweek 'n ogie te hou oor die plaas? Die werkers by die kelders kan ook maar die naweek af kry, daar is nie nou veel om te doen behalwe om die wynbottels te verpak vir versending na die handelaars nie, maar ons kan daardie taak weer na die naweek hervat."

"Tannie hoef ook nie oor die ryskool te bekommer nie, my laaste bespreking is tienuur Vrydagoggend. Danie kan die perde uit hulle stalle haal en rondlei in die arena vir oefening," kom dit van San-Mari. Danie is 'n knap staljong en sy vertrou hom volkome.

"Enige tyd, maar waar gaan julle wees?"

"Ons wil vir Mercia en oom Cedric gaan verras."

"Dit klink na 'n goeie plan. Wanneer beplan julle om te vertrek? Ek neem aan julle sal vlieg. Dis darem te ver padlangs."

Wouter vee met sy hand deur sy hare. "Tante is reg, ons beplan om so teen seweuur Vrydagaand te vlieg en Sondag laatmiddag weer terug te keer."

Hoofstuk 15

Die drie jongmense sit in die ekonomiese klas van die Boeing 747.

Riana het besluit sy het 'n breuk nodig van haar besige studieprogram. Sy wil graag die Jakarandastad gaan besoek, aangesien sy nog nooit by oom Cedric in Pretoria was nie. Nou is hy getroud met haar beste vriendin se ma. Wat 'n vreemde sameloop van omstandighede.

Dit is al donker toe die Boeing op Wonderboom Lughawe neerstryk. Die drie vriende staan gereed met hulle bagasie-trollies.

"Wag julle twee dames net hier vir my, ek gaan kry gou vir ons 'n huurmotor." Wouter verdwyn by die deur uit, om 'n paar minute later weer by hulle aan te sluit.

"Die huurmotor wag voor die gebou, is julle gereed om te gaan, meisies?" vra hy en knipoog vir Riana. "As jou trollie te swaar is, kan ek eers myne huurmotor toe neem en dan joune kom haal."

"En wat van myne, Boeta? Oe, die ding is so swaar!"

Riana lag vir die lomp verleentheid op Wouter se gesig. "Dankie, Wouter, maar ek dink darem ek is in staat om my eie trollie te stoot. Kom, laat ons weg wees. Ai, mansmense darem, of wat sê jy, vriendin? Dink ons evas geslag is pateties. Waterkloof Glen, hier kom ons!"

Die huurmotor kom tot stilstand voor 'n luukse woning in die spogbuurt. Verskeie spreiligte helder die woning op. Die tuin is onberispelik netjies versorg met die geplaveide paadjie wat tot by die voordeur strek.

Nadat die huurmotor vertrek het, staan hulle voor die toe voordeur. Nie seker of die huismense dalk al slaap nie, druk Wouter die klokkie. Hulle wag 'n paar minute, en net toe Wouter weer die klokkie wou druk, gaan die deur oop.

'n Baie verbaasde Cedric staar die drie jongmense aan asof hy hulle nog nooit vantevore gesien het nie. "Bedrieg my oë my of kyk ek reg? Waar kom julle hierdie tyd van die aand vandaan? Kom binne, Mercia het al gaan inkruip, maar maak julle tuis in die sitkamer dan gaan roep ek haar gou." Hy neem hulle deur na die reuse sitkamer met sy pragtige kandelare en duursame meubels. Dit is duidelik dat daar geen skaarste aan geld in hierdie huishouding is nie.

Mercia kom die vertrek binne, geklee in 'n stylvolle satyn kamerjapon. Sy is net so verbaas soos haar man om die kinders te sien, meer nog, vir Riana. So, dan is daar iets tussen haar seun en die beeldskone jong meisie aan die gang. Wouter het dit heftig ontken toe sy hom destyds, voor haar troue nog, daaroor uitgevra het. Sy het toe al gesien dat hy net oë het vir die mooi dametjie.

Wouter en San-Mari omhels elkeen hulle moeder om die beurt.

"Hallo, Mams, ek en Wouter het besluit om julle te kom verras en Riana wou ook graag saamkom. Oom Cedric is tog haar oom."

Dan is dit Wouter se beurt om te groet. "Moeder lyk besonder goed, lyk my die getroude lewe doen moeder goed en vir oom Cedric ook," lag hy. Hy sukkel nog om hom as pa aan te spreek.

"Ek is baie gelukkig, my kind, en dolverlief op hierdie ou man van my."

"Stadig met die 'ou man', vroulief, maar ja, ons is baie gelukkig getroud en dolverlief op mekaar." Hy kyk liefderik na Mercia, terwyl sy liggies bloos.

"Julle is seker honger, daar is nog oorskietkos in die yskas. Ek kan dit gaan opwarm," verander sy die gesprek.

"Dankie, Mams, moenie moeite doen nie, ons het op die vlug *snacks* gehad. 'n Lekker koppie koffie sal nou heerlik smaak. Kom, ek gaan help Mams om dit te maak. Riana, stap saam met ons, laat die mans solank aan hulle genade oor."

"Dit is so lekker om julle weer te sien, San-Mari en vir jou ook, hartjie. Hoe gaan dit met jou ouers?"

Dit is vir San-Mari 'n riem onder die hart om Mercia in so 'n vrolike, lighartige gemoedstemming te sien. Om te dink, 'n paar maande gelede was sy so aanvallend en humeurig, maar dit is nie meer die ou

Mercia wat hier voor haar staan nie. Sy straal omtrent as sy na haar eggenoot kyk. Sy is verheug dat dit so goed gaan met haar moeder. Dit is net jammer dat sy en hulle pa nooit die geluk kon smaak wat sy met hierdie nuwe man in haar lewe het nie. Maar dit is in die verlede en mag sy net al die geluk ervaar wat haar toekom.

"Dit gaan goed met beide my ouers, dankie, tannie Mercia. Hulle het groete gestuur en gesê julle moet nou nie vreemdelinge gaan staan en word nie."

Terug in die sitkamer verkeer Wouter en Cedric diep in gesprek, maar hulle stuur dit in 'n ander rigting wanneer die vroumense by hulle aansluit. San-Mari is skerp genoeg om op te tel dat hulle Mercia se toestand bespreek het. Hulle gesigsuitdrukkings gee egter niks weg toe hulle die onderwerp verander en oor die wynlandgoed praat nie.

"Wouter vertel my dit gaan so goed met jou ryskool en dat julle beplan om julle klein vakansieoord ook verder uit te brei, San-Mari. Dit lyk my ek weet waar ons, ons volgende vakansie gaan deurbring, liefling."

Mercia kyk haar twee kinders verbaas aan. "Ek is bly dit gaan so goed met julle en kan nie wag om te gaan kyk wat vang julle alles aan nie."

Wouter staan op uit sy stoel. "Mense, ek dink ons moet die beddens gaan seermaak, dis al laat en ons het julle nou lank genoeg uit julle slaap gehou."

* * * * * * * * * *

Die vyftal word bederf met 'n heerlike ontbyt, voorgesit deur Johanna. Sy is nie net die kok nie, maar ook hoof van die dienspersoneel in hierdie luukse woning. Hulle leef beslis in styl.

"Wat beplan julle vir vandag? Ek werk op Saterdae net tot twaalfuur dan sluit ek my praktyk. Ons kan uitry Sun City toe, dit is sowat twee ure se ry van hier af. Of was julle al daar?"

"Ek weet nie van jou nie, Riana, maar nie ek of San-Mari was al daar nie. Dit klink na 'n uitstekende plan, wat sê julle twee?"

"Ek was ook nog nie daar nie, en dit klink ook vir my na 'n heerlike uitstappie, of hoe, vriendin?" beaam Riana.

"Beslis, ons kuier intussen hier by moeder totdat oom Cedric by ons aansluit."

Mercia sien haar eggenoot af by die deur en sluit weer aan by die kinders waar hulle nog aan die ontbyttafel sit.

San-Mari staan op en nooi hulle om saam met haar in die tuin te gaan sit. "Dit is so 'n mooi oggend, dit sal 'n sonde wees om dit in die huis deur te bring."

Mercia maak beswaar. "Gaan julle drie solank, ek gaan net gou reëlings tref met Johanna vir middagete, voordat ons in die pad val." Sy beweeg in die rigting van die kombuis, maar Wouter keer haar.

"Wag, Moeder, gun haar die middag vry, ons kan sommer iets eet by Sun City. Ek hoor by vriende daar is 'n eksklusiewe restaurant in *The Palace Hotel*, genaamd *The Grill Room*. Ek is lankal lus vir 'n ordentlike stuk steak."

"Jy laat my mond water, Boeta, ek dink dit is 'n fantastiese plan! Dink julle ook so, Mams, Riana?" vra San-Mari.

"Ek is seker Cedric sal dit ook baie geniet. Ons was laas in 'n restaurant in die Seychelles. Maggies, maar die verskillende Franse Cuisine was uit die boeke."

Riana trek haar asem in. "Dit is beslis 'n vakansie bestemming wat ek op my *bucket list* het, êrens in die toekoms."

"Op jou *bucket list*? Wat op dees aarde beteken dit Riana?"

Sy lag. "Dit, my liewe Tannie, is ondervindinge of prestasies wat mens hoop om te bereik in jou leeftyd. Jy noem dit jou *bucket list*."

Mercia lag verleë, "O aarde, dan sal ek moet begin werk aan myne."

Daar is 'n mengelmoes van mense by die wêreldbekende vakansieoord in die Pilanesberg. Daar is soveel attraksies, dit is onmoontlik om almal in een dag te besigtig. Die *Valley of Waves* is stampvol besoekers, sommige in die water en sommige lê luilekker op die mensgemaakte strand.

Wouter, San-Mari en Riana besluit om hulle lewens te gaan waag op die twee kilometer lange *zipline*, terwyl Cedric en Mercia hulle gaan tuismaak

199

op die dekstoele langs een van die swembaddens met 'n eksotiese mengeldrankie in die hand.

Later sluit die jonges weer by hulle aan. San-Mari begin sommer al praat nog voor sy behoorlik sit. "Sjoe, dit was so vinnig, dit het gevoel of my asem uit my longe geforseer word, maar dit was fantasties!"

"En jy Riana? Het jy dit ook geniet?" vra haar oom.

"Baie beslis, oom Cedric, oom moet dit ook probeer," lag sy.

"Dankie, maar dis nou nie vir oumense soos ons nie, of hoe sê ek, my vrou?"

Mercia lyk onthuts oor hý nou na hulle as 'oud' verwys, maar sy stem nietemin saam. "Vir seker, my ou man, ons is hopeloos te oud vir dit. Ek voel heeltemal veilig genoeg met my twee voete op die grond. Maar Wouter, ou seun, jy het nog nie vertel hoe dit vir jou was nie."

"Ek wonder of ek nie moet teruggaan en my maag gaan soek nie. Ek dink hy het agtergebly op daai lang tou!" Hy bars uit van die lag.

"Nou kom ons gaan soek daai lekker steak wat jy so lus voor het, my maag dink my keel is afgesny," soebat Cedric.

Die ete was voortreflik en nadat Wouter die rekening vereffen het, is dit tyd om weer in die pad te val. Pretoria is nog ver en hulle wil nie graag in die donker op die pad wees nie.

Op pad na die voordeur van die restaurant, steek San-Mari vas. Sy is seker haar oë bedrieg haar. Anton

Nieuwoudt sit daar by een van die tafels saam met 'n vrou en twee kinders.

Wouter en Riana kom ook tot stilstand en kyk in die rigting wat San-Mari staar.

"Wel, as dit nie Anton is nie, dan is dit sy dubbelganger," reageer Wouter fronsend.

San-Mari lyk of sy 'n spook sien. Sy wil net omdraai om die restaurant te verlaat, toe hy opstaan en in hulle rigting beweeg. Dit is voorwaar Anton.

"San-Mari, wag! Dit is wonderlik om jou, julle weer te sien. Hallo, Wouter. Is julle met vakansie hier in Sun City?" Hy is duidelik baie verbaas om hulle hier raak te loop.

San-Mari uiter nie 'n woord nie. Sy is verward, stomgeslaan.

Wouter trek sy wenkbroue op. "Ons is net hier vir die dag en jy? Daardie vrou en kinders, is hulle familie van jou en is julle met vakansie? Jy het my laat verstaan dat jy nie onmiddellik met die volgende fase van ons bouprojek kan help nie, is dit as gevolg van julle vakansie hier by Sun City? Ek moet sê dat drie weke nogal 'n lekker lang wegbreekkans is. Ek wens ek kon so 'n lang vakansie bekostig, maar die plaas het my te nodig. Dieselfde geld vir my suster." Hy is duidelik sarkasties.

Anton wil net iets sê, toe die aantreklike donkerkop vrou by hom aansluit, gevolg deur die seuntjie en dogtertjie.

"Gaan jy ons nie bekend stel aan jou vriende nie, liefling?" vra sy ietwat koketterig.

Om te sê dat hierdie man homself in 'n erge verleentheid bevind, is lig gestel. Sy gesig spreek van woede, meer vir homself as vir die vrou wat nou hier by hom ingehaak staan en die twee kleintjies wat meeding om sy aandag.

"Pappa, Pappa, kan ons gaan swem in die see, toe asseblief!" kerm die seuntjie. Die ou kleintjie kan nie 'n dag ouer wees as vyf jaar nie en sy sussie wat hom stilletjies aanhits, is seker ongeveer agt jaar oud.

"Ons kan weer môre, Phillip, dit word nou te laat."

"Gaan jy ons nou voorstel, liefling, of moet ek?" vra die vrou 'n tweede keer.

Hy snork van verontwaardiging. "Ja goed, ontmoet my vriende van die Kaap. Wouter en San-Mari. Julle ouens, hierdie is Susan."

Riana het intussen die situasie opgesom en die uitdrukking op San-Mari se gesig is genoeg om haar te oortuig dat dié ou haar vir die gek gehou het. Sy vererg haar bloedig en reageer sarkasties, "Susan, soos in jou suster?"

Susan kyk haar skerp aan. "Wat gee jou die idee dat ek sy suster is? Ek is sy vrou!" Haar stem is vlymskerp. "En vir wat staan jy met 'n mond vol tande, liefling? Sê vir hulle ek is jou vrou."

"Dit is nie nou die plek hiervoor nie, Susan," spreek hy haar skerp aan. Hy is die ongemaklikheid vanself.

"Wel, sorteer julle maar julleself uit, ons is op pad," sê Wouter en neem Riana en San-Mari elk aan die hand. Hulle sluit aan by 'n baie verdwaasde egpaar wat die hele petalje gade geslaan het vanwaar hulle by die uitgang gewag het.

"Goeie genade, ou seun, wat was dit?" vra Cedric nuuskierig.

"Dit, Cedric, is as jy voorgee jy is iemand anders as wie jy werklik is. 'n Paar maande gelede het hy die bouwerk daar by ons gedoen. Maar hy was ook baie suksesvol daarin om San-Mari te laat verstaan dat hy meer as net vriendskap vir haar voel. Gelukkig was dit kort voor sy Switserland toe vertrek het om ons dierbare moeder te gaan soek. Ek sidder as ek dink hoe hy my suster verlei het. Hy het nie vir een enkele oomblik gedink dat sy sondes hom vorentoe sou inhaal nie. Net 'n paar dae gelede het ek nog met hom gepraat oor verdere uitbreidings by die meer, waartoe hy my gevra het om hom so drie weke kans te gee, aangesien hy besig is."

San-Mari snak na haar asem. "Te besig is met sy vrou en kinders, ja! Hoe kon ek so dom gewees het? Maar soos Wouter tereg gesê het, daar was nie kans vir 'n verhouding tussen ons nie. Gelukkig het Mams tot my redding gekom." Sy haak by haar moeder in. "Kom, laat ons weg wees. Hierdie plek verswelg my binneste."

"Sien julle nou hoekom is ek nog enkellopend? Mansmense darem! Jy kan hulle maar net nie vertrou nie," kap Riana, maar loer versigtig na haar oom en Wouter.

"Ons is darem nie almal van dieselfde stoffasie gemaak nie, kinta, of hoe sê ek, Wouter?"

"Beslis nie, oom Cedric, kyk maar vir ons twee, ons is twee ware here."

Op pad is almal behalwe San-Mari in 'n goeie luim. Die wonderlike uitstappie het 'n teleurstellende einde gehad vir haar. Sy het nog altyd van Anton gehou, en het haar selfs verbeel dat sy heimlik op hom verlief geraak het, veral ná hy haar destyds gesoen het en die talle geheime boodskappe wat hulle vir mekaar stuur. Maar na die wrede ontnugtering van vandag, is dit klaarpraat met hom. Dat 'n man sy vrou so kan verkul, en boonop nog twee onskuldige kindertjies ook het, gaan haar verstand te bowe.

Riana raak liggies aan haar arm. "Jy is baie stil, is jy oukei?"

"Ek is *fine*, vriendin, net moeg. Dit was 'n heerlike dag, nè? Ek het nooit kon dink dat *zipline* so lekker kan wees nie. Ek sal dit beslis weer wil aanpak. Sun City is beslis 'n besoekers paradys." Sy weet baie goed wat Riana eintlik bedoel het, maar sy het nie lus om nou oor Anton se verraad te praat nie. Sy het werklik begin dink dat daar iets spesiaals tussen hulle besig was om te ontwikkel, en nou moet sy uitvind hy is getroud! Al daardie mooi, soetsappige woordjies wat net-net nié sê dat hy haar liefhet nie, maar tog genoeg suggestie laat deurskemer dat dit wel die geval is – dit alles was leuens.

Sy rus haar kop teen die kopkussing en sluit haar oë, totaal onbewus van hoe vinnig die rit verbyvlieg. Eers toe Cedric die BMW se neus in die oprit van hulle woning stuur, maak sy weer haar oë oop. Sy het nog nooit in haar lewe so beledig en terselfdertyd hartseer gevoel nie. Sy is eintlik naar.

"Verskoon my, asseblief, ek gaan maar inkruip, dit was 'n lang dag. Dankie almal, dat julle die dag moontlik gemaak het." Sy stap direk na haar kamer.

Wouter en Cedric stap deur na die sitkamer terwyl Riana 'n handjie gaan bysit in die kombuis waar Mercia vir hulle koffie skink. Riana neem die skinkbord en loop daarmee sitkamer toe.

"So, Wouter, vertel my, het San-Mari vir die vent geval?" Mercia frons kwaai.

"Ja, Moeder, sy het beslis, maar sover ek weet, het daar niks tussen hulle gebeur nie. Ek is boos vir Anton! Hoe kon hy so rondflenter met haar hart? Sy is nog jonk en onervare, dit was waarskynlik baie maklik om haar te oortuig dat hy gevoelens vir haar het. Die skobbejak! Hy moet hoop ek kry hom nie êrens alleen nie. Ek sal sy strot vir hom aftrap!"

"So, ek neem aan julle gaan nie verder van sy dienste gebruik maak nie?" Cedric is nou ook erg onthuts. Al ken hy die kinders nog nie juis lank nie, is hulle immers sy stiefkinders, en hy is baie beskermend waar dit by sy familie kom.

"Baie beslis nie. Ek wonder of jou pa geweet het dat die vent getroud is, Riana? Nie dat mens hom kan verkwalik omdat hy niks gesê het nie, dit was nooit deel van enige gesprek nie. Ek wonder net waar gaan ons nou 'n bouer kry wat sy sout werd is. San-Mari is so opgewonde om die vakansieoord uit te brei. Ek gaan my suster nie teleurstel nie."

"Jy hoef ook nie, seun, ek kan bietjie voelers uitsteek hier in Pretoria onder my vriende indien jy nie geholpe raak in die Kaap nie. Hou my net op hoogte."

"Dankie, oom Cedric, ek sal beslis van jou aanbod gebruik maak. As julle my ook sal verskoon, ek gaan ook maar inkruip, môreoggend is dit weer terug Kaap toe met ons. Nag, julle, jy ook Riana, lekker slaap."

"Dieselfde vir jou, Wouter, ek gaan ook dan maar inkruip. Nag, Oom, Tannie." Riana staan ook op en verlaat die vertrek.

San-Mari is diep in droomland toe Riana die kamerdeur saggies oopmaak. Siestog, sy kry haar vriendin jammer, dat sy nou so 'n groot ontnugtering moes kry.

* * * * * * * * * *

"Dit was heerlik om julle by ons te kon hê vir die naweek, julle moet weer kom kuier." Cedric en Mercia staan langs die huurmotor wat die drie kinders na die lughawe moet neem.

San-Mari se oë is gevul met trane toe sy Mercia omhels. Sy is steeds baie emosioneel en het byna nie 'n woord geopper tydens ontbyt nie.

"Tata, Mams, oom Cedric, dis nou julle beurt om vir ons te kom kuier. Baie dankie vir 'n heerlike naweek," kom dit droewig van haar.

Wouter en Riana groet ook en dan is hulle weer op pad terug Kaap toe.

Die groot voël klief deur die lug en kort voor lank land hulle op Kaapstad Lughawe.

Wouter wink 'n huurmotor nader.

"Riana, ons gaan jou eers by jou huis besorg voordat ek en San-Mari huiswaarts keer."

"Julle kinders lyk lekker uitgerus, hoe was julle naweek in Pretoria?" vra tannie Wilna. "Hoe gaan dit met die pasgetroudes?"

Riana antwoord glimlaggend, "Dit gaan baie goed met hulle en dit was 'n heerlike naweek, ons was selfs in Sun-City. Maar ek sal julle later alles vertel, Mams."

"Ons moet terug op die plaas kom, arme tannie Adelle is seker al moeg bontgestaan. Dankie dat jy saamgegaan het, Riana, dit was groot pret. Ek en San-Mari gaan julle alleen laat, dan kan jy jou ouers vertel hoe braaf jy op die *zipline* was," lag Wouter.

Toe die huurmotor uit sig is, gaan Riana en haar ouers die huis binne. Sy brand om hulle van Anton te vertel.

"Paps onthou mos nog vir Anton wat op Wouterhulle se plaas gewerk het? Blykbaar het hy op 'n stadium vir pa gewerk. Was pappa bewus dat hy 'n getroude man is? Ons het hom en sy vrou en kinders in Sun City raakgeloop."

"Natuurlik onthou ek hom, ek het hom dan na hulle toe verwys, maar ek het dit nooit my besigheid gemaak om hom uit te vra oor sy privaatlewe nie. Hoekom is dit enigsins belangrik?"

"So, Paps het dan ook nie geweet dat hy flikkers vir San-Mari gegooi het toe hy destyds daar gewerk het nie?"

"Nee, my kind, dit is die eerste woord wat ek daarvan hoor. Het jy geweet, vrou?"

"Hemel, nee, glad nie! Maar ek sou ook nie verbaas gewees het, as hy enkellopend was nie, San-Mari is immers 'n beeldskone meisie. Maar 'n getroude man! Was hulle dan in 'n verhouding betrokke, kinta?" vra sy geskok.

"Volgens Wouter, het die man flikkers vir haar gegooi en sy het geval vir sy aandag, en boonop verlief gaan staan en raak op hom. Gelukkig vir haar, het sy betyds uit sy kloue ontsnap toe sy impulsief Europa toe gegaan het om na haar moeder te gaan soek. Nodeloos om te sê hoe geskok sy was toe ons hom in Sun City betrap het met sy gesin."

"Dis verskriklik!"

"Dit is! Boonop wou hulle hom weer huur om daar by hulle te gaan werk. Blykbaar is die aanvraag na hulle vakansieoord so groot dat hulle nog chalets moet aanbou. Hulle gaan nou selfs watersportaktiwiteite begin aanbied vir die besoekers en 'n pretpark vir die kinders."

Haar pa frons. "Sjoe, ek het nooit kon droom dat San-Mari se ryskool en vakansieoordjie so vinnig so bekend sou word dat hulle nou alreeds moet uitbrei nie. Dis wonderlik! Ek neem aan dat dit nou neusie verby is met Anton as hulle voorkeurbouer, en met reg ook. Waar kom die man aan sy vermetelheid? Hy moet hoop ons twee se paaie kruis nie gou weer nie. Ek sal hom 'n ding of twee vertel!"

"Oom Cedric het genoem dat hy voelers sal uitsteek onder sy vriende as Wouter-hulle nie 'n bouer hier kan vind nie. Maar hier by ons behoort darem seker voldoende bouers te wees wat die projek kan oorneem, of hoe, Paps?"

"Beslis, Riana, ek sal ook rondvra, ek ken ook darem verskeie sakemanne. Ek sal San-Mari en Wouter op hoogte hou."

Hoofstuk 16

As Anton Nieuwoudt gedink het hy gaan guns wen in Wouter en San-Mari se oë, sit hy die pot heeltemal mis.

"As jy my net 'n kans kan gee om te verduidelik, asseblief, Wouter, ek sal baie graag ook met San-Mari wou praat, maar sy antwoord nie haar foon nie," soebat hy.

"Wat is daar nogal om te verduidelik, Anton? Jy is beslis geen verduideliking aan my of my suster verskuldig nie, en ja, sy sal beslis nie met jou wil praat nie," snou hy hom toe.

"Wat julle gedink het julle sien in Sun-City, is nie hoe dit is nie. Ja, ek is getroud, maar ek en my vrou staan op skei."

"Hoe gerieflik, en tog verkeer julle saam in die openbaar. En nou gaan jy vir my sê dit is terwille van die kinders en ek respekteer dit, maar dit is jou besigheid. Bly van nou af uit ons pad uit en hou op met bel, jy is nie welkom hier nie." Hy beëindig die gesprek summier.

Dae word weke en later maande, en uiteindelik is die projek by die meer voltooi. Dit is 'n ware lushof en gesogte naweek- en vakansiebestemming. Phillip Bruwer en sy ervare span, het die projek in 'n japtrap voltooi.

San-Mari het aanvanklik gesukkel om oor haar teleurstelling in Anton te kom, veral omdat hy knaend boodskappe op haar selfoon gelos het. Al het sy haar bes probeer om dit te ignoreer, het haar oë tog die woorde gesien voor sy die boodskappe kon uitvee.

'Ek is lief vir jou, San-Mari, gee my 'n kans om te verduidelik.'

'n Ander een het gelui: 'Jy bly die mooiste meisie in die Boland, al ignoreer jy my. Ek sal nie opgee tot ek jou liefde gewen het nie.'

Nog een, 'Liewe San-Mari, ek weet dat jy my ook liefhet. Toe, erken dit.'

Sy het net al hoe harder gewerk en al hoe langer ure by die ryskool spandeer. Dit was die enigste manier hoe sy haar gedagtes kon skoonkry en voortgaan met haar lewe. Tussen al die gewerskaf deur, het haar twintigste verjaarsdag stilletjies gekom en gegaan. Tannie Adelle het wel 'n koek gebak, maar sy, wat San-Marie is, het daarop aangedring dat daar nie 'n groot ophef van die dag gemaak word nie.

Uiteindelik word sy een oggend wakker en besef sy is oor haar gevoelens vir Anton. Sy gryp haar selfoon en blokkeer sy nommer. Al probeer hy haar nou weer bel of boodskappe stuur, sal hy haar nie in die hande kry nie.

Wouter het ook intussen vyf jetski's aangeskaf. Hy, Riana en San-Mari spandeer elke moontlike tyd tot hulle beskikking op die water, indien die weer dit toelaat.

Wouter en Riana spandeer deesdae ook al hoe meer tyd by mekaar so tussen haar studies deur. Kort voor lank pryk daar dan ook 'n knewel van 'n diamantring aan haar vinger.

* * * * * * * * * *

Gertruida is besig om skottelgoed te was toe Wilna die kombuis binnekom. "Mevrou, jy en meneer Frans is seker so bly dat ons ou Rianatjie so 'n wonderlike man soos Wouter aangekeer het. Hy is voorwaar darem 'n aantreklike jongman."

"Praat jy, Gertruida, ek het lankal my visier op daardie jong kêrel vir my dogter. Dink net hoe wonderlik dit sal wees as ek en Frans eendag ouma en oupa kan word." Dat Wilna en Frans hoog in hulle noppies is met hul aanstaande skoonseun, is lig gestel.

Gertruida glimlag breed. "Het hulle al op 'n troudatum besluit?"

"Nog nie, maar ek kry die gevoel dat dit nie meer lank is voordat hulle 'n aankondiging gaan maak nie. Die twee maak so 'n pragtige paartjie uit en hulle is dolverlief op mekaar."

'n Frons verskyn meteens op Gertruida se voorkop. "Ek wonder of San-Mari weer gou in 'n man belang sal stel, die arme meisiekind, dat 'n mansmens haar so moes teleurstel."

"Sy is so 'n beeldskone jong meisie, Gertruida, sy kom gelukkig met heelwat jongmense in aanraking wat by hulle vakansieoord uitspan. Haar prins op 'n wit perd sal wel sy opwagting maak."

Die dag waarop Wilna so uitgesien het, breek uiteindelik aan.

Wouter en Riana glimlag baie geheimsinnig vir mekaar aan etenstafel die aand.

Wilna kon nie help om te wonder oor haar dogter se versoek dat daar 'n spesiale maaltyd vir daardie aand voorberei moes word nie. Gewoonlik is sy tevrede met enige gereg wat op die tafel verskyn. Vanaand egter word daar gebraaide skaapboud, gebakte aartappels en drie soorte groente en malva poeding vir nagereg bedien. Dit is gewoonlik hulle Sondagmaal. Maar vanaand, op hierdie Woensdagaand, is die smaaklike gereg die toppunt van die gesprek.

"Sjoe, ek het darem nou baie lekker geëet, dankie, tannie Wilna. Oom Frans, jy het darem met 'n uithaler kok getrou." Wouter knipoog vir oom Frans.

"Jy weet mos, Wouter, hulle sê die pad na 'n man se hart gaan deur sy maag," lag hy.

"Ja toe, julle ou vleiers, gaan julle solank sitkamer toe, ek bring vir ons koffie."

Terwyl hulle die koffie geniet, stamp Riana liggies aan Wouter se arm. "Lief, ons moet hierdie twee dierbare ouers van my nie langer aan 'n lyntjie hou nie. Sal ons hulle sê?"

Wilna skuif vorentoe in haar stoel. "Toe, toe, wat wil julle ons vertel? Uit daarmee!"

Riana lag vir haar moeder se ongeduld. "Mams, Paps, ek en Wouter het op 'n troudatum en die venue besluit. Ons trou op die twintigste September en die venue is die vakansieoord op Wouter-hulle se plaas. Wouter gaan 'n markiestent huur vir die onthaal en ons trou op die terras, *Hollywood style* met al die *trimmings*. Ons gaan 'n spyseniersfirma huur, so, niemand hoef 'n vinger te verroer nie." Haar mooi groen oë skitter soos diamante.

"Dit is wonderlike nuus, my kind, maar is mens nie veronderstel om in 'n kerk te trou nie?" vra haar pa.

"Ons het besluit op 'n nie-tradisionele troue, Paps. Omdat die huweliksregister onderdak geteken moet word, geskied dit deesdae onder 'n gazebo, 'n soort koepel wat met blomme oordek word. Dit is so romanties, nè, skat?"

"As my liefling dit so verkies, dan is dit hoe ons in die huwelik bevestig gaan word. Ek moet erken dit gaan baie mooi wees by die meer, die grasperke sal lowergroen wees teen September en daar is eende en ganse op die dam. Beslis romanties." Hy glimlag vir sy aanstaande bruid.

* * * * * * * * * *

214

Riana lyk sprokiesmooi aan die sy van haar pa, as hulle op maat van die troumars tussen die rye stoele deur beweeg na waar Wouter en die dominee hulle inwag onder die gazebo. Haar nousluitende, spierwit bruidsrok wat haar perfekte liggaamsbou aksentueer, is met fyn geborduurde kant versier, en met honderde pêrels. Die ruiker van rooi rose, wat haar lang, rooi hare komplementeer, rond die prentjie perfek af. Sy is die toonbeeld van 'n stralende jong bruid.

Hier en daar word 'n snik gehoor tussen die sowat tweehonderd gaste as die dominee hulle in die huwelik bevestig.

"Gee mekaar die regterhand."

Die twee plaas 'n ring aan elkeen se vinger.

"Hiermee verklaar ek julle dan man en vrou. Jy mag maar jou bruid soen, Wouter."

Nadat hulle die huweliksregister geteken het, verlaat die bruidspaar en die gaste die terras by die meer om die onthaal voort te sit binne die groot markiestent. Bruid en Bruidegom open die dansvloer en beweeg grasieus oor die vloer. Daarna kom Pa en Bruid aan die beurt. Mercia en Cedric val ook in en kort voor lank is die dansvloer vol glansryke paartjies. Laetitia dans met 'n onbekende, aantreklike man, duidelik 'n hele paar jaar ouer as sy. Die musiek hou op en sy en haar metgesel beweeg in die rigting van die bruidstafel.

"Wouter, Riana! Sjoe, maar jy lyk pragtig, vriendin. Ontmoet my verloofde, Sean Havenga, en baie geluk met julle huwelik. Ons wens julle Gods rykste seën toe."

"Dankie, Laetitia, en aangename kennis, Sean," kom dit byna gelyktydig van Wouter en Riana.

"Aangenaam vir julle ook. Maggies, maar ek kan nie help om te wonder wat in die lug is nie, elke paartjie wat ons ken is óf verloof, óf pas getroud," lag Sean. Hy is 'n uiters sjarmante, aantreklike donkerkopman, duidelik in sy laat veertigs. Laetitia hang aan hom soos 'n stuitige tienermeisietjie. Ten spyte van die ouderdomsverskil, pas hulle perfek by mekaar.

"So, van ons vier vriende, is dit nog net San-Mari wat haar ridder op die wit perd moet ontmoet, of is daar iemand in haar lewe?" Laetitia glimlag fyn.

Wouter maak keelskoon. "Sy het bietjie van 'n ontnugtering gehad met 'n sekere jong man, so sy is nie gretig om in 'n verhouding betrokke te raak nie. Sy fokus nou op haar ryskool en die vakansieoord."

"Ek is jammer om dit te hoor, Wouter, ken ek die ou?"

"Jy het hom verlede jaar ontmoet. Dit is Anton Nieuwoudt. Ons het uitgevind dat hy getroud is."

"Ai, Wouter, dis vreeslik! Arme San-Mari. Ek kan my indink hoe teleurgesteld sy moes wees."

"Jip, maar hoe sê hulle in Engels? *Good riddance*! San-Mari is oopkop en ek is seker daar iewers in die wêreld, is 'n man wat haar liefde werd is."

"Beslis, daardie beeldskone *blondie* sal nog die regte een inkatrol."

Die aand verloop gesellig verder en later is dit tyd vir die pasgetroudes om hulle gaste te groet.

"Boeta, jy en my nuwe sussie moet 'n heerlike wittebrood gaan hou en kom veilig terug." Sy gee elkeen 'n piksoentjie en staar hulle agterna met 'n nat gesiggie. Waarom sy so tranerig is, weet nugter alleen. Sy sug diep, gaan sy ook eendag soveel geluk smaak?

Toe sy later in haar bed klim, lui die telefoon in die studeerkamer. Sy wil dit eers ignoreer, maar besef dan dat dit net sy en tannie Adelle in die huis is. Sy draf haastig daarheen, tel die handstuk op en antwoord. "San-Mari hier."

"Naand, my mooiste meisie. Moenie neersit nie!" roep Anton, asof hy weet dit is wat sy besig was om te doen.

Sy weet nie waarom nie, maar sy gehoorsaam. "Dit is laat, Anton. Wat wil jy hê?"

"Ek hoor julle het so heerlik bruilof gehou vanaand. Geluk met Wouter se troue."

"Waar hoor jy dit?"

Hy lag. "Ek het jou lankal gesê ek het my informante."

"Dit is nie meer snaaks nie, Anton. Is daar iets wat jy wou sê? Of lui ek af?"

"Nee, nee, wag! Meisie, jy het vanaand ongelooflik mooi gelyk. Ek sou wat wou gee om net een keer met jou te dans en in my arms ..."

Sy druk die gehoorstuk ferm terug op die mikkie. Die vermetelheid! Hoe weet hy buitendien hoe sy vanaand gelyk het? Wie is dit wat inligting vir hom deurstuur, en blykbaar foto's ook! Sy bewe eintlik van woede.

Die telefoon lui byna dadelik weer. Sy tel die handstuk op en druk die oproep dood sonder om te antwoord. Dan trek sy die prop by die muur uit sodat dit beset lui indien hy wraggies weer probeer bel.

* * * * * * * * *

Dit is al lig toe San-Mari uit haar slaap gewek word deur die skril gelui van haar selfoon op die kassie langs haar bed.

Haar hart klop wild teen haar ribbekas, sy sal iets oorkom as dit weer Anton is. Hy is kapabel genoeg om van 'n nommer af te skakel wat sy nog nie blokkeer het nie. "Hallo, San-Mari wat praat." Sy is gereed om hom te vertel waarheen hy kan vlieg.

Dit is stil aan die anderkant van die lyn.

"Hallo, kan jy my hoor?" Sy is tog huiwerig om net af te lui, want sê nou net dit is Wouter-hulle of iemand wat namens hulle skakel? Enigiets kan immers met 'n mens gebeur terwyl jy met verlof is.

Die lyn is baie swak, maar dan praat 'n manstem. "San-Mari, dis Armand hier. Armand Bertrand, ons het ontmoet in Switserland. Onthou jy my nog?"

"Maar natuurlik, Armand! Dis nou 'n lekker verrassing! Van waar af skakel jy? Dis nie die nommer wat jy my destyds gegee het nie. Die lyn is taamlik dof."

"Ek is by my huis in Marseille. Ek het netnou wakker geskrik met jou in my gedagtes. Hoe gaan dit met jou en jou moeder? Pas sy darem goed aan daar by julle?"

"Dit gaan goed, dankie, Armand, maar sal jy glo as ek vir jou sê dat sy getroud is? Sy het 'n baie gawe man ontmoet. Sy naam is Cedric. Hulle bly tans in Pretoria. Jy sal haar nie ken nie, sy blom behoorlik en haar toestand het merkwaardig verbeter."

"Dit is wonderlik, meisie! Ek is so bly vir jou. Ek weet hoe bekommerd jy oor haar was. Jy het mos nog 'n broer ook, ek kan nie sy naam onthou nie."

"Wouter. Hy is gister getroud met 'n liewe meisie. Riana is haar naam en hulle is tans op hulle wittebrood. Toevallig is ons ma met haar pa se broer getroud. *Weird*, nè? Maar hulle is baie gelukkig. En jy? Behalwe vir jou restaurant, waarmee hou jy jouself besig?"

"Ek is tans besig met onderhandelinge om 'n restaurant te open in Mauritius. Ek is lus vir 'n warmer klimaat as Europa en het my visier op Mauritius. Ek sal steeds die restaurant in Marseille behou, 'n vriend van my gaan dit vir my bestuur."

"Dit is wonderlik, Armand! Ek self was nog nooit in Mauritius nie, maar wat ek van die eiland opgelees het, is dit 'n pragtige plek. Sjoe, ek is skoon jaloers!"

Hy maak keelskoon. "Jy hoef nie te wees nie, San-Mari. Die rede vir my oproep, is om jou te nooi om by

219

my aan te sluit. Ek vertrek weer môre soontoe om die transaksie te gaan beklink. Ek gaan vir 'n onbepaalde tyd daar wees. Hoe lyk dit, is jy lus om vir my te kom kuier? Ek sal jou vliegkaartjie betaal asook die hotel verblyf."

Sy is heeltemal uit die veld geslaan. "Dit is baie onverwags. Jy sal my moet kans gee om daaroor te dink. My broer is tans met vakansie en ek moet 'n oog hou oor ons wynplaas en alles."

"Neem soveel tyd as wat jy nodig het. Ek gaan nog lank in Mauritius wees. Dink daaroor en laat my weet. Jy het my nommer. Mooi bly meisie." Dan lui hy af.

Sy sit nog lank so met haar selfoon in haar hande. Sy wonder oor Armand. Hoe is dit moontlik dat so 'n aantreklike man, en dit nogal 'n Fransman, geen vaste meisie het nie? Of het hy? Of nog erger, is hy ook dalk getroud, soos Anton, maar dink niks daarvan om vrouens 'n rat voor die oë te draai nie. Nee, nie alle mans is soos Anton nie. Dit sal onregverdig wees om Armand oor dieselfde kam te skeer.

Sy staan op, trek aan en gaan sit aan vir ontbyt. Daarna drentel sy buite rond en besluit om haar tante op te soek.

Tannie Adelle is nie in die tuin nie.

Sy stap binnetoe.

Haar tante is ook nie in die kombuis nie. Net toe sy omdraai om die vertrek te verlaat, kom Alet binne.

"Soek jy iets, San-Mari? Is jy lus vir 'n koppie tee? Ek kan vir jou maak?"

"Dankie, Alet, dit sal lekker wees. Ek sit sommer hier by jou. Het jy my tante dalk gewaar? Ek het haar nog nie vanoggend gesien nie. Sy het ook nie ontbyt genuttig nie. Ek hoop nie sy is siek nie."

"Juffrou Adelle is vroeg vanoggend in stad toe. Sy het gevra ek moet jou sê dat sy haar vriendin gaan besoek in die hospitaal. Sy het blykbaar een of ander operasie ondergaan."

Terwyl sy haar verlustig aan die lekker koppie tee, staar sy by die kombuisvenster uit. Haar gedagtes weereens by Armand. Sy uitnodiging raak al hoe aanlokliker. 'n Soort opgewondenheid spoel oor haar. Sy mag haarself maar bietjie bederf, besluit sy. Wouter en Riana kom oor 'n week terug en dan is dit haar beurt om op vakansie te gaan.

* * * * * * * * *

Die aankomssaal is bedrywig soos gewoonlik en San-Mari staan ongeduldig en rondtrippel met haar blik gevestig op die groep mense wat deur die doeane beweeg. Dan sien sy die pasgetroudes in haar rigting aangestap kom.

Sy loop hulle tegemoet. "Hi, Boeta, hallo, Skoonsus, dis goed om julle weer te sien. Julle sien daar goed uit. Dit lyk of julle die heeldag in die son gelê het. Julle is omtrent mooi bruingebrand."

Wouter omhels haar. "Hallo, Sus, dit is so warm in die Seychelles, mens brand sommer in die koelte, maar dit is 'n idilliese eiland, nè, liefling?"

"Absoluut, skat, San-Mari as jy ooit eendag 'n buitelandse vakansie sou oorweeg, sal ek beslis die Seychelles aanbeveel. Dit is presies soos Wouter dit beskryf het, idillies en asemrowend mooi met die spierwit strande en turkoois see."

San-Mari glimlag net. Dit is nie nou die regte tyd om haar besoek aan Mauritius met hulle te bespreek nie. Plus, sy moet eers al haar opsies oorweeg. Sy kan nie net oppak en die plaas verlaat nie. Daar is die ryskool, en sy sal op Wouter se hulp moet staatmaak. Tannie Adelle kan vir hom instaan by die kelders. Hulle is nie nou so besig nie. Alhoewel, sy is reeds betrokke by die vakansieoord met die besprekings en so aan.

Die aand, na ete, verkeer die drie van hulle in die sitkamer. Hulle tante het ook intussen teruggekeer uit die stad uit. Sy sluit by hulle aan met 'n skinkbord tee en beskuit.

Wouter neem die skinkbord by haar. "Ek hoor tannie se vriendin het 'n operasie ondergaan, gaan dit goed met haar?"

"Ja, sy het 'n rugoperasie gehad, maar dit gaan goed met haar, dankie, Wouter. Julle tweetjies lyk so mooi bruingebrand, dit lyk my die wittebrood het julle goed gedoen. Ek was nog nooit oorsee nie, maar ek sal graag ook bietjie die wêreld wil verken voordat ek te oud is om dit te kan doen."

Riana gaan sit langs haar op die rusbank. "As tannie regtig 'n baie lekker vakansie wil gaan hou, sal ek aanbeveel dat tannie op een van daardie groot plesierbote gaan, daar is verskeie pakkette. Ek kan vir tannie uitvind watter toere is wanneer beskikbaar. Tannie kan selfs 'n vriendin saamnooi. Dit is 'n vakansie van 'n leeftyd, glo my, ek was al op een van daardie groot bote."

"Dis 'n wonderlike voorstel van Riana, tannie Adelle. Tannie verdien 'n lekker vakansie. Wat die kostes aanbetref, moet oor niks bekommerd wees nie, ek betaal dit met liefde," bied Wouter aan.

"Sjoe, ou seun, julle vang my nou onkant, maar baie dankie, ek sal daaroor dink."

Dis nou ongemaklik, dink San-Mari by haarself. Sy en haar tante kan onmoontlik dieselfde tyd met vakansie gaan. Sy besluit om liefs nie nou haar planne om Mauritius te besoek, bekend te maak nie. Sy sal op 'n baie subtiele manier by haar tante moet uitvind of sy Wouter en Riana se voorstel gaan aanvaar, al dan nie. Sy is 'n antwoord verskuldig aan Armand, hy gaan nie vir ewig wag nie.

Hoofstuk 17

Sir Seewoosagur Ramgoolam International Airport: beter bekend as Plaisance Airport, is agt-en-veertig kilometer van Port Louis, hoofstad van Mauritius. Dit is omtrent 'n mondvol. San-Mari beweeg deur die doeane op pad na die band waarop die bagasie van die passasiers gevoer word. Met haar tasse op 'n bagasietrollie gaan haar oë oor die mense in die aankomssaal op soek na Armand. Sy gewaar hom en probeer sy aandag trek deur vir hom te waai. Dan sien die donkerkop met sy hemelblou oë haar raak.

Hy snel haar tegemoet.

"Goeiste, Armand, mens sou sweer ons het mekaar jare laas gesien," lag sy, as hy haar stewig omhels.

"Hallo, meisie, dit voel omtrent so. Hoe gaan dit met jou? Jy is nog net so beeldskoon soos toe ons paaie geskei het. Ek kon nie ophou om aan jou te dink nie, ek het jou gemis."

Sy bloos bloedrooi. "Dit gaan goed, dankie, Armand, jy sien ook goed daar uit." Sy sal jok as sy sê sy het hom nie ook gemis nie, maar slegs as 'n vriend. Hy het wel 'n indruk op haar gemaak toe sy destyds na haar moeder gaan soek het. Dat hy vreeslik aantreklik is en baie behulpsaam was met die opspoor van Mercia, is waar, maar sy het beslis nie romantiese gevoelens vir hom gekoester nie. Sy was so gefokus op haar selfopgelegde taak, dat niks of niemand saakgemaak het nie.

Maar nou kry hy dit reg om haar soos 'n bakvissie te laat bloos en vlinders in haar maag te laat kielie. Sy het laas so gevoel toe Anton ... Sy skud haar kop om van die gedagte ontslae te raak. Sy het haarself belowe om nie weer te val vir 'n man se kamstige sjarme nie. Hulle is almal dieselfde. Hierdie is slegs 'n vriendskaplike besoek. Haar tante het haar verseker dat sy nie nou kans sien vir 'n wegbreek nie. Haar vriendin moet buitendien eers herstel van haar operasie voordat sy saam met haar op reis kan gaan.

Hy neem haar bagasietrollie by haar en saam stap hulle na buite waar hy wink vir 'n huurmotorbestuurder om nader te kom.

"Neem ons na die Constance Belle Mare Plage Hotel asseblief," versoek hy.

"Sjoe, dit klink na 'n indrukwekkende hotel, Armand."

Hy glimlag. "Dit is 'n vyfster hotel. Hy is aan die ooskus van die eiland geleë. Jy sal dit baie geniet daar."

"Is dit ook daar waar jy jou restaurant wil vestig?" Sy is weelde en geld gewoond, maar hierdie man is duidelik in 'n ander liga.

Die dae is luilekker en heerlik warm. Armand en San-Mari spandeer elke dag op die strand en louwarm oseaan. Kort voor lank is hulle net so bruingebrand soos haar broer en skoonsuster.

Die restaurant is in aanbou en sal spoedig 'n gesogte kuierplek langs die strand word.

'*Le Restaurant San-Mari*' pryk die naam op die voordeur van die moderne gebou. Alhoewel Armand dit voorgestel het, het San-Mari nogtans gevlei gevoel dat hy haar naam vir sy restaurant gekies het. Soos hy dit gestel het, "Hierdie restaurant is 'n simbool van ons vriendskap en ek sal altyd aan jou dink as ek hier in Mauritius is, meisie."

Die paar dae wat volg is hemels en San-Mari geniet Armand se verfrissende geselskap. Hy is geensins opdringerig teenoor haar nie en bederf haar tot in die afgrond. Dit is nogal verfrissend, aangesien daar elke oomblik van die dag, romantiese geleenthede opduik en vele ander mans die situasie sou uitbuit. 'n Aantreklike man en jong meisie op 'n idilliese eiland... Die ideale plek om verlief te raak.

Die restaurant is uiteindelik voltooi en blyk 'n groot aantrekkingskrag te wees vir die plaaslike inwoners so wel as die vakansiegangers. Armand was gelukkig om die geskikte personeel te vind wat oor die nodige ondervinding beskik.

Gedurende aandete streel hy liggies oor haar hand, "*Ma Chérie*, wat het ek my lewe lank sonder jou gedoen?"

"Armand ... moenie," haar stem is hees.

"Ek onderdruk my gevoelens en drange nou al lank, ek wil jou in my arms neem en ..."

Vlinders kielie in haar maag en haar hande gaan aan die bewe, maar sy is bang om op haar gevoelens te reageer. Bang hy gaan haar ook teleurstel. Sy maak liggies keelskoon. "Dit was 'n wonderlike vakansie, Armand, maar ek sal moet begin aanstaltes maak om weer by die huis te kom. Ek het heelwat verpligtinge wat my aandag verg."

Hy is duidelik onkant betrap. "Terug huis toe? Nou al? Ek het gehoop ons kan nog 'n rukkie kuier."

"Jammer, ek het dit baie geniet, maar die plaas roep. Ek is nou al drie weke weg en kan nie verwag dat Wouter my pligte langer moet hanteer nie. Jy is welkom om te kom kuier as jy so voel."

"Mmmm, ek was nog nooit in Suid-Afrika nie, ek mag jou dalk net verras. Wanneer beplan jy om huis toe te gaan? Ek sal jou op die lughawe besorg."

"Ek sal graag môre 'n vlug wil neem. Ek sal vroeg navraag doen en jou laat weet. Hopelik kan ons nog saam ontbyt geniet."

* * * * * * * * *

Haar vlug is tienuur vanoggend en sy en Armand kry tydens ontbyt kans om vir oulaas mekaar se geselskap te geniet.

Hy plaas sy hand oor hare aan tafel, wat yskoue adrenalien deur haar liggaam stuur. Sy oë deurdring hare. "Ek het gehoop dat jy nog 'n paar dae hier sou wees, want ek het iets baie belangrik wat ek vir jou wil sê. Vanaf die eerste dag wat ek jou ontmoet het, het jy iets in my wakker gemaak wat ek nog nie vantevore ervaar het nie. Ek het nog nie iemand soos jy ontmoet nie. Beeldskoon, onopgesmuk en met 'n passie vir die lewe en vir mense. *Je t'aime, ma chérie.*"

Sy verstik amper. Sy het nie 'n liefdesverklaring verwag nie. Sy weet nie regtig hoekom nie, want hy het tog op soveel verskillende maniere gewys dat hy vir haar omgee. Sy moet erken dat sy ook aangetrokke tot hom voel, maar sy sal hom graag eers beter wil leer ken sodat sy seker kan wees.

"Hoekom kom jy nie saam met my huis toe nie. Ek sal jou graag aan my familie wil voorstel. Plus, dit is nou somer in Suid-Afrika, jy sal dit terdeë geniet. Jy het mos bestuurders in albei jou restaurante wat jy kan vertrou. Ek wil jou ook graag ons plaas en my projekte gaan wys. Toe, wat sê jy?"

"Dit sal vir my 'n eer en 'n voorreg wees, San-Mari. Ek bespreek nou dadelik vir my plek op dieselfde vlug as jy. Gee gou vir my die besonderhede. Gelukkig het ek 'n Britse paspoort ook en kan ek na feitlik enige bestemming in die wêreld reis."

Die groot voël klief deur die lug op pad vanaf Mauritius na Kaapstad. Armand lyk soos 'n tevrede kat wat melk gesteel het.

San-Mari glimlag as sy hom onderlangs beloer. Hy is voorwaar 'n baie fynbesnaarde en goed opgevoede man. Hy laat haar so spesiaal voel. Sy weet nie veel van sy familie nie, behalwe dat sy ma afkomstig is van Kaapstad en sy pa 'n Fransman wat in Parys gebore is, en dat sy ouers steeds in Parys, Frankryk woon.

"Jy het my van jou ouers vertel, Armand, maar nie of jy broers en susters het nie. Is julle 'n groot familie?"

Hy draai effens in sy stoel om haar in die oë te kyk. "Ons was net twee kinders. My sussie was die oudste. Chloé is oorlede toe sy maar net sestien jaar oud was. Sy het bloedkanker gekry. Sy het 'n vreeslike lyding gehad. Ons, my ouers en ek, was verpletter. Ongeag die behandeling wat sy ontvang het, was die kanker baie aggressief en sy kon nie genees word nie." Die hartseer lê vlak in sy stem.

"Ek is so jammer, ek weet hoe dit voel om 'n geliefde te verloor. My pa is net so 'n bietjie minder as twee jaar gelede oorlede. Hy was nog so jonk, net vier-en-sestig." Trane wel op in haar oë.

Hy neem haar hand in syne. "Jammer om dit te hoor, het sy afsterwe jou gemotiveer om jou moeder te gaan soek?"

"Nie noodwendig nie, ek het al vir baie lank gewonder oor ons moeder. Wouter het my alewig ontmoedig om dit te doen, hy was bang ek sou teleurgesteld wees. Maar soos jy weet, het ek en jy haar wel opgespoor. Daarvoor sal ek jou altyd dankbaar wees."

"Ek is dankbaar dat ek jou kon help. Jou moeder is 'n beeldskone vrou, net soos haar dogter."

Sy bloos. "Dankie."

'n Glimlag talm om sy lippe. "Dit wys jou net, waar daar 'n wil is, is daar 'n weg. Ek is trots op jou."

'n Warm gevoel spoel oor haar toe hy haar hand in syne neem. Hy is so anders as die mans met wie sy al uitgegaan het, om nie eens van Anton te praat nie.

"Dankie, Armand," glimlag sy beskeie en rus haar kop teen sy skouer.

* * * * * * * * * *

'De Wet Wynlandgoed' pryk die naam bokant die twee pilare van die groot staalhekke.

Die huurmotorbestuurder stuur die motor tussen die laning bome in die oprit en bring dit tot stilstand voor die imposante ou Kaaps-Hollandse woning.

Hy het skaars weer vertrek of Wouter verskyn op die stoep, gevolg deur Riana.

"Hallo julle! Armand, dis my broer, Wouter, en sy vrou, Riana; en dié is Armand, my vriend van Frankryk. Dit is hy wat my destyds gehelp het met my soektog na Mercia. Ons het mekaar in Mauritius raakgeloop en ek het hom genooi om 'n paar dae op die plaas te kom kuier, en hy praat Afrikaans," rammel sy dit af, met 'n glimlag op haar gesig.

"Wel, wel, wel, aangename kennis, Armand. Welkom hier by ons. My suster kon nie ophou om van jou te praat na haar terugkeer destyds uit Switserland nie," terg Wouter en knipoog speels vir San-Mari.

Sy bloos al weer bloedrooi. "Riana, is hierdie man van jou nie verspot nie?"

"Ek sal nie sê jou broer is juis verspot nie." Sy draai na Armand wat die toneeltjie geamuseerd gadeslaan. "Aangename kennis, Armand, en ja, baie welkom hier by ons op die plaas. Maar kom ons gaan binne dan gaan reël ek gou in die kombuis vir tee en lekker melktert."

"Dankie, Skoonsus, ek sal gou vir Armand gaan wys waar sy kamer is."

Adelle kom die sitkamer binne met die skinkbord eetgoed, en is duidelik verras om die aantreklike man op die rusbank langs San-Mari te sien.

Wouter neem die skinkbord by haar. "Tannie Adelle, ontmoet Armand, hy het San-Mari bygestaan in die soeke na ons moeder. Armand, ontmoet ons liefste tannie Adelle. Sy is ons oorlede vader se suster en het ons letterlik grootgemaak. Sonder haar, was daar nie 'n De Wet Wynlandgoed nie. Sy bestuur die plaas met 'n ystervuis," glimlag hy.

"Nou oordryf jy darem, Wouter, maar aangename kennis, jongman, dit is gaaf om jou te ontmoet. Dit is altyd lekker om nog 'n jong mens op die plaas as kuiergas te hê."

"Dankie, Mevrou, bly om u te ontmoet."

Sy lag. "Noem my asseblief Adelle, of sommer net tannie soos almal my noem. Maar sê my, wat doen jy vir 'n lewe? Ek verstaan jy is van Franse afkoms. Ek kan nie help om te wonder oor jou kennis van die Afrikaanse taal nie."

"Ek besit twee restaurante, een in Marseille en een in Mauritius. My moeder is Afrikaanssprekend, sy is oorspronklik afkomstig van Kaapstad en my vader is 'n Fransman. Hulle woon in Parys, sy geboortestad, en dis waar ek ook die lewenslig aanskou het. Hy is 'n wyn connoisseur en dis waar my liefde vir wyne en die kosbedryf ontstaan het. Ek is aangenaam verras dat julle so 'n mooi wynplaas het. Om nie eens te praat van die pragtige omgewing nie."

"Nou maar ek hoop jy geniet die kuier hier by ons. Julle sal my moet verskoon, ek wil gaan kyk wat gaan aan in die kombuis. Armand, ek hoop jy eet skaapribbetjie en kapokaartappels, ons het reeds met die voorbereiding daarvan begin."

"Tannie Adelle, dit klink heerlik! Kom ons kyk hoe vaar hierdie Fransman met ons tradisionele disse," reageer San-Mari met 'n vonkel in haar oë.

"Dit klink interessant, ek sal dit graag wil proe."

Riana en Wouter kyk onderlangs na mekaar en glimlag stouterig. Dis duidelik dat daar meer as net vriendskap bestaan tussen dié twee.

Na hulle hul tee gedrink en melktert geëet het, besluit San-Mari om Armand te gaan voorstel aan Ceaser. Sy het hom so gemis en kan nie wag om hom op te saal en met hom te gaan ry nie. By die stalle aangekom runnik die pikswart hings toe hy sy eienares se stem hoor. Dis verbasend hoe diere kan aanvoel dat die mens aan wie hulle behoort in die omgewing is.

"Wat 'n pragtige dier, is hy mak?" Armand steek sy hand uit om die perd se neus te vryf, maar die hings ruk sy kop weg.

"Jammer, Armand, maar hierdie een is so befoeterd soos kan kom. Ek laat niemand toe om hom te ry nie. Ry jy perd? Indien wel, kom ons saal vir Misty vir jou op dan ry ons uit na die meer."

Sy voeg ook sommer daad by die woord, en sy aan sy spring hulle daar weg.

Armand is aanvanklik 'n bietjie lomp, maar hy bly darem bo.

San-Mari, aan die ander kant, is 'n gesoute ruiter en sy en Ceasar vorm 'n gedugte eenheid. Die swart hings is op sy beste vandag met sy eienares op sy rug en hy pronk letterlik van trots.

Armand is aangenaam verras wanneer hulle by die meer aankom. Daar is talle besoekers in die chalets en kinders en grootmense wat in die swembad baljaar. Op die meer is daar ook 'n drietal wat op hulle jetski's rondjaag. Dit is 'n perfekte warm somersdag. Presies die tipe weer wat Armand uit sy tuisland kan weghou.

"Dit is besonder mooi hier. Ek is beïndruk. Mens verwag nie om 'n vakansieoord op 'n wynplaas aan te tref nie. Wie se idee was dit, joune of Wouter s'n?"

Sy lag vrolik. "Dit was soort van ons albei se idee. Aanvanklik het Wouter voorgestel dat ons die chalets bou, en ek het voorgestel om die watersport en pretpark by te voeg. Soos jy teen die tyd al weet, het ek ook 'n ryskool vir gestremde- en getraumatiseerde kinders. Vandaar die stalle en die arena waar die kinders perdry onder toesig en hulp natuurlik. Dit is baie terapeuties."

"Dit is 'n wonderlike inisiatief. Kom ons maak die perde vas daar onder die wilgerbome dan ontspan ons bietjie op die grasperk langs die water."

Na hulle op die gras gaan sit het, kyk Armand om hom rond. "Mag ek 'n stuiwer in die armbeurs werp?"

Sy kyk hom verbaas aan. "Jy mag maar."

"'n Koue koeldrank sou nou lekker gewees het. Julle kort 'n klein kafeetjie om die oord af te rond. Ek bedoel, waar kry die besoekers voorrade as hulle s'n opraak? Moet hulle elke keer ingaan dorp toe as hulle nie self voorsiening gemaak het vir genoeg voorraad nie? Daar kom tog tye dat iets opraak al het jy sorgvuldig beplan, veral as mens langer bly as net 'n naweek."

"Jy is reg. Hoekom het ek nie voorheen daaraan gedink nie? Plus, daar is genoeg werkers in ons kelders wie se vroue maar alte graag 'n ekstra inkomste sal waardeer. Jy is 'n genie! Ek gaan net vanaand met Wouter daaroor praat."

Hy glimlag en neem haar hand in syne. "Genie tot u diens, o skone dame."

Sy aanraking stuur 'n warm gloed deur haar binneste. Is sy besig om vir sy sjarme te val? Hy is so anders, so sagmoedig en bedagsaam, dit sal so maklik wees om lief te word vir hom.

Sy skrik vir haar eie gedagtes, maar meteens dring die besef tot haar deur dat sy hom reeds liefhet. Sy voel soos 'n tienermeisie wat vir die eerste keer verlief is. Haar aangetrokkenheid tot hom kry die oorhand en sy leun effens in sy rigting. Sy oë brand in hare, 'n glimlag pluk aan sy mondhoeke, dan neem hy haar in sy arms en sy gee haarself oor aan die hartstog.

"*Je t'aime, ma chérie*, ek het nog nooit so oor iemand gevoel nie. Toe ek jou destyds in Switserland ontmoet het, het ek al geweet jy is die een met wie ek die res van my lewe wil deel. Ek wil jou my vrou maak, sal jy met my trou? Dit is nou wel nie die mees romantiese manier om te vra nie, maar ek wil nie langer uitstel nie. Ek wil jou myne maak."

Sy glimlag sag en twee bekoorlike kuiltjies verskyn in haar wange. "Ek is ook baie lief vir jou, Armand, en ja, ek sal graag jou vrou wil word, maar hoe gaan ons dit maak werk? Die plaas is die enigste tuiste wat ek ken, en ek het verantwoordelikhede hier. Ek sal dit nie permanent in my tante en broer se hande kan oorlaat nie. En jy het twee restaurante, jy moet tog ook daar teenwoordig wees."

Hy neem haar hand en kyk haar diep in haar oë. "My skat, ek sal dit nooit van jou verwag om jou vaderland prys te gee nie. Albei my ouers leef nog en geniet goeie gesondheid en hulle is reeds betrokke met my restaurant in Marseille en ons kan soms gaan kyk hoe dit daar met hulle gaan, asook ons restaurant in Mauritius. Ek gaan my hier vestig by my bruid. Ons kan in julle huis woon saam met Wouter en Riana of ek bou vir ons 'n huis by die meer. Hoe klink dit, liefling? Dan het ons kinders hulle eie vakansieoord om in te baljaar." Hy glimlag ondeund.

"Stadig, liefling, ons is nog nie eens verloof nie, maar ja, dit klink na 'n fantastiese plan." Sy staan op en trek hom aan sy hand ook op. "Kom ons gaan breek die nuus aan my familie."

Hy neem haar weer in sy arms en soen haar driftig, ten aanskoue van die besoekers wat hulle met glimlagte op hulle gesigte gadeslaan.

Adelle kyk op van waar sy besig is om 'n paar rose te pluk waarmee sy die etenstafel wil versier, en is verras om te sien dat San-Mari en Armand hand aan hand aangestap kom. Haar hart loop oor van vreugde toe sy die gelukkige uitdrukking op hulle gesigte bespeur. Hier is iets aan die broei, dis nie altemit nie. Dit is hoog tyd ook. Wouter is gelukkig getroud, asook Mercia, dit is net reg dat San-Mari ook bietjie geluk ervaar. Sy is al deur soveel hartseer. Eers haar moeder se verdwyning, toe haar vader se afsterwe en toe die teleurstelling wat Anton meegebring het.

Sy vee haar hande aan haar voorskoot af. "Julle twee het soos 'n groot speld verdwyn. Wouter het ook gevra waar julle is. Hy wou vir Armand die kelders gaan wys."

"Ek het vir Armand die stalle gaan wys en toe ry ons te perd na die oord. Ek sien daar is heelwat besoekers."

"Ons is gelukkig, ja, die chalets is almal vol bespreek tot einde Januarie."

"Weet tannie dalk waar Wouter nou is? Daar is iets wat ek en Armand met julle wil deel." San-Mari se mooi blou oë skitter van opgewondenheid.

Voordat haar tante nog kon antwoord, kom Wouter en Riana daar aangestap.

"Ons het gewonder waarheen het julle twee verdwyn," kom dit van Wouter.

"Kom ons gaan in, Boeta, ons wil julle spreek."

"Moet ons bekommerd wees?" 'n Frons verskyn op sy voorkop.

Sy trek haar skouers speels op en glimlag guitig.

Hulle gaan sit in die sitkamer en Alet bring yskoue limonade.

Armand neem San-Mari se hand in syne. Hulle glimlag geheimsinnig vir mekaar.

"Nou toe, wat is dit wat julle met ons wil bespreek? Moet ons dit uit julle trek?"

"Sjoe, Boeta, jy is omtrent ongeduldig. Kom ons verlos jou uit jou ellende! Armand sal jy hulle vertel?" Sy glimlag liefies vir hom terwyl sy saggies teen hom leun.

Hy lyk meteens senuweeagtig. "Wouter, ek kan nou nie ouers vra nie, maar moet ek jou toestemming vra om met jou suster in die huwelik te tree?"

"My wêreld, Armand, natuurlik moet jy, sy is my kleinsus en enige man wat haar wil hê, moet eers by my verbykom." Hy lag uit sy keel toe hy merk dat Armand baie ongemaklik voorkom.

San-Mari en Riana bars ook uit van die lag. Wouter maak dit omtrent moeilik vir die arme Fransman.

Adelle geniet die situasie, maar is werklik verlig dat haar broerskind uiteindelik liefde en geluk gaan ervaar. Sy besluit om niks te noem van die herhaalde oproepe wat sy die afgelope tyd van Anton ontvang het nie. Hy is desperaat om met San-Mari in aanraking te kom. Die skarminkel het net nie 'n einde nie, het selfs genoem dat hy weet sy in Mauritius, en wou weet wanneer sy terugkom. Sy het net volgehou dat sy nie weet nie, en dit was buitendien die waarheid. Sy wou ook nie vir Wouter daarvan vertel nie. Hy sal die man verbrysel met sy kaal hande.

"Dit is wonderlike nuus, julle twee," breek Riana die ys en Armand glimlag verlig. "Ons is baie bly vir julle. Wanneer is die groot dag?"

"Ons het besluit om in Desember te trou, Armand se ouers sal dit geniet om uit die koue Europa uit te kom. Hy is die enigste kind, so ons beplan nie 'n groot bruilof nie. Ons gaan hier op die plaas trou. Dit sal net julle, Armand se ouers, Mercia-hulle, Riana se ouers, en Laetitia-hulle wees, en natuurlik die plaaswerkers.

'n Lekker intieme geleentheid. Tannie kan gerus tannie se vriendin ook nooi."

"Dankie, kinta, ek sal haar beslis vra. My ou broer sou so trots gewees het op sy seun en dogter en met julle keuses vir lewensmaats." Haar stem is gevul met 'n tikkie hartseer.

Wouter maak keelskoon. "Ek en my liewe vroutjie het ook 'n brokkie goeie nuus." Hy neem haar hande en hulle glimlag liefderik vir mekaar.

Riana kan dit nie langer uithou nie. "Ons gaan ouers word julle, is dit nie wonderlik nie?"

San-Mari spring op en omhels haar broer en skoonsuster. "Dis fantasties, julle! Hoe lank weet julle al?" Sy kan haar opgewondenheid nie beteuel nie. "Ek gaan 'n tannie word! Dis absoluut fantasties! 'n Paar klein pienk voetjies in die groot De Wet Landgoed huis."

"Ons het vanoggend die dokter gaan besoek. Ek is presies agt weke swanger. So oor sewe maande behoort die outjie die lewenslig te sien."

"Baie geluk, julle." Armand steek sy hand uit na Wouter en gee Riana 'n soentjie op haar hand. Dan draai hy na San-Mari. "Ons moet ook nie lank wag om met 'n gesin te begin nie, liefling. Dink net, die twee niggies of nefies kan saam groot word."

"Stadig, my skat, ons moet nog eers aan die trou kom," lag sy. "Ons gaan môreoggend stad toe om na ringe te kyk. Hoekom kom julle drie nie saam nie, dan gaan eet ons iets in 'n restaurant om ons dubbele geluk te vier? Die werkers kan mos vir 'n rukkie alleen aangaan?"

"Hoekom nie? Dit sal heerlik wees," reageer Wouter. "Nog lekkerder, ons neem Armand op na Tafelberg en geniet 'n heerlike ete bo-op die berg. Wat dink julle? Was jy al op Tafelberg, Armand?"

"Ons was vir 'n week in Suid-Afrika toe ek nog 'n tjokkertjie van so vyf jaar oud was, maar blykbaar het die weer dit nie toegelaat om bo-op die berg te gaan nie. Nie dat ek dink ek sou enigiets onthou het van die besoek, indien ons wel kon opgaan nie. So, ja, ek sal dit baie geniet."

"Dan is dit afgespreek." Adelle staan op en verdwyn na die kombuis.

Die vier jongmense kuier so lekker in die sitkamer dat hulle steeds daar sit en kekkel toe hulle geroep word vir aandete.

Daarna verdwyn hulle na hul onderskeie kamers vir 'n welverdiende nagrus.

San-Mari het net in haar bed geklim of sy ontvang 'n boodskap op haar selfoon van 'n onbekende nommer. 'Hoekom het jy nie vir my gesê jy gaan Mauritius toe nie?'

Sy vererg haar bloedig. Wie is so voorbarig? Sy plak haar selfoon op die bedkassie neer.

Nog 'n boodskap kom deur. 'Jy is die een wat eerste toenadering gesoek het met jou piekniekmandjie en uitlokkende pruilmondjie, my behoorlik gesoebat om jou te soen, hoe durf jy my nou ignoreer! Moenie dink ek weet nie van daardie ou wat saam met jou huis toe gekom het nie. Wie is hy?'

Sy snak na haar asem. Dis Anton! Hoeveel keer moet sy nog vir hom sê om haar uit te los?

Haar eerste gedagte is om hom presies te vertel wat sy van sy arrogansie dink, maar dan bedink sy haarself. Dit gaan net onnodige argumente uitlok. Sy blokkeer hierdie nuwe nommer ook, en plaas haar selfoon met bewerige hande op die bedkassie neer.

Die slaap ontwyk haar en sy skrik haar boeglam toe haar selfoon weer sy kenmerkende ping-geluid maak.

Daar is sowaar weer 'n boodskap wat van 'n heeltemal ander nommer af kom. 'Jy is myne, San-Mari. Myne alleen. Jy maak 'n fout as jy dink ek gaan jou afstaan aan daardie Armand-vent. Ek is lief vir jou. Ek was nog altyd lief vir jou. Jy het my gesoen, so, jy is lief vir my ook. Erken dit!'

Haar senuwees is aan flarde en sy bars in trane uit. Hoekom kan Anton dit nie net aanvaar dat daar nooit iets tussen hulle sal wees nie? En wie de duiwel is dit wat hom so op hoogte hou van haar elke beweging?

Sy haal 'n paar maal diep asem. Hierdie keer skakel sy haar selfoon heeltemal af voor sy dit weer op die bedkassie plaas.

Hoofstuk 18

Die warm somerson skyn helder op die plaas neer terwyl talle eende en vier pare sierlike swane die groen grasperke onder die lowerryke wilgerbome versier. Daar is sowat dertig vakansiegangers wat luilekker op die stoepe van die chalets rondsit of in die swembad saam met hulle kinders baljaar.

Die gazebo is kleurryk versier met blomme. Die rye wit stoele weerskante van die gazebo pryk elkeen met 'n spierwit lelie, so ook die tafel onder die gazebo. Bokant die gazebo word San-Mari en Armand se name in 'n halfmaan met goue letters vertoon.

Mercia en Cedric het die vorige aand uit Pretoria arriveer en is van die eerste gaste wat hulle opwagting maak en stelling inneem op die groen grasperk. Armand se ouers, Raphael en Geneviève gaan sit langs hulle. Frans en Wilna arriveer, gevolg deur Wouter, Riana en Adelle. Laetitia en Sean plons langs Wouter-hulle neer.

Die res van die stoele word geleidelik gevul deur De Wet Wynlandgoed se werkers.

Daar heers 'n groot opgewondenheid onder die gaste.

Wouter staan op toe die troumars, deur die klanktoerusting wat langs die gazebo staan, begin speel.

San-Mari lyk asemrowend mooi aan die sy van haar broer terwyl hulle tussen die stoele deur beweeg. Asems word ingetrek en trane weggepink as die beeldskone bruid, getooi in 'n spierwit meermin-styl trourok, met sagte kant moue en lang sleep, aangestap kom.

Aantreklik en deftig geklee in 'n swart modieuse pak, staan Armand sy bruid en inwag. Dominee van Oordt knik bemoedigend as Wouter sy suster aan haar bruidegom oorhandig. Dié twee jongmense het voor hom grootgeword. Hy het ook die voorreg gehad om hulle moeder in die huwelik te bevestig met Cedric, en ook vir Wouter en Riana.

Nadat hy die huweliksformulier voorgelees het en op die punt staan om hulle as man en vrou in die huwelik te bevestig, bars daar meteens 'n rumoerigheid onder die gaste uit toe iemand met 'n rewolwer in die hand opspring.

"Wat het ek vir jou gesê, San-Mari?"

Sy en Armand vlieg albei geskok om en staar in 'n paar waansinnige oë vas.

"Anton!" roep sy uit. "Wat maak jy?"

Die loop word op Armand gerig terwyl Anton skreeu, "Sy is myne! Myne! Hoor jy my! Jou vroue-dief!" Saam met die laaste woorde, knal die oorverdowende skoot en San-Mari duik voor haar bruidegom in. Die spierwit rok word gevlek met bloed terwyl sy stadig inmekaar sak.

Pandemonium breek los.

Armand raap sy bruid in sy arms op en hou haar lewelose liggaam vas. "Nee! San-Mari, liefling! Maak oop jou oë, jy mag my nie alleen laat nie! San-Mari!!"

Die gaste is geskok en spring op om te kyk waar die maniak so vinnig heen verdwyn het, maar Wouter is op sy hakke. Een van die vakansiegangers sien hom in hulle rigting aangehardloop kom. Hy duik hom en neem die rewolwer terselfdertyd by hom af.

Wouter is buite homself van woede. "Anton! Jou vark! Hoe kon jy? Jy het my suster vermoor!" Hy gee 'n paar treë vorentoe, maar van die mans saam met hom, hou hom vas. Hulle het reeds die Polisie laat kom, maar wil nog 'n tragedie verhoed. Wouter is reg om die man te verbrysel!

Die loeiende sirenes dui die aankoms van twee Polisiemotors aan. Terwyl die konstabel 'n geboeide Anton Nieuwoudt na die polisievoertuig neem, kyk dié met 'n grinnik op sy gesig na Wouter wat met gebalde vuiste eenkant staan.

"Julle het tog nie gedink dat ek San-Mari aan iemand anders sal afstaan nie, of hoe? Ek is lief vir haar en ek weet sy het dieselfde oor my gevoel!" skree hy met 'n harde stem. Hy kry nie meer as dit uit nie, aangesien hy agter in die voertuig ingeboender word.

Wouter sak in 'n hopie op die grond neer en huil. Riana is by haar man en probeer hom troos. Sy is self in skok. Adelle probeer weer vir Riana troos en kalmeer.

San-Mari word intussen op 'n draagbaar by die ambulans ingelaai, ten aanskoue van 'n verslae en ontroosbare Armand. Die Paramedikus bevestig dat daar niks meer is wat hulle vir haar kan doen nie. Sy is op slag dood.

Wouter staan op toe die ambulans by hom stop. Nadat die Paramedikus al die gegewens by hom gekry het, lig hy hom in dat die liggaam van sy suster na die staatslykhuis vervoer sal word.

Wouter stap na Armand waar hy en sy ouers verwese sit. Hy gaan sit langs hom en plaas sy hand op sy skouer. "Ek is so jammer, Armand."

"Dis my skuld. Ek moes haar gekeer het. Weggestamp het, of iets dergeliks. Dit moes ék gewees het wat dood is, die koeël was vir mý bedoel."

"Daar is niks wat jy kon doen om dit te keer nie, Armand. Niemand van ons het dit sien kom nie." Wouter se stem bewe.

Armand se stem is sag as hy hom na Wouter draai. "Ek is so jammer, Wouter, sy was jou suster. Ek was so oneindig lief vir haar. Sy was so lief vir die lewe en alles wat dit bied. Ek het selfs die restaurant wat ek in Mauritius geopen het, na haar vernoem. Hoe gaan ek my lewe sonder haar voortsit? Ek het so lank vir 'n vrou soos sy gewag. Meisies het gekom en gegaan, maar daar was nie een wat met haar kon vergelyk nie."

Wouter staan op. "Kom ons gaan huis toe, Armand. Daar is niks wat ons verder hier kan doen nie. Ek sal vir die werkers vra om hier te kom opruim, en vir tannie Adelle vra om die verhuringsmaatskappy te skakel om die gazebo en die stoele te kom haal. Die kos kan die werkers maar na hulle huise toe neem."

Armand volg Wouter na die huis waar die res van die familie reeds is. Almal staan verdwaas rond. Alles is so onwerklik. 'n Sprokiestroue wat ontaard het in 'n aaklige riller. Armand steek vas, draai in sy spore om en kies koers stalle toe.

Alet kom die sitkamer binne. Haar oë gevul met trane. Adelle kom staan agter haar en wink vir Wouter om nader te staan.

"Meneer, daar is iets wat ek vir meneer moet sê." Haar skouers skud terwyl sy bitterlik huil.

Wouter kyk van haar na sy tante. "Stadig nou, Alet, wat wil jy vir my vertel?" Hy kyk bekommerd na die vrou wat al vir soveel jare in hulle diens staan. Hy kan verstaan dat sy ook baie hartseer en geskok is oor San-Mari se afsterwe.

Adelle stoot haar effens vorentoe. "Meneer, dit is my skuld dat juffrou San-Mari dood is." Rou snikke skeur deur haar tenger liggaam.

"Tannie Adelle, sal julle asseblief so gaaf wees en vir my sê wat aangaan?" vra hy ongeduldig.

Adelle kom staan langs Alet. "Toemaar, ontspan jy, ek sal hom vertel."

"Gister, toe almal besig was met die voorbereiding vir die bruilof, het die foon gelui. Alet was in die kombuis en toe niemand die oproep neem nie, het sy die foon gaan antwoord. Dit was Anton. Hy wou met San-Mari praat. Sy het hom ingelig dat San-Mari vandag met Armand trou en dat sy besig is met die voorbereidings en nie beskikbaar is om foon toe te kom nie. Hoe moes Alet ook weet dat hy dadelik hierheen sou kom en ..." haar stem droog op.

Hy kyk na die verwese vrou wat half agter Adelle ingekruip het.

"Alet, jy moet jouself nie verwyt nie. Dis nie jou skuld nie. Nie een van ons het verwag dat so iets sou gebeur nie. Gaan help die werkers om die kos in skottels te skep en na hulle huise toe te neem. Raak nou rustig, Alet. Ek sê weer, niks hiervan is jou skuld nie."

Adelle het aangebied om koffie of tee te bedien maar niemand is in 'n luim om sosiaal te verkeer nie.

Mercia snik saggies terwyl Cedric haar in sy arms toevou. Sy het skaars haar dogter gevind en leer ken, nou is hulle vir altyd weer geskei.

Frans kom staan langs Wouter. "Ou seun, dit is seker die moeilikste dag van ons almal se lewens. Alet voel skuldig, maar ek het net soveel skuld aan San-Mari se dood. As ek nie daai man aan julle voorgestel het nie, sou jou suster vandag nog geleef het."

"Ag, oom Frans, niemand kan die skuld vir daai monster se afskuwelike daad op hulle skouers neem nie. Dit het gebeur en gelukkig is hy in hegtenis geneem en reg en geregtigheid sal geskied. Dit is nog vroeg, maar ek het met Dominee van Oordt gereël om die begrafnis te lei. Ons sal nog op 'n datum moet besluit. Die lykbesorger by die lykshuis sal laat weet wanneer haar oorskot gereed is om te gaan afhaal. Ek moet ingaan dorp toe om 'n kis uit te soek." Sy stem is bewoë en hy vee 'n lastige traan af.

Cedric raak aan sy skouer. "As jy wil, sal ek en Frans saam met jou gaan."

"Dankie, julle, ek sal dit waardeer. Dit sal seker môreoggend wees." Hy draai na sy vrou. "Liefling, dink jy nie jy moet 'n rukkie gaan lê nie? Die skok kan nie goed wees vir jou en ons baba nie." Hy sak op die stoel langs haar neer.

Cedric trek Mercia op uit die stoel en kondig aan dat hulle 'n bietjie gaan rus.

Frans en Wilna besluit om ook te groet en huiswaarts te keer. Wouter sal almal op hoogte hou wanneer die begrafnis gaan plaasvind.

Raphael en Geneviève sit half vergete eenkant in die sitkamer toe Armand die huis binnekom.

Geneviève staan op en omhels haar enigste kind. Moeder en seun se liggame ruk van die hartseer wat vroeër hulle lewens omvergewerp het. Raphael kom staan ook by hulle.

Dit is 'n hartseer toneeltjie wat voor Wouter se oë afspeel. Sy eie hartseer lê ook nog vlak. Hoe gaan die lewe wees sonder sy liefling sussie? Sy was so opgewonde om tannie te kon word van hom en Riana se eersteling. Sy oë skiet vol trane.

Sy tante kom sit langs hom op die rusbank. Sy plaas haar hand op sy arm. "Ai, my ou seun, ek kan nie glo dat ons ou meisietjie nie meer met ons is nie. Sy was ons ou sonstraaltjie. En sy was so 'n mooi bruid. Ek kry Armand ook so bitter jammer. Hy is 'n gawe man."

Armand se ouers neem weer stelling in op die rusbank terwyl hy by die venster gaan staan. Sy skouers ruk van verdriet.

Wouter kry hom innig jammer en gaan staan langs hom. "Ons sal nooit verstaan waarom 'n jong lewe so skielik kortgeknip moes word nie. Ons Hemelse Vader het haar kom haal om by Hom te wees en ons sal eendag weet waarom sy op so 'n vroeë ouderdom moes gaan. As Sy kinders, weet ons dat ons mekaar in die hiernamaals weer sal sien."

Armand snik. "Sy was alles wat ek in 'n vrou begeer het. Beeldskoon van binne en buite. Ek weet nie hoe ek my lewe sonder haar gaan voortsit nie. Ons het saam soveel planne gehad. Ek was netnou by Ceasar. Dis kompleet of die dier kan aanvoel dat iets nie reg is nie. Hy was vreeslik onrustig."

Wouter sug. "Ja, daai perd was haar hele lewe. Sy het niemand naby hom toegelaat nie, behalwe die staljong wat sy stal moes skoonmaak en sy voerbak volmaak. Ek het nog nooit eers op hom gery nie. Daai hings is veels te befoeterd. Maar my suster het geweet hoe om hom te hanteer. Hulle twee was onafskeidbaar."

"Wat gaan nou van haar ryskool word? Gaan jy aangaan daarmee?" Hy is onmiddellik spyt dat hy die teer saak aangeroer het. "Jammer, Wouter, dis nie nou die tyd vir sulke drastiese besluite nie."

"Dis oukei, Armand, ek sal voorlopig iemand moet aanstel om die ryskool te beman. Daar is heelwat kinders wat gereeld kom vir hulle ry sessie. Ek is te besig met die boerdery en wynmakery. Gelukkig is tannie Adelle baie betrokke met die vakansieoord en ek kan dit in haar bekwame hande oorlaat. My suster sou nie wou hê alles moet tot niet gaan nie. Ek sal alles ter herinnering aan haar, aan die gang hou."

Raphael en Geneviève staan op uit hulle sitplekke. "Ons gaan dan maar eers weer hotel toe. Wouter, indien daar iets is waarmee ons julle kan help, moet julle ons asseblief laat weet."

"Dankie Raphael, ek sal dit waardeer indien jy saam met Armand 'n draer sal wees by die begrafnis. Oom Cedric, oom Frans, ekself en een van my werkers sal die getal volmaak. Ek sal julle op hoogte hou van die datum en die tyd. Dit behoort waarskynlik oor twee dae te wees. Ek en oom Cedric gaan môre 'n kis uitsoek. Jy is welkom om saam te kom, Armand."

Hy skud sy kop. "As jy nie omgee nie, sal ek graag hier op julle plaas vertoef. Ek sal julle tante geselskap hou."

"Geen probleem nie," hy aarsel. "Om te dink ons twee sou swaers geword het, was dit nie vir daardie barbaarse moordenaar nie! Ek moes hom nie aan die Polisie oorhandig het nie, ek moes hom met my twee kaal hande verbrysel het!"

"Stadig, Wouter, jy wil nie bloed op jou hande hê nie. Jy het 'n vrou en ongebore baba om aan te dink. Reg en geregtigheid sal geskied." Hy sê dié woorde bloot omdat hy weet dit is die regte ding om te doen en omdat mense verwag om dit te hoor, maar as hy eerlik moet wees, sou hyself vir Anton wou beetkry en sy liefling se dood wreek.

Wouter sug swaar. "Jy is reg, Armand. Dit is laat, ons moet ons kragte spaar vir die volgende twee dae. Rustige nag."

'n Vreemde soort stilte daal oor die De Wet huishouding. Dit is asof die groot huis die leemte kan aanvoel wat die jong San-Mari se ontydige dood gebring het. 'n Dood wat deur jaloesie en weerwraak veroorsaak is.

Hoofstuk 19

Twintig spierwit duiwe vlieg in 'n sierlike boog bokant die familiebegraafplaas op die landgoed nadat hulle losgelaat is.

Die pikswart hings is ingespan voor die sleepwa, versier met wit lelies saam met die donker Mahoniehout kis, met sy goue handvatsels, en groot krans van spierwit daglelies bo-op.

Die begrafnisrede was gehou in die huis, en die begrafnisgangers loop nou half in gelid agter die sleepwa aan.

Dominee van Oordt se stem bewe waar hy langs die oop graf staan. "Van as tot as. Die Here het gegee en die Here het geneem."

Die kis daal stadig na benede. Hartseer snikke word uit alle oorde gehoor.

Dit is te erg vir Mercia en sy stort inmekaar langs die oop graf. Cedric vang haar betyds en help haar orent. Hy moet die tenger, bewende liggaam van sy vrou met al sy krag ondersteun. Sy huil onophoudelik, dog saggies. 'n Moeder wat haar kinders op 'n baie laat ouderdom in haar lewe eers werklik ontmoet het. 'n Moeder wat skaars die kans gehad het om haar dogter beter te leer ken, moet vandag afskeid neem van haar.

Dit is 'n hartseer, roerende toneel wat homself afspeel langs die graf van 'n dogter, 'n suster en 'n geliefde, wat veels te jonk die tydelike vir die ewigheid moes verruil.

Na die verrigtinge verby is, keer almal huiswaarts. Die woorde van *Amazing Grace* trek oor die vlaktes as die werkers luidkeels sing op pad na hulle onderskeie huisies.

Armand en sy ouers drink vir oulaas 'n koppie tee saam met die verversings wat Alet en Adelle vir die gaste voorberei het. Die tyd het aangebreek vir hulle om te groet en terug te keer na Frankryk.

Raphael skud Wouter se hand. "Dit is jammer dat ons onder sulke tragiese omstandighede moes ontmoet. Ons wens julle alle sterkte toe. As julle ooit eendag beplan om Europa te besoek, moet julle beslis by ons kom bly."

"Baie dankie, Raphael, en dit was gaaf om julle ook te ontmoet. Ons moet in kontak bly. Mooi kyk na julleself." Hy gee Geneviève 'n stywe druk, waarna sy 'n piksoentjie op sy wang plaas.

"Soos Raphael gesê het, Wouter, julle moet beslis kom kuier. Ons huis is ruim."

Riana het ook intussen by hulle aangesluit. Sy voel gedaan, maar kon nie Armand en sy ouers laat gaan sonder om ook te groet nie. "Totsiens julle, en moet nou nie vreemdelinge word nie. Ek en Wouter sal julle laat weet wanneer hierdie woelwatertjie die lig gesien het." Sy vryf oor haar groter wordende maag.

Geneviève raak liggies aan haar arm. "Totsiens, hartjie. Pas jouself mooi op hoor. Wouter, jy moet kyk dat jou vrou baie rus en gesond eet. Onthou sy eet nou vir twee."

Armand staan nader en steek sy hand uit na Wouter, maar Wouter gryp hom vas en groet hom soos twee broers sou doen. Hulle was immers amper swaers. Dan gee hy Riana ook 'n drukkie en plaas ook 'n soentjie op eg Franse manier op haar wang.

"Ek sal julle nooit vergeet nie. Dankie vir julle gasvryheid." Hy draai om en met traangevulde oë verlaat hy en sy ouers die huis.

Wouter en Riana stap tot op die stoep en kyk hulle agterna totdat die huurmotor tussen die laning bome verdwyn.

* * * * * * * * *

Adelle staan die ouerpaar en inwag toe hulle terugkeer van die hospitaal met die kosbare bondeltjie van skaars 'n dag oud.

Wouter maak die deur vir sy vrou oop en help haar om uit te klim. Dan haal hy die babawiegie uit die agterste sitplek en saam stap hulle die trappe op na die huis.

Adelle kan nie meer wag om die ou babadogtertjie vas te hou nie. "Gee haar hier vir my, Riana, wag dat ek eers sit. Ek is bang ek sal haar laat val. So ja, gee haar nou maar." Sy maak die kombersie oop sodat sy die ou bondeltjie kan aanskou. "Sy is so mooi, julle! En kyk die bos rooi hare! Sy lyk nes haar mamma," koer Adelle.

"A nee a," kom dit van Wouter. "Sy het darem my neus en my mond. 'n Regte de Wet." Hy lag trots.

"Sy is pragtig! Het julle al op 'n naam besluit?"

"Chantelle Verone De Wet," kom dit byna gelyk van Riana en Wouter.

"Dit is pragtige name, my kinders. Julle tante sal haar met liefde oppas as julle dalk wil uitgaan, ek het eerstehandse kennis van kinders grootmaak. San-Mari was net 'n ou babatjie toe julle moeder ..." Sy voltooi nie haar sin nie.

"Toemaar, Tannie, ons sal onthou." Wouter knipoog vir Riana wat stilletjies sit en glimlag.

Hulle sou San-Mari en Armand die peetouers van hulle dogtertjie gemaak het.

Wouter staan op uit sy stoel. "Terwyl julle dames verder gesels, gaan ek gou 'n draai by die kelders maak." Hy gee sy dogtertjie 'n soentjie op haar voorkoppie.

Adelle glimlag. "Oe, ek sien groot bederf aankom. Wouter loop behoorlik oor van trots."

"Hy is baie trots, ja, Tannie. Hy is verpletter deur San-Mari se dood en ek kan net hoop dat hierdie ou dingetjie haar leë plekkie in sy hart sal vul."

"Nee, Riana, julle dogtertjie sal beslis haar pappa se engeltjie wees en altyd eerste kom, maar ons kan nie die twee met mekaar vergelyk nie. Die tyd sal die rou wonde genees, maar terselfdertyd ook 'n baie stewige band tussen pa en dogter laat ontstaan. Wouter is baie lief vir jou en hy sal alles doen om jou en julle kindjie te beskerm. As jy my vra, gaan hy oorbeskermend wees teenoor hierdie ou dingetjie, en met reg so."

'n Motor hou stil voor die huis en Riana staan op om te kyk wie dit is. Dan erken sy haar ouers se voertuig en stap hulle tegemoet.

Wilna hardloop omtrent die trappe op om haar dogter te groet.

"Waar is ouma se kleinkind? Ek en jou pa kon nie wag om haar te sien nie."

"Hallo, Mams, hallo, Paps, tannie Adelle pas haar op in die sitkamer. Kom binne. Ouma en Oupa moet hulle kleinkind kom ontmoet!" Sy loop voor hulle uit tot waar Adelle steeds met die bondeltjie op haar skoot sit.

Sy oorhandig die babatjie aan haar mamma en staan op om tee te gaan maak.

"Baie geluk, Ouma en Oupa! Julle kan trots wees op julle pragtige kleinkind."

"Dankie, Adelle, ons is beslis," reageer Wilna met 'n breë glimlag.

Wouter kom binnegestap. "Dag, Pa, hallo, Ma, ek het gewonder wanneer kom die ouma en oupa hulle kleinkind besoek."

"Sy is pragtig, Wouter. Ons hou baie van die name wat julle vir haar gekies het. Dit is besonder mooi."

"Dankie, Ma. ... Pa, daar is iets wat ek met Pa wil bespreek. In verband met Ceasar. Ek het gewonder of Pa hom nie wil terugneem nie. Hy was immers Pa se perd. Nie een van ons kan hom ry nie en dit sal 'n skande wees as so 'n mooi dier net moet rondstaan sonder enige persoonlike aandag. Ek glo San-Mari sou dit so wou hê."

"Noudat jy dit noem, ek was van plan om jou te nader, maar ek wou net eers tyd gee dat julle dinge verwerk. Ek sal hom by jou terugkoop. Hy sal 'n aanwins wees vir my stalle. Ek sal hom mooi oppas. Soos jy weet, is ek nie een van daardie winsjaende wedrenbase nie. Almal weet hoe eindig dit op. Sodra die perd nie meer geld inbring nie, word hy eenkant toe gegooi. By my sal hy verseker wees van 'n wonderlike lewe."

"Baie dankie, Pa en nee ek gaan hom nie aan jou verkoop nie. Hy is joune. Ek weet Pa sal hom net so mooi oppas soos my suster."

Nog 'n voertuig parkeer voor die deur.

Mercia en Cedric stap binne en daar is trane in haar oë. As dit nie vir San-Mari was nie, sou sy nooit die voorreg gehad het om vandag haar eie pragtige kleindogter in haar arms te hou nie. Sy sou haar nooit gesien of selfs eers van haar bestaan geweet het nie. San-Mari se onbaatsugtige liefde het haar, wat Mercia is, 'n nuwe lewe gegee.

* * * * * * * * *

"Pappa, kan Pappa my na die perdjies toe vat? Ek wil ook op een gaan ry, groot asseblief!" smeek Chantelle as sy haar pappa se hand neem en hom probeer optrek van die rusbank af.

Wouter lag vir die driejarige rooikop dogtertjie met dieselfde groen oë as haar mamma. Hoe verlang hy nie meteens na San-Mari, sy geliefde suster nie. Behalwe vir haar rooi hare en groen ogies, het sy baie eienskappe van haar tannie geërf. Sy is net so lief vir perde. Hy het haar al talle male na die ryskool geneem waar die kinders steeds elke dag kom vir perdry sessies.

Johan Kotze is die afrigter wat hy destyds aangestel het om die ryskool aan die gang te hou. Deels ter nagedagtenis aan sy suster.

"Nou maar goed, my engel, kom ons gaan sê eers vir mamma."

Hulle tref Riana in die kombuis aan waar sy die middagete met Alet bespreek.

"Mamma, Mamma, kan Pappa my asseblief na die perdjies toe vat?" Chantelle gooi haar armpies om haar mamma se groot maag.

Riana glimlag liefies vir haar en kyk na Wouter wat hulle met 'n glimlag op sy aantreklike gesig gadeslaan.

"Jou pappa kan jou maar neem, skattebol, maar julle moenie te lank wegbly nie. Mamma help gou vir tannie Alet om lekker kos te maak."

Wouter neem sy vrou in sy arms. "Een van die dae gaan albei ons kinders by die stalle boer, liefling. Perdry is in hulle bloed."

"Ek is baie lief vir jou my man, jou seun sal beslis in sy pa se voetspore volg. Gelukkig is dit nog 'n hele paar jaar voordat hy ook op 'n perd se rug sal wil rondrits. Pas haar asseblief mooi op. Ek wil nie nou al grys hare hê van bekommernis nie," lag sy.

"Jy hoef nie jou mooi koppie te breek oor ons dogter se veiligheid nie, skat. Haar pappa sal haar mooi oppas."

* * * * * * * * *

Klein Frans is 'n fris tweejarige knaap en hy en Chantelle neem die huishouding behoorlik op horings. Al verskil boetie en sussie drie jaar van mekaar, is hulle onafskeidbaar. Die huis is heeldag gevul met opgewekte kinderlaggies.

Die lewe het weer teruggekeer na normaal en Wouter is voltyds besig met die wynboerdery. Adelle bestuur die vakansieoord. Riana het haar studies intussen voltooi, maar het besluit om nie dadelik te praktiseer nie, eerder al haar aandag en tyd aan haar gesin te spandeer. Die lewe is te kort en onvoorspelbaar om jou geliefdes af te skeep. Dit het sy met skok besef die dag toe San-Mari se lewe so skielik en wreed kortgeknip is. Sodra die kinders groter is en skool toe gaan, sal sy haar praktyk open.

Een aand ontspan Wouter en Riana in die sitkamer nadat hulle die twee kinders gebad en in die bed gesit het.

"Ek wens my pa het nog gelewe om sy kleinkinders te kon sien. Hy sou so trots gewees het."

"Dit is so, my man, jou pa en San-Mari is veels te jonk uit die lewe geruk. San-Mari en Armand kon ook nou kindertjies van hulle eie gehad het. Ek wonder hoe dit met hom gaan. Wanneer laas het jy met hom gepraat?"

"Nogal lanklaas, kom ons skakel en hoor hoe dit met hom gaan." Wouter neem sy selfoon en skakel Armand se nommer. Hy plaas dit op luidspreker sodat Riana ook kan hoor.

"Hallo Armand, dit is Wouter. Ek en Riana sit nou net en wonder hoe dit met jou gaan."

"My maggies, Wouter, dit is aangenaam om van julle te hoor. Ons het laas gepraat toe jou seun gebore is, wat is dit, omtrent twee jaar gelede? Die kinders word ook so gou groot."

"Praat jy, Armand. Het jy toe die knoop deurgehak met die meisie van wie jy ons vertel het?"

"Ja, ek en Jacqueline is twee jaar gelede getroud, net nadat julle seun gebore is. Ons is ook geseënd met 'n pragtige dogtertjie. Chloé is nou een jaar oud."

"Baie geluk, Armand! Ek en Riana is bly vir jou part. Die Here het geneem en die Here het gegee, nè, ou vriend? Stuur baie groete vir jou vrou en hopelik kan ons mekaar in die nabye toekoms weer sien. Mooi loop."

"Dankie Wouter, en ja, soos jy sê, die Goeie Vader se genade is baie groot. Ons dien 'n wonderlike God."

Geagte Leser

Ons hoop dat u ons boek geniet het en dit boeiend gevind het. U terugvoer is baie belangrik vir ons en vir toekomstige lesers.

Ons sal dit baie waardeer as u 'n paar oomblikke kan neem om 'n resensie op Amazon te skryf. U mening help ander om ingeligte besluite te neem en dit help ons om beter te verstaan wat ons lesers waardeer.

Baie dankie vir u ondersteuning!

Vriendelike groete

Die Malherbe Span

www.ingramcontent.com/pod-product-compliance
Lightning Source LLC
Chambersburg PA
CBHW071852220626
47052CB00002B/87